Jay Asher
DEIN LEUCHTEN

## DER AUTOR

Jay Asher ist der Autor des weltweiten Millionenbestsellers »Tote Mädchen lügen nicht«, der in über 30 Länder verkauft, u. a. für den Deutschen Jugendliteraturpreis nominiert wurde und wochenlang die Spiegelbestsellerliste besetzte. Der Roman wird als Serie auf Netflix verfilmt. Sein zweiter Jugendroman, »Wir beide, irgendwann«, entstand in der Zusammenarbeit mit der Co-Autorin Carolyn Mackler. »Dein Leuchten« ist Jay Ashers dritter Jugendroman. Asher lebt in Kalifornien.

*Außerdem sind von dem Autor bei cbt erschienen:*

**Tote Mädchen lügen nicht** (30843)
**Wir beide, irgendwann** (30938)

Mehr über cbj/cbt auf Instagram unter @hey_reader

# Jay Asher

# DEIN LEUCHTEN

Aus dem Amerikanischen
von Karen Gerwig

Der Verlag weist ausdrücklich darauf hin, dass im Text
enthaltene externe Links vom Verlag nur bis zum Zeitpunkt
der Buchveröffentlichung eingesehen werden konnten.
Auf spätere Veränderungen hat der Verlag keinerlei Einfluss.
Eine Haftung des Verlags ist daher ausgeschlossen.

 Dieses Buch ist auch als E-Book erhältlich.

Verlagsgruppe Random House FSC® N001967

1. Auflage 2018
Erstmals als cbt Taschenbuch November 2018
© 2016 by Jay Asher
This edition published by arrangement with Razor Bill,
an imprint of Penguin Young Readers Group,
a Division of Penguin Random House LLC.
Die Originalausgabe erschien 2016 unter dem Titel
»What Light« bei Razor Bill, Penguin Random House, New York.
© 2016 für die deutschsprachige Ausgabe
cbj Kinder- und Jugendbuchverlag
in der Verlagsgruppe Random House GmbH,
Neumarkter Straße 28, 81673 München
Alle deutschsprachigen Rechte vorbehalten
Aus dem Amerikanischen von Karen Gerwig
Umschlaggestaltung: *zeichenpool, München,
unter Verwendung des Originalumschlags
(Theresa Evangelista, Foto © Anton Muhin)
© Razorbill/Penguin Group USA
he · Herstellung: LW
Satz: KompetenzCenter, Mönchengladbach
Druck und Bindung: GGP Media GmbH, Pößneck
ISBN: 978-3-570-31237-7
Printed in Germany

www.cbj-verlag.de

Für:
*JoanMarie Asher,*
*Isaiah Asher*
*und Christa Desir,*
die drei Geschenküberbringer
dieser Weihnachtsgeschichte.

Danke an
*Dennis und Joni Hopper*
*und ihre Söhne Russel und Ryan*
für die Inspiration.

Von:
einem dankbaren Jungen

# KAPITEL 1

»*Ich hasse diese Jahreszeit*«, sagt Rachel. »Tut mir leid, Sierra. Wahrscheinlich sage ich das ständig, aber es stimmt einfach.«

Auf der gegenüberliegenden Seite des Rasens verschleiert der Morgennebel den Eingang zu unserer Schule. Wir bleiben auf dem Gehweg, damit wir uns keine feuchten Schuhe holen, aber Rachel meint nicht das Wetter.

»Hör bitte auf«, sage ich. »Sonst fange ich wieder an zu heulen. Ich möchte diese Woche einfach nur durchstehen, ohne dass …«

»Aber es geht doch gar nicht mehr um eine Woche!«, sagt sie. »Wir haben nur noch zwei Tage. Zwei Tage bis zu den Herbstferien und dann bist du wieder für einen ganzen Monat weg. Mehr als einen Monat!«

Ich hake mich bei Rachel ein, als wir weitergehen. Obwohl ich diejenige bin, die wieder einmal die Adventszeit weit weg von zu Hause verbringen wird, tut Rachel jedes

Jahr so, als würde *ihre* Welt auf den Kopf gestellt. Ihre Schmoll-Schnute und die hängenden Schultern gelten mir, damit ich weiß, dass sie mich vermissen wird, und jedes Jahr bin ich dankbar für ihre Theatralik. Obwohl ich gern dort bin, wohin ich fahre, fällt der Abschied trotzdem schwer. Zu wissen, dass meine besten Freundinnen die Tage zählen, bis ich wiederkomme, macht es tatsächlich leichter.

Ich deute auf die Träne in meinem Augenwinkel. »Siehst du, was du angerichtet hast? Jetzt fängt es an.«

Am Morgen, als Mom mich zur Schule gefahren hat, ist der Himmel noch überwiegend klar gewesen über der Farm, auf der wir Tannenbäume züchten. In den Wäldchen waren die Arbeiter damit beschäftigt, die diesjährige Ausbeute zu fällen, das entfernte Summen der Kettensägen klang wie von Mücken.

Der Nebel begann weiter unten. Er erstreckte sich über die kleinen Bauernhöfe, die Schnellstraße, bis in die Stadt, und trug den typischen Geruch dieser Jahreszeit mit sich. Zu dieser Zeit riecht unsere Kleinstadt hier in Oregon nämlich nach frisch gefällten Weihnachtsbäumen. Zu anderen Jahreszeiten riecht sie auch mal nach Mais oder Zuckerrüben.

Rachel hält mir eine der Glasdoppeltüren auf und trottet mir dann bis zu meinem Schließfach hinterher. Dort hält sie mir ihre glitzernde rote Armbanduhr unter die Nase. »Wir haben noch eine Viertelstunde«, sagt sie. »Ich hab schlechte Laune und mir ist kalt. Komm, wir holen uns einen Kaffee, bevor es klingelt.«

Die Theaterregisseurin der Schule, Miss Livingston, ermuntert ihre Schüler schamlos dazu, so viel Koffein wie nötig zu inhalieren, um die Aufführungen rechtzeitig auf die Beine zu stellen. Hinter der Bühne steht daher immer eine Kanne Kaffee bereit. Da Rachel Haupt-Bühnenbildnerin ist, hat sie jederzeit Zugang zur Aula.

Am vergangenen Wochenende hat die Theatergruppe zum letzten Mal »Der kleine Horrorladen« aufgeführt. Die Bühne wird nicht vor den Herbstferien abgebaut, deshalb steht noch alles so, wie es war, als Rachel und ich hinten im Zuschauerraum das Licht einschalten. Auf der Bühne, zwischen der Theke des Blumenladens und der großen, grünen, fleischfressenden Pflanze, hockt Elizabeth. Sie richtet sich auf und winkt uns zu, als sie uns sieht.

Rachel marschiert jetzt zielstrebig vor mir den Mittelgang entlang. »Dieses Jahr wollten wir dir etwas Besonderes schenken, bevor du nach Kalifornien fährst.«

Ich folge ihr, vorbei an den leeren, rot gepolsterten Stuhlreihen. Offenbar legen die beiden es darauf an, dass ich die letzten Schultage ständig heule. Ich steige die Treppe zur Bühne hinauf. Elizabeth steht auf, läuft zu mir herüber und umarmt mich.

»Ich hatte recht«, sagt sie über meine Schulter zu Rachel. »Ich hab dir ja gesagt, sie würde heulen.«

»Ich hasse euch alle beide«, sage ich.

Elizabeth überreicht mir zwei Geschenke, die in glänzendes, silbernes Weihnachtspapier gewickelt sind, doch ich ahne bereits, was darin steckt. Letzte Woche waren wir gemeinsam in der Innenstadt in einem Geschenkeladen, und dabei haben sie sich Bilderrahmen angeschaut, die dieselbe Größe hatten wie diese Schachteln. Um sie auszupacken, setze ich mich hin und lehne mich direkt unter der altmodischen Registrierkasse an den Ladentresen.

Rachel hockt sich im Schneidersitz mir gegenüber, unsere Knie berühren sich fast.

»Ihr brecht gerade die Regeln«, sage ich. Ich fahre mit dem Finger die Falte vom Geschenkpapier einer der Schachteln entlang. »Wir haben doch abgemacht, wir tun das erst, wenn ich wieder da bin.«

»Wir wollten dir etwas schenken, das dich jeden Tag an uns erinnert«, sagt Elizabeth.

»Ein bisschen peinlich ist es uns ja schon, dass uns das nicht eingefallen ist, als du das erste Mal weggefahren bist«, fügt Rachel hinzu.

»Was, damals, als wir noch Kleinkinder waren?«

An unserem allerersten Weihnachten blieb Mom allein mit mir auf der Farm zurück, während Dad unseren Weihnachtsbaumverkauf unten in Kalifornien betrieb. Im folgenden Jahr fand Mom, wir sollten besser noch eine Saison zu Hause bleiben, aber Dad wollte nicht noch einmal ohne uns sein. Lieber würde er den Stand für ein Jahr unbesetzt lassen, sagte er, und stattdessen die Käufer im ganzen Land beliefern. Aber Mom taten die Familien leid, die traditionellerweise ihre Weihnachtsbäume bei uns kauften. Und auch wenn es ein Geschäft war, das Dad schon in der zweiten Generation betrieb, war es für sie beide auch eine lieb gewordene Tradition. Tatsächlich hatten sie sich kennengelernt, weil Mom und ihre Eltern treue Kunden waren. Daher verbringe ich jedes Jahr meine Tage von Thanksgiving bis Weihnachten dort.

Rachel stützt die Hände auf dem Bühnenboden ab und lehnt sich zurück. »Überlegen deine Eltern immer noch, ob das euer letztes Weihnachten in Kalifornien wird?«

Ich ziehe ein Stück Tesa von der anderen Seite des Geschenks ab. »Habt ihr das hier im Laden einpacken lassen?«

Rachel flüstert Elizabeth so laut zu, dass ich es hören kann: »Sie wechselt das Thema.«

»Tut mir leid«, sage ich, »ich will nur nicht darüber nachdenken. So sehr ich euch liebe, würde es mir trotzdem fehlen runterzufahren. Abgesehen davon, weiß ich nur das, was ich zufällig mitgehört habe – sie haben mir gegenüber immer noch nichts erwähnt –, aber sie scheinen ziemliche Geldsorgen zu haben. Bis sie sich entschieden haben, will ich mein Herz an keine der beiden Möglichkeiten hängen.«

Wenn wir die Saison dort noch drei Jahre durchziehen, wird meine Familie den Stand dreißig Jahre lang betrieben haben. Als meine Großeltern damals das Grundstück kauften, expandierte die kleine Stadt gerade rapide. Städte, die viel näher an unserer Farm in Oregon lagen, hatten bereits Verkaufsplätze für Weihnachtsbäume eingerichtet, eigentlich gab es damals schon viel zu viele. Heute verkauft jeder Weihnachtsbäume: Supermärkte, Eisenwarengeschäfte oder Leute, die Spenden sammeln. Verkaufsplätze wie unserer sind nicht mehr so üblich. Wenn wir ihn aufgäben, würden wir unser Geschäft über diese Supermärkte oder Spendenaktionen laufen lassen oder andere Verkäufer mit unseren Bäumen beliefern.

Elizabeth legt mir die Hand aufs Knie. »Ein Teil von mir möchte, dass du nächstes Jahr wieder hinfährst, weil ich weiß, dass du es so gerne tust, aber falls du doch bleibst, könnten wir Weihnachten zum ersten Mal gemeinsam verbringen.«

Bei dem Gedanken muss ich unwillkürlich lächeln. Ich habe diese beiden unglaublich gern, aber auch Heather ist eine meiner besten Freundinnen, und ich sehe sie nur einen Monat im Jahr, wenn ich in Kalifornien bin. »Seit Ewigkeiten fahren wir da runter«, sage ich. »Unvorstellbar wie es wäre, wenn das plötzlich ... anders wäre.«

»Wie das wäre?«, sagt Rachel. »Wir wären im Abschlussjahr! Skifahren. Whirlpools. Und das im Schnee!«

Aber ich liebe unsere schneefreie Stadt in Kalifornien, die direkt an der Küste liegt, nur drei Stunden südlich von San Francisco. Ich kann es kaum erwarten, die Weihnachtsbäume zu verkaufen und die Familien wiederzusehen, die Jahr um Jahr zu uns kommen. Es ginge mir sehr gegen den

Strich, die Bäume mühsam hochzuziehen, nur um sie dann an einen Verkäufer zu verschicken.

»Klingt doch verheißungsvoll, oder?«, fragt Rachel. Sie beugt sich dicht zu mir und zieht vielsagend die Augenbrauen hoch. »Und stell dir jetzt noch Jungs dazu vor.«

Ich lache prustend los und halte mir schnell den Mund zu.

»Oder auch nicht«, sagt Elizabeth, während sie Rachel an der Schulter zurückzieht. »Wär doch schön, einfach unter uns zu bleiben, ohne irgendwelche Jungs.«

»So läuft für mich ungefähr jedes Weihnachten«, sage ich. »Wisst ihr noch, letztes Jahr hat mein Ex am Abend, bevor wir nach Kalifornien gefahren sind, mit mir Schluss gemacht.«

»Das war furchtbar«, meint Elizabeth, lacht aber auch ein bisschen. »Und dann bringt er noch diese Hausunterrichts-Schnalle mit den großen Möpsen zum Winterball und...«

Rachel legt Elizabeth einen Finger auf die Lippen. »Ich glaube, sie erinnert sich noch ganz gut.«

Ich blicke auf mein Geschenk hinab, das immer noch zum Großteil verpackt ist. »Ich kann ihm beim besten Willen keinen Vorwurf daraus machen. Wer will schon über die Feiertage eine Fernbeziehung? Ich jedenfalls nicht.«

»Allerdings hast du auch mal erwähnt, es gäbe ein paar gut aussehende Typen beim Weihnachtsbaumverkauf«, sagt Rachel.

»Na sicher.« Ich schüttle den Kopf. »Als ob Dad das je zulassen würde.«

»Okay, Schluss mit dem Thema«, sagt Elizabeth. »Pack lieber deine Geschenke aus.«

Ich ziehe ein Stück Tesafilm ab, aber in Gedanken bin ich bereits in Kalifornien. Buchstäblich seit wir denken können, sind Heather und ich Freundinnen. Früher wohnten meine Großeltern mütterlicherseits bei Heathers Familie nebenan. Als meine Großeltern starben, nahm mich ihre Familie jeden Tag für ein paar Stunden zu sich, um meine Eltern zu entlasten. Im Gegenzug bekam ihr Haus einen schönen Weihnachtsbaum, ein paar Adventskränze und Gebinde, und zwei, drei Arbeiter kamen vorbei, die die Beleuchtung an ihrem Dach anbrachten.

Elizabeth seufzt. »Deine Geschenke? Bitte, bitte, bitte?«

Ich reiße eine Seite der Verpackung auf.

Natürlich haben sie auch recht. Ich würde furchtbar gern wenigstens einen einzigen Winter hier verbringen, bevor wir den Abschluss machen und uns in alle Himmelsrichtungen verstreuen. Einmal mit ihnen zum Eisskulpturenwettbewerb und all den anderen Dingen zu gehen, von denen sie mir immer vorschwärmen, wäre ein Traum.

Aber meine Adventszeit in Kalifornien ist der einzige Zeitraum, in dem ich meine *andere* beste Freundin sehe. Ich habe schon vor Jahren aufgehört, Heather nur als meine Winterfreundin zu bezeichnen. Sie ist eine meiner besten Freundinnen, Punkt. Früher habe ich sie auch noch jeden

Sommer ein paar Wochen gesehen, wenn ich meine Großeltern besuchte, aber diese Besuche hörten auf, als sie starben. Was, wenn ich diese Saison mit ihr nicht mehr genießen kann, weil ich weiß, dass es vielleicht meine letzte wird?

Rachel steht auf und läuft quer über die Bühne nach hinten. »Ich brauche Kaffee.«

Elizabeth schreit ihr hinterher: »Sie packt gerade unsere Geschenke aus!«

»Sie packt *dein* Geschenk aus«, kontert Rachel. »Meins ist das mit dem roten Band.«

Der erste Bilderrahmen, den ich auspacke, der mit dem grünen Band, enthält ein Selfie von Elizabeth. Sie hat die Zunge seitlich herausgestreckt und schaut in die entgegengesetzte Richtung. Es sieht aus wie fast jedes Foto, das sie von sich selbst macht, deshalb finde ich es so toll.

Ich drücke den Rahmen an die Brust. »Danke.«

Elizabeth wird rot. »Gern geschehen.«

»Ich mache jetzt deins auf!«, rufe ich über die Bühne.

Langsam und vorsichtig kommt Rachel mit drei Pappbechern dampfendem Kaffee auf uns zu. Wir nehmen jede einen. Ich stelle meinen zur Seite, während Rachel sich wieder vor mich hinsetzt, dann packe ich ihr Geschenk aus.

Auf Rachels Foto sieht man ihr schönes Gesicht im Profil, teilweise verdeckt von ihrer Hand, als wollte sie sich nicht fotografieren lassen.

»Es soll aussehen, als würde ich von Paparazzi verfolgt«,

sagt sie. »Als wäre ich eine tolle Schauspielerin, die aus einem schicken Restaurant kommt. Im echten Leben wäre hinter mir wahrscheinlich ein riesenhafter Bodyguard zu sehen, aber ...«

»Du bist aber keine Schauspielerin«, sagt Elizabeth. »Du willst Bühnenbildnerin werden.«

»Das gehört doch zum Plan«, erwidert Rachel. »Weißt du, wie viele Schauspielerinnen es auf der Welt gibt? Millionen. Und sie alle geben sich größte Mühe, entdeckt zu werden, was ein echter Abtörner ist. Eines Tages, wenn ich das Bühnenbild für irgendeinen berühmten Produzenten mache, wird er einen Blick auf mich werfen und einfach wissen, dass es eine Verschwendung wäre, mich hinter der Kamera zu behalten. Ich sollte davor stehen. Und er wird behaupten, dass er mich entdeckt hat, aber in Wirklichkeit habe *ich* ihn dazu gebracht, mich zu entdecken.«

»Wirklich beunruhigend daran finde ich«, werfe ich ein, »dass du glaubst, dass es genauso eintreten wird.«

Rachel nimmt einen Schluck Kaffee. »Wird es auch.«

Es klingelt zum ersten Mal. Ich sammle das silberne Geschenkpapier ein und knülle es zusammen. Rachel trägt es gemeinsam mit unseren leeren Kaffeebechern zu einem Mülleimer hinter der Bühne. Elizabeth verstaut meine Bilderrahmen in einer Papiertüte und faltet dann den oberen Rand nach unten, bevor sie mir sie wiedergibt.

»Ich nehme an, für einen Besuch bei dir bleibt keine Zeit, bevor du gehst?«, fragt Elizabeth.

»Wahrscheinlich nicht«, sage ich bedauernd. Ich folge ihnen die Treppe hinunter, und wir lassen uns Zeit, während wir den Mittelgang der Aula entlang schlendern. »Heute gehe ich früh ins Bett, damit ich morgen vor der Schule ein paar Stunden arbeiten kann. Und dann fahren wir am Mittwochmorgen gleich los.«

»Um wie viel Uhr?«, fragt Rachel. »Vielleicht ...«

»Um drei Uhr morgens«, antworte ich lachend. Von unserer Farm in Oregon bis zu unserem Verkaufsplatz in Kalifornien fährt man ungefähr siebzehn Stunden, je nachdem, wie viele Toilettenpausen man macht und wie der Feiertagsverkehr läuft. »Wenn ihr natürlich so früh aufstehen wollt ...«

»Lass mal«, sagt Elizabeth. »Wir schicken dir gute Gedanken im Schlaf.«

»Hast du deine ganzen Schulaufgaben dabei?«, fragt Rachel.

»Ich glaub schon.« Vorletzten Winter gab es ungefähr ein Dutzend pendelnder Baumhändler-Kinder an der Schule. Dieses Jahr sind wir nur noch zu dritt. Weil es in der Gegend so viele Farmen gibt, sind die Lehrer zum Glück an Erntezeiten unterschiedlichster Art gewöhnt. »Monsieur Cappeau macht sich Sorgen um meine *pratique du français*, während ich fort bin, deshalb lässt er mich einmal in der Woche für ein Gespräch anrufen.«

Rachel zwinkert mir zu. »Ist das der einzige Grund, warum er will, dass du anrufst?«

»Sei nicht eklig«, sage ich.

»Du weißt doch«, sagt Elizabeth, »Sierra mag keine älteren Männer.«

Jetzt lache ich. »Du meinst Paul, oder? Wir waren nur auf einem einzigen Date, dann wurde er mit einer offenen Dose Bier im Auto seines Freundes erwischt.«

»Zu seiner Verteidigung sei gesagt, er ist nicht gefahren«, stellt Rachel klar. Bevor ich antworten kann, hebt sie die Hand. »Schon klar. Du hast das als ein Zeichen seines drohenden Alkoholismus gesehen. Oder für mieses Urteilsvermögen. Oder so was.«

Elizabeth schüttelt den Kopf. »Du bist viel zu wählerisch, Sierra.«

Rachel und Elizabeth gehen mir mit meinen angeblichen Ansprüchen an Jungs auf die Nerven. Aber es landen einfach zu viele Mädchen bei Jungs, die sie runterziehen. Vielleicht nicht am Anfang, aber irgendwann schon. Warum Jahre oder Monate oder selbst Tage an so jemanden verschwenden?

Bevor wir die Doppeltür erreichen, die zurück in den Vorraum führt, läuft Elizabeth uns einen Schritt voraus und dreht sich dann zu uns um. »Ich muss mich beeilen, sonst komme ich zu spät in die Englischstunde, aber wir treffen uns zum Mittagessen, okay?«

Ich lächle, weil wir uns immer zum Mittagessen treffen.

Wir verlassen die Aula und Elizabeth verschwindet im Getümmel der Schüler.

»Noch zwei Mal Mittagessen«, sagt Rachel. Während wir weitergehen, tut sie so, als würde sie sich Tränen aus den Augenwinkeln wischen. »Mehr bekommen wir nicht. Da muss ich fast...«

»Hör auf!«, befehle ich ihr. »Sag es nicht.«

»Ach, mach dir keine Gedanken um mich.« Rachel winkt ab. »Während du in Kalifornien Party machst, werde ich hier einfach unglaublich beschäftigt sein. Mal sehen, nächsten Montag fangen wir damit an, das Bühnenbild abzubauen. Das dürfte ungefähr eine Woche dauern. Dann greife ich der Tanz-AG bei dem Design für den Winterball unter die Arme. Keine Theateraufführung, aber ich setze meine Talente gern ein, wenn sie gebraucht werden.«

»Haben sie schon ein Motto für dieses Jahr?«, frage ich.

»*Schneekugel der Liebe*«, antwortet sie. »Klingt kitschig, ich weiß, aber ich hab ein paar super Ideen. Die ganze Turnhalle soll so dekoriert werden, dass es aussieht, als würde man in einer Schneekugel tanzen. Bis du wiederkommst, habe ich genug zu tun.«

»Na also – du wirst mich kaum vermissen«, sage ich.

»Stimmt«, gibt Rachel zurück. Sie stupst mich an, als wir weitergehen. »Aber ich will dir geraten haben, dass du mich vermisst.«

Das werde ich. Meine Freundinnen zu vermissen war mein ganzes Leben lang eine Weihnachtstradition.

# KAPITEL 2

Die Sonne schaut gerade erst hinter den Hügeln hervor, als ich Dads Truck am Rand des schlammigen Feldwegs parke. Ich ziehe die Handbremse an und betrachte eine meiner Lieblingsaussichten. Die Weihnachtsbäume fangen einen halben Meter vor dem Fahrerfenster an und ziehen sich mehr als hundert Morgen weit über die sanften Hügel. Auf der anderen Seite des Lieferwagens erstreckt sich unser Feld genauso weit. Dort, wo unser Land endet, schließen sich weitere Farmen mit Weihnachtsbäumen an.

Als ich die Heizung ausschalte und aussteige, weiß ich, die kalte Luft wird schneidend sein. Ich binde meine Haare zu einem engen Pferdeschwanz, stecke ihn hinten in meine voluminöse Winterjacke, ziehe die Kapuze über den Kopf und zurre dann die Kordeln fest.

Der Geruch nach Baumharz liegt in der klammen Luft und der feuchte Boden zieht an meinen schweren Stiefeln.

Äste schrammen über meine Ärmel, als ich mein Handy aus der Tasche ziehe. Ich tippe Onkel Bruces Nummer an und klemme mir das Handy zwischen Schulter und Ohr, während ich Arbeitshandschuhe überziehe.

Als er ans Telefon geht, lacht er. »Lang hast du bis hier oben ja nicht gebraucht, Sierra!«

»So schnell bin ich gar nicht gefahren«, verteidige ich mich. Doch in Wahrheit machen diese Kurven und das Schlittern im Matsch viel zu viel Spaß, um zu widerstehen.

»Keine Sorge, Schatz. Den Hügel bin ich auch schon tausendmal mit meinem Truck hinaufgerast.«

»Das hab ich gesehen, deshalb wusste ich ja, dass es Spaß machen würde«, sage ich. »Egal, ich bin jedenfalls fast beim ersten Bündel angelangt.«

»Bin gleich da«, sagt er. Bevor er auflegt, höre ich, wie der Hubschraubermotor startet.

Aus meiner Jackentasche ziehe ich eine orangefarbene Netz-Sicherheitsweste und schlüpfe hinein; der Klettstreifen, der über die Brust nach unten verläuft, hält sie zu. So kann mich Onkel Bruce aus der Luft erkennen.

Ungefähr zweihundert Meter entfernt summen die Kettensägen, dort, wo sich die Arbeiter durch die Stämme der diesjährigen Bäume sägen. Vor zwei Monaten haben wir angefangen, die zu markieren, die wir fällen wollen. An den Ästen unterhalb der Spitze haben wir bunte Plastikbänder befestigt. Rote, gelbe oder blaue, je nach Größe, damit wir sie später, wenn wir die Lastwagen beladen, besser sortieren können. Alle unmarkierten Bäume bleiben stehen und sollen noch wachsen.

In der Ferne mache ich einen roten Hubschrauber aus, der auf mich zufliegt. Mom und Dad haben Onkel Bruce bei der Finanzierung des Hubschraubers geholfen, dafür transportiert er unsere Bäume während der Ernte. Durch den Hubschrauber erübrigt sich das übliche Netzwerk an Zufahrtsstraßen. So bleibt mehr Anbaufläche und die Bäume können schneller verschickt werden. Den Rest des Jahres fliegt Onkel Bruce damit Touristen an der Felsküste entlang. Manchmal darf er sogar den Helden spielen und einen verirrten Wanderer retten.

Wenn die Arbeiter vor mir vier, fünf Bäume gefällt haben, legen sie sie nebeneinander auf zwei lange Drahtseile, wie Querbalken auf Eisenbahnschienen. Dann schichten sie weitere Bäume darauf, bis ungefähr ein Dutzend zusammenkommen. Danach ziehen sie die Seile um das Bündel zusammen und schnallen sie fest, bevor sie mit den nächsten weitermachen.

Dann komme ich ins Spiel.

Letztes Jahr hat Dad es mir zum ersten Mal erlaubt. Ihm lag offensichtlich auf der Zunge, die Arbeit sei zu gefährlich für ein fünfzehnjähriges Mädchen, aber das hätte er nie zu sagen gewagt. Ein paar der Jungs, die er zum Bäumefällen anheuert, sind in meiner Klasse, und die lässt er sogar mit Kettensägen hantieren.

Die Hubschrauberrotoren werden immer lauter – *flapp-*

*flapp-flapp-flapp* durchschneiden sie die Luft. Mein Herzschlag passt sich ihrem Rhythmus an, während ich mich bereit mache, das erste Bündel der Saison zu befestigen.

Ich stehe neben der ersten Ladung und biege meine behandschuhten Finger durch. Das frühe Morgenlicht blitzt durch die Scheibe des Hubschraubers. Ein langes Drahtseil baumelt am Hubschrauber, daran ein schwerer roter Haken.

Als er näher kommt, wird der Hubschrauber langsamer und ich stemme die Stiefel in den Boden. Über mir dröhnen die Rotoren. *Flapp-flapp-flapp-flapp.* Allmählich senkt sich der Hubschrauber, bis der Metallhaken die Nadeln der gebündelten Bäume berührt. Ich hebe den Arm über den Kopf und mache eine Kreisbewegung, die Onkel Bruce signalisiert, dass ich mehr Seil brauche. Als er noch etwas tiefer schwebt, schnappe ich mir den Haken, schiebe ihn unter die Seile und mache zwei große Schritte rückwärts.

Als ich hochschaue, sehe ich, wie Onkel Bruce auf mich herablächelt. Ich deute auf ihn, er hebt den Daumen und dann steigt er in die Höhe. Das schwere Bündel zieht sich zusammen, als es vom Boden abhebt, dann segelt es davon.

Über unserer Farm hängt eine Mondsichel. Von meinem Fenster im oberen Stockwerk aus betrachte ich die Hügel, die in der Ferne in tiefen Schatten versinken. Als Kind stand ich oft hier und tat so, als wäre ich die Kapitänin eines Schiffs, die bei Nacht den Ozean beobachtet, die Wogen oft dunkler als der Sternenhimmel über mir.

Diese Aussicht bleibt nur deswegen gleich, weil wir mit dem Ernten rotieren. Für jeden gefällten Baum lassen wir fünf in der Erde und pflanzen an seine Stelle einen neuen Setzling. Innerhalb von sechs Jahren ist jeder einzelne dieser Bäume verschickt worden und steht dann als Herzstück der Feiertage in den Wohnzimmern.

Deshalb gibt es während meiner Saison mehrere Rituale. Am Tag vor Thanksgiving machen Mom und ich uns auf den Weg gen Süden und werden dort von Dad in Empfang genommen. Gemeinsam mit Heather und ihrer Familie begehen wir dann das Thanksgiving-Dinner. Ab dem Folgetag verkaufen wir von morgens bis abends Bäume und hören bis Heiligabend nicht mehr damit auf. An Heiligabend machen wir uns dann – völlig erschöpft – jeweils ein einziges Geschenk. Für mehr ist in unserem silbernen Wohnwagen – unserem Heim weit weg von zu Hause – auch gar kein Platz.

Unsere Farm wurde in den 30er-Jahren gebaut. Die alten Holzböden und Treppen machen es unmöglich, mitten in der Nacht aus dem Bett zu steigen, ohne Krach zu veranstalten, aber ich halte mich an die weniger knarrende Seite der Treppe. Ich bin drei Stufen vom Küchenboden entfernt, als Mom mich aus dem Wohnzimmer ruft.

»Sierra, du solltest wenigstens ein paar Stunden schlafen.«

Immer, wenn Dad nicht hier ist, schläft Mom vor dem Fernseher auf der Couch ein. Meine romantische Seite möchte gerne glauben, dass sich das Schlafzimmer zu einsam anfühlt, wenn er nicht da ist. Meine nüchterne Seite vermutet, dass sie sich rebellisch vorkommt, wenn sie auf der Couch einschläft.

Ich halte meinen Morgenmantel zu und schlüpfe barfuß in die ramponierten Turnschuhe neben der Couch. Mom gähnt und streckt sich nach der Fernbedienung auf dem Boden. Sie schaltet den Fernseher aus und der Raum wird schlagartig dunkel.

Sie knipst eine Stehlampe an. »Wo willst du hin?«

»Ins Gewächshaus«, sage ich. »Ich will den Baum hereinholen, damit wir ihn nicht vergessen.«

Statt unser Auto am Vorabend der Reise zu beladen, stellen wir unsere Taschen in die Nähe der Haustür, damit wir sie kurz vor der Fahrt noch einmal sichten können. Wenn wir erst auf dem Highway sind, ist die Strecke vor uns viel zu lang, um noch einmal umzukehren.

»Und dann ab ins Bett«, sagt Mom. Sie leidet unter demselben Fluch wie ich, wir können nicht einschlafen, solange wir uns Sorgen über etwas machen. »Sonst darfst du morgen nicht fahren.«

Ich verspreche es ihr, schließe die Haustür und ziehe meinen Morgenmantel enger um mich, um die kalte Nachtluft fernzuhalten. Im Gewächshaus wird es warm sein, aber ich werde mir nur kurz den kleinen Baum schnappen, den ich vor ein paar Tagen in einen schwarzen Plastikeimer umgetopft habe. Diesen Baum werde ich zu unserem Gepäck stellen und nach dem Thanksgiving-Dinner werden Heather und ich ihn dann pflanzen. Damit werden es dann sechs Bäume sein, die auf unserer Farm als Sprösslinge anfingen und jetzt auf Cardinals Peak in Kalifornien wachsen. Der Plan für nächstes Jahr war bisher, den ersten zu fällen, den wir gepflanzt haben, und ihn Heathers Familie zu schenken.

Ein Grund mehr, warum das nicht unsere letzte Saison sein darf.

# KAPITEL 3

Von außen mag der Wohnwagen aussehen wie eine silberne Thermosflasche, die auf der Seite liegt, aber innen verkörpert er für mich Gemütlichkeit schlechthin. An einem Ende ist an der Wand ein kleiner Esstisch befestigt, die Kante meines Bettes dient als eine der Sitzbänke. Die Küche ist minimalistisch eingerichtet, mit einem Spülbecken, Kühlschrank, Herd und Mikrowelle. Das Bad scheint jedes Jahr zu schrumpfen, obwohl meine Eltern schon das teurere Modell mit der größeren Dusche genommen haben. Bei der Standarddusche hätte ich mir nicht einmal die Beine rasieren können, ohne irgendwo anzustoßen. Am anderen Ende des Wohnwagens befindet sich die Tür zum Zimmer meiner Eltern, in dem kaum ihr Bett, ein Kleiderschränkchen und ein Hocker Platz haben. Die Tür ist jetzt geschlossen, aber ich kann Mom schnarchen hören, die sich von unserer langen Fahrt erholt.

Das Fußende meines Bettes berührt den Küchenschrank

und darüber hängt ein Holzregal. Ich drücke einen langen weißen Reißnagel in das Regal. Auf dem Tisch neben mir liegen die Bilderrahmen von Rachel und Elizabeth. Ich habe sie mit einem glänzenden grünen Geschenkband verbunden, damit ich die Rahmen übereinander aufhängen kann. Ich binde noch eine Schlaufe ins Band und ziehe sie über den Nagel, damit ich meine Freundinnen zu Hause jeden Tag bei mir habe.

»Willkommen in Kalifornien«, grüße ich die Bilder.

Ich rutsche zum Kopfende und schiebe die Vorhänge zur Seite.

Als ein Weihnachtsbaum gegen das Fenster kippt, schreie ich auf. Die Nadeln kratzen über das Glas und jemand bemüht sich, den Baum wieder aufzurichten.

Andrew späht um die Äste, wahrscheinlich, um sich zu vergewissern, dass er die Scheibe nicht beschädigt hat. Als er mich sieht, wird er rot, und ich schaue an mir herab, ob ich nach dem Duschen ein Shirt angezogen habe. Im Laufe der Jahre habe ich ein paarmal morgens geduscht und bin dann nur mit einem Handtuch bekleidet im Wohnwagen herumspaziert, bis mir wieder einfiel, dass da draußen eine Menge Highschool-Jungs arbeiten.

Der erste und einzige Typ, der mich hier unten auf ein Date eingeladen hat, ist Andrew. Das war letztes Jahr. Er tat es mit einem Zettel, den er von außen an mein Fenster pappte. Wahrscheinlich sollte es süß aussehen, aber danach ging mir nicht mehr aus dem Kopf, dass er nur einen halben Meter von dort, wo ich schlief, in der Dunkelheit herumschlich. Zum Glück hatte ich die Ausrede zur Hand, dass es nicht schlau wäre, jemand zu daten, der hier arbeitet. Das ist zwar keine in Stein gemeißelte Regel, aber meine Eltern haben öfters beiläufig erwähnt, wie unangenehm das für alle Beteiligten wäre, weil sie ja auch hier arbeiten.

Mom und Dad haben sich in meinem Alter kennengelernt, als Dad mit seinen Eltern genau hier auf diesem Platz Weihnachtsbäume verkaufte. Moms Familie wohnte ein paar Querstraßen weiter, und eines Winters verliebten sie sich so sehr ineinander, dass er den folgenden Sommer zum Baseball-Camp zurückkehrte. Nachdem sie geheiratet und den Platz übernommen hatten, stellten sie als zusätzliche Helfer Baseballspieler aus der örtlichen Highschool an, die sich etwas dazuverdienen wollten. Als ich klein war, war das nie ein Problem, aber sobald ich in die Pubertät kam, wurden überall im Wohnwagen neue, dickere Vorhänge aufgehängt.

Ich kann Andrew zwar nicht hören, sehe aber, wie er vor dem Fenster ein »Sorry« mit den Lippen formt. Endlich schafft er es, den Baum wieder aufzurichten, und rückt den Ständer dann ein Stück nach hinten, damit die unteren Äste keinen der anderen Bäume berühren.

Es gibt keinen Grund, warum die peinliche Vergangenheit uns davon abhalten sollte, uns freundlich zu begegnen, also schiebe ich das Fenster einen Spalt auf. »Du bist also wieder hier«, sage ich.

Andrew schaut sich suchend um, aber da ist niemand anderer, den ich meinen könnte. Er wendet sich mir zu und schiebt die Hände in die Hosentaschen. »Schön, dich wiederzusehen«, sagt er.

Natürlich ist es super, wenn manche Arbeiter jedes Jahr wiederkommen, aber ich will diesem speziellen nicht noch einmal falsche Hoffnungen machen. »Anscheinend sind auch ein paar andere Jungs aus dem Team wieder dabei.«

Andrew starrt den nächststehenden Baum an und rupft ein paar Nadeln ab. »Yep«, sagt er. Verdrießlich schnippt er die Nadeln in den Dreck und geht.

Davon lasse ich mich nicht verunsichern, sondern schiebe das Fenster weiter auf und schließe die Augen. Die Luft hier draußen wird nie ganz wie zu Hause riechen, aber sie gibt sich immerhin Mühe. Die Aussicht ist allerdings eine ganz andere. Zu Hause schaue ich auf Weihnachtsbäume, die auf sanft geschwungenen Hügeln wachsen, hier stehen sie aufgereiht in Metallständern auf einem Platz mit festgetretener Erde. Statt Hunderte Morgen Ackerland, die sich bis zum Horizont erstrecken, haben wir nur einen einzigen Morgen Land, der am Oak Boulevard endet. Auf der anderen Straßenseite liegt ein großer, leerer Parkplatz, der zu einem Lebensmittelgeschäft gehört. Da Thanksgiving ist, hat McGregor's Market heute bereits geschlossen.

McGregor's gab es schon lange, bevor meine Familie anfing, hier Bäume zu verkaufen. Inzwischen ist es das einzige Lebensmittelgeschäft der Stadt, das nicht zu einer

Kette gehört. Letztes Jahr meinte der Besitzer zu meinen Eltern, wenn wir das nächste Mal kämen, könnte es sein, dass sie zugemacht hätten. Als Dad vor zwei Wochen anrief, um zu sagen, dass er angekommen sei, fragte ich als Allererstes, ob es McGregor's noch gäbe. Als Kind fand ich es toll, wenn Mom oder Dad eine Pause machten und mit mir über die Straße gingen, um Lebensmittel einzukaufen. Ein paar Jahre später gaben sie mir dann eine Einkaufsliste und ich ging auf eigene Faust hinüber. In den letzten Jahren war ich nicht nur für das Einkaufen zuständig, sondern auch für die Liste.

Ich schaue einem weißen Auto nach, das vorbeifährt. Wahrscheinlich will sich der Fahrer nur versichern, dass der Laden heute wirklich schon zu hat. Er wird langsamer, als er am Schaufenster vorüberfährt, dann rast er über den Parkplatz zur Straße zurück.

Von irgendwo zwischen unseren Bäumen ruft mein Vater: »Der hat bestimmt die Cranberrysoße vergessen!«

Überall auf dem Platz hört man die Baseballspieler lachen.

Jedes Jahr an diesem Tag reißt Dad Witze über die enttäuschten Fahrer, die von McGregor's wegrasen. »Aber es wär doch kein Thanksgiving ohne Kürbiskuchen!« Oder: »Da hat wohl jemand die Füllung vergessen!« Die Jungs stimmen immer in Gelächter ein.

Ich schaue dabei zu, wie zwei von ihnen einen großen Baum am Wohnwagen vorbeischleppen. Einer hat die

Arme in den Ästen vergraben, während der andere den Stamm hält. Sie bleiben stehen, damit der mit den Ästen umgreifen kann. Der andere Typ lässt beim Warten den Blick zum Wohnwagen schweifen und fängt meinen Blick auf. Er lächelt und flüstert dem Ersten etwas zu, das ich nicht hören kann, aber das bringt seinen Teamkollegen dazu, ebenfalls zu mir herüberzuschauen.

Plötzlich möchte ich unbedingt sicherstellen, dass meine Haare nicht strähnig oder durcheinander sind, obwohl ich natürlich keinen Grund habe, sie zu beeindrucken (egal, wie süß sie sind). Also winke ich ihnen höflich zu und entferne mich dann vom Fenster.

Draußen vor der Wohnwagentür streift jemand seine Stiefel auf den Metallstufen ab. Obwohl es nicht einmal geregnet hat, seit Dad in diesem Jahr aufgebaut hat, gibt es draußen auf dem Boden immer feuchte Stellen. Mehrmals pro Tag werden die Baumständer mit Wasser aufgefüllt und die Nadeln mit Sprühflaschen benetzt.

»Klopf, klopf!«

Ich habe die Tür kaum entriegelt, als Heather sie schon aufreißt und losquiekt. Ihre dunklen Locken hüpfen, als sie die Arme hochreißt und mich umarmt. Ich lache über ihre quietschige Begeisterung und folge ihr, als sie sich auf mein Bett kniet, um die Fotos von Rachel und Elizabeth genauer zu betrachten.

»Die haben sie mir geschenkt, bevor ich losgefahren bin«, erzähle ich ihr.

Heather berührt den oberen Rahmen. »Das ist Rachel, oder? Soll das aussehen, als würde sie sich vor Paparazzi verstecken?«

»Oh, sie wäre so begeistert, wenn sie wüsste, dass du das sofort verstanden hast«, sage ich.

Heather rutscht zum Fenster, damit sie hinausschauen kann. Sie tippt mit der Fingerspitze ans Glas und einer der Baseballspieler schaut herüber. Er trägt eine Pappschachtel, auf der *Mistelzweige* steht, zu dem grünweißen Zelt, das wir das »Zirkuszelt« nennen. Dort kassieren wir die Kunden ab, verkaufen Zubehör und stellen die Bäume aus, die wir mit künstlichem Schnee besprüht haben.

Ohne mich anzuschauen, meint Heather: »Hast du schon bemerkt, wie heiß das diesjährige Team ist?«

Natürlich habe ich das, aber es wäre sehr viel einfacher, ich hätte es nicht. Falls Dad sich auch nur einbildete, ich würde mit einem der Saisonarbeiter flirten, würde er den Kerl zwingen, beide Toilettenhäuschen von oben bis unten zu schrubben und dann hoffen, dass mich allein der Gestank von ihm fernhalten würde – was auch so wäre.

Nicht, dass ich vorhätte, jemanden hier zu daten, ob er nun für uns arbeitet oder nicht. Warum mein Herz an etwas hängen, das am Weihnachtsmorgen sowieso vom Schicksal auseinandergerissen wird?

# KAPITEL 4

Nachdem wir uns mit dem Thanksgiving-Dinner vollgestopft haben und Heathers Vater seinen jährlichen Scherz über »Winterschlaf den ganzen Winter über« gerissen hat, machen wir uns an die traditionell verteilten Aufgaben. Die Väter räumen ab und spülen das Geschirr, auch deshalb, damit sie sich dabei weiter am Truthahn bedienen können. Die Mütter verziehen sich in die Garage, um unzählige Kartons mit Weihnachtsdekoration hereinzutragen. Heather rennt nach oben und holt zwei Taschenlampen, während ich am Fuß der Treppe auf sie warte.

Aus dem Garderobenschrank neben der Haustür ziehe ich einen waldgrünen Kapuzenpulli, den Mom auf dem Weg hierher getragen hat. Quer über der Brust steht in gelben Blockbuchstaben *Lumberjacks*, »Holzfäller«, das Maskottchen ihres College. Ich stecke den Kopf in den Pulli und höre dann, wie die Hintertür in der Küche aufgeht, was heißt, dass unsere Mütter zurückkehren. Rasch schaue ich nach oben, um zu checken, ob Heather schon unterwegs nach unten ist. Wir wollten eigentlich verschwunden sein, bevor sie wiederkommen und um Hilfe bitten.

»Sierra?«, ruft Mom.

Ich ziehe meine Haare durch den Halsausschnitt. »Will gerade weg!«, schreie ich zurück.

Mom trägt eine große, durchsichtige Plastikwanne herein, voll mit in Zeitungspapier gewickelter Weihnachtsdekoration.

»Darf ich mir deinen Hoodie ausleihen?«, frage ich. »Wenn du und Dad zurückgehen, kannst du meinen Pulli anziehen.«

»Nein, deiner ist zu dünn«, sagt sie.

»Ich weiß, aber du wirst nicht halb so lang draußen sein wie wir«, erwidere ich. »Außerdem ist es gar nicht so kalt.«

»Und außerdem«, fügt Mom sarkastisch hinzu, »hättest du dir das vorher überlegen können.«

Ich habe mir den Pulli schon halb ausgezogen, als sie mir mit einer Handbewegung bedeutet, ihn anzulassen.

»Nächstes Jahr bleibt ihr da und helft uns mit...« Ihr Satz verebbt.

Ich richte den Blick auf die Treppe. Sie weiß nicht, dass ich ihr Gespräch mit Dad belauscht habe, ebenso wie das zwischen ihnen und Onkel Bruce, ob wir den Verkauf nächstes Jahr noch einmal durchziehen. Anscheinend wäre es am sinnvollsten gewesen, bereits vor zwei Jahren die

Zelte abzubrechen, aber alle hoffen jetzt einfach, dass es wieder besser laufen wird.

Mom stellt die Plastikwanne auf den Wohnzimmerteppich und nimmt den Deckel ab.

»Klar, machen wir«, sage ich. »Nächstes Jahr.«

Heather kommt die Treppe in einem ausgebleichten roten Pulli heruntergesprungen, den sie nur an diesem einen Abend im Jahr trägt. Die Bündchen sind zerfleddert und der Ausschnitt ausgeleiert. Wir haben ihn kurz nach der Beerdigung meines Opas in einem Secondhandladen erstanden, als Heathers Mutter mit uns shoppen ging, um mich aufzumuntern. Sie darin zu sehen ist jedes Mal ein bittersüßer Anblick. Es erinnert mich daran, wie sehr ich meine Großeltern vermisse, wenn ich hier bin, aber auch, was für eine tolle Freundin Heather ist.

Am Fuß der Treppe bleibt sie stehen und bietet mir zwei kleine Taschenlampen zur Auswahl an, lila und blau. Ich nehme die lilafarbene und stecke sie in die Tasche.

Mom packt eine in Zeitungspapier eingewickelte Schneemann-Kerze aus. Falls Heathers Mutter die Deko-Pläne nicht zum ersten Mal seit Ewigkeiten geändert haben sollte, gehört diese Kerze ins Gästebad. Der Docht ist schwarz, weil Heathers Dad sie letztes Jahr kurz angezündet hatte. Kaum roch Heathers Mom das brennende Wachs, hämmerte sie an die Badezimmertür, bis er sie wieder ausblies. »Die ist als Dekoration gedacht!«, rief sie. »Die zündet man nicht an!«

Mom schaut in Richtung Küche und dann wieder zu uns. »Macht euch lieber sofort auf die Socken, wenn ihr noch entkommen wollt«, sagt sie. »Deine Mom sucht noch nach ihrem Beitrag zum diesjährigen Hässlichster-Weihnachts-Pulli-Wettbewerb. Anscheinend ist er ein Knaller.«

»Wie schlimm ist er?«, frage ich.

Heather rümpft die Nase. »Wenn sie damit nicht gewinnt, haben die Juroren keine Ahnung, was fürchterlich ist.«

Als wir hören, dass sich die Hintertür öffnet, hasten wir zur Haustür hinaus und knallen sie hinter uns zu.

Neben der Fußmatte steht der kleine Baum, den ich mitgebracht habe. Ich habe ihn vorhin aus dem Plastikeimer geholt, jetzt stecken seine Wurzeln in einem kratzigen Jutesack.

»Die erste Hälfte trage ich ihn«, sagt Heather. Sie hievt den basketball-großen Sack hoch und klemmt ihn sich in die Armbeuge. »Du kannst das kleine Schaufelding tragen, das du mitgebracht hast.«

Ich hebe die Gartenschippe auf und wir gehen los.

Auf halber Wegstrecke zum Cardinals Peak hinauf meint Heather, es sei Zeit zu tauschen. Ich stecke die Taschenlampe in die Gesäßtasche und wir verlagern den Baum in meine Arme.

»Hast du ihn?«, fragt sie. Als ich nicke, nimmt sie mir die Schaufel aus der Hand.

Ich greife nach und dann wandern wir weiter den Hügel hinauf, den die Einheimischen unbedarft einen »Berg« nennen. Wir halten uns in der Mitte des Feldweges, der drei Schleifen machen wird, bis wir unseren Platz erreichen. Der Mond sieht heute wie ein abgeknipster Fingernagel aus und spendet auf dieser Seite des Hügels kaum Licht. Sobald wir auf der anderen Seite herauskommen, werden wir unsere Taschenlampen noch dringender brauchen. Momentan setzen wir sie hauptsächlich dafür ein, alles Kleingetier zu verscheuchen, das wir in den Büschen herumrascheln hören.

»Okay, die Jungs, mit denen du zusammenarbeitest, sind also tabu«, sagt Heather, als führte sie eine Unterhaltung fort, die sich bereits seit einer Weile in ihrem Kopf abspielt. »Also hilf mir mal, zu überlegen, mit wem du sonst noch … du weißt schon … Zeit verbringen könntest.«

Ich lache auf, befreie umständlich die Taschenlampe aus der Hosentasche und richte sie auf ihr Gesicht. »Oh. Du meinst das ernst.«

»Ja!«

»Nein«, sage ich. Noch einmal schaue ich ihr ins Gesicht. »Nein! Erstens haben wir den ganzen Monat viel zu tun; ich habe keine Zeit. Zweitens – und das wiegt viel schwerer – wohne ich in einem Wohnwagen auf einem Verkaufsplatz! Egal, was ich sage oder tue, mein Vater ist direkt vor Ort.«

»Den Versuch ist es trotzdem wert«, behauptet sie.

Ich neige das Bäumchen zur Seite, damit ich die Nadeln nicht mehr im Gesicht habe. »Und außerdem, wie würde es dir denn gehen, wenn du wüsstest, dass du Devon gleich nach Weihnachten wieder in den Wind schießen müsstest? Grässlich würdest du dich fühlen.«

Heather zieht die kleine Schaufel aus ihrer Gesäßtasche und tippt damit beim Gehen im Takt gegen ihr Bein. »Da du es schon ansprichst – das wär so ungefähr der Plan.«

»Was?«

Sie zieht eine Schulter hoch. »Na ja, du hast diese hohen Ansprüche, wie Beziehungen sein sollten, also klinge ich bestimmt ganz ...«

»Warum finden eigentlich alle, ich hätte so hohe Ansprüche? Was soll das überhaupt heißen?«

»Jetzt sei doch nicht gleich so gereizt.« Heather lacht. »Deine Ansprüche sind einer der Gründe, warum ich dich so gern habe. Du hast diese festen ... Grundsätze und das ist super. Aber dadurch fühlt sich eine, die vorhat, nach den Feiertagen mit ihrem Freund Schluss zu machen, irgendwie schlecht. Du weißt schon, im Vergleich.«

»Wer plant denn eine Trennung einen ganzen Monat im Voraus?«, frage ich.

»Na ja, es wäre doch gemein, es direkt vor Thanksgiving zu machen«, antwortet sie. »Was würde er denn dann beim Essen im Familienkreis sagen? ›Ich bin dankbar dafür, dass mir das Herz gebrochen wurde‹?«

Ein paar Schritte lang schweigen wir, während ich darüber nachdenke. »Wahrscheinlich gibt es einfach keinen guten Zeitpunkt dafür, aber du hast recht, es gibt eindeutig ungünstigere. Wie lange denkst du denn schon darüber nach?«

»Seit kurz vor Halloween«, sagt sie. »Aber wir hatten doch so tolle Kostüme!«

Als wir nun die eine Seite des Hügel umrunden, schwindet das Mondlicht, also leuchten wir mit den Taschenlampen direkt vor unsere Füße.

»Er ist jetzt kein Idiot oder so«, sagt Heather. »Sonst wäre es mir auch egal, ob ich über die Feiertage mit ihm zusammenbleibe. Er ist klug – auch wenn er sich nicht so verhält – und nett und süß. Manchmal ist er nur so... langweilig. Oder vielleicht eher unbedarft? Ich weiß nicht!«

Nie würde ich mir ein Urteil darüber erlauben, aus welchen Gründen sich jemand trennt. Jeder Mensch will oder braucht verschiedene Dinge. Der erste Freund, mit dem ich Schluss gemacht habe, Mason, war klug und witzig, aber auch ein bisschen zu anhänglich. Anfangs gefiel mir das Gefühl, gebraucht zu werden, aber das wird schnell anstrengend. Bald wurde mir klar, dass das Gefühl, begehrt zu werden, viel besser ist.

»Inwiefern ist er langweilig?«, hake ich nach.

»Lass es mich so ausdrücken«, erwidert sie. »Wenn ich dir seine Langweiligkeit beschreiben müsste, wären selbst die Wörter, die aus meinem Mund kämen, aufregender.«

»Ehrlich?«, frage ich. »Dann kann ich es nicht erwarten, ihn kennenzulernen.«

»Und genau deshalb brauchst du einen Freund, während du hier bist«, sagt sie. »Damit wir Pärchenabende veranstalten können. Dann wären meine Dates nicht mehr so öde.«

Wie unangenehm es doch wäre, hier etwas mit jemandem anzufangen und dabei zu wissen, dass das Ganze ein Verfallsdatum hat. Wenn ich das wollte, hätte ich letztes Jahr zu Andrew ebenso gut Ja sagen können.

»Ich glaube, bei den Pärchenabenden passe ich«, sage ich. »Aber danke.«

»Bedank dich nicht zu früh«, sagt sie. »Ich spreche dich wahrscheinlich noch mal drauf an.«

Nach der nächsten Biegung, die kurz unterhalb des Gipfels des Cardinals Peak mündet, verlassen Heather und ich den schmal zulaufenden Feldweg und durchqueren kniehohes Gestrüpp. Sie lässt den Kegel ihrer Taschenlampe hin und her schweifen. Etwas, das klingt wie ein kleiner Hase, springt davon.

Noch ein Dutzend Schritte, dann lichtet sich das Unterholz. Es ist zu dunkel, um alle fünf Weihnachtsbäume gleichzeitig zu erkennen, aber als Heathers Lichtkegel den ersten trifft, wird mir warm ums Herz. Langsam bewegt sie den Lichtstrahl, bis ich sie alle gesehen habe. Damit sie sich nicht gegenseitig die Sonne nehmen, haben wir jeweils ein bisschen Abstand zwischen ihnen gelassen. Der größte ist schon ein paar Zentimeter höher als ich und der kleinste reicht mir gerade bis zur Taille.

»Hallo Jungs«, sage ich, während ich zwischen ihnen hindurchgehe. Dabei halte ich immer noch den kleinen Baum im Arm und streife mit der freien Hand über die Nadeln der anderen.

»Ich war schon letztes Wochenende hier oben«, sagt Heather. »Ich hab ein bisschen Unkraut gezupft und den Boden gelockert, damit wir es heute Abend einfacher haben.«

Ich setze den Jutesack auf der Erde ab und sehe Heather an. »Du wirst noch ein richtiges kleines Bauernmädchen.«

»Wohl kaum«, erwidert sie. »Aber letztes Jahr haben wir doch ewig gebraucht, um in der Dunkelheit das Unkraut zu rupfen, deshalb ...«

»In jedem Fall werde ich so tun, als hättest du Spaß dabei gehabt«, sage ich. »Und egal, was der Grund dafür war, du hättest es nicht gemacht, wenn du nicht so eine tolle Freundin wärst. Also danke.«

Heather nickt höflich und reicht mir dann die Schaufel.

Ich schaue mich um, bis ich die perfekte Stelle gefunden habe. Ein neuer Baum sollte immer die beste Sicht auf alles haben, was darunter passiert, finde ich. Ich knie mich auf die Erde, die dank Heather weich ist, und fange an, ein Loch zu graben, das groß genug für die Wurzeln ist.

Die letzten zwei Jahre haben wir den Baum abwechselnd getragen. Davor haben wir ihn in Heathers rotem Leiterwagen hinaufgezogen. Der Ort wurde langsam zu meiner persönlichen kleinen Baumzucht, einer Möglichkeit, einen Teil von mir hier zu lassen, sobald meine Familie wieder in den Norden zurückkehrt.

Wieder frage ich mich, ob ich nächstes Jahr überhaupt die Gelegenheit haben werde, den ältesten Baum zu fällen.

Eigentlich sollte diese Saison perfekt werden, ungetrübt von irgendwelchen »Was, wenn's?«. Aber jetzt begleiten sie mich bei allem, was ich tue. Wie soll ich denn diese Momente genießen, ohne mich dabei zu fragen, ob es das letzte Mal ist?

Ich binde die Schnur los, die den Sack um die Wurzeln gehalten hat. Als ich den Stoff abschäle, bleiben die mit heimischer Erde überzogenen Wurzeln überwiegend unbeschädigt.

»Diese Ausflüge werde ich vermissen«, sagt Heather.

Ich setze den Baum in das Loch und breite einen Teil der Wurzeln mit den Fingern aus.

Heather kniet sich neben mich und hilft mir, die Erde wieder zurück in das Loch zu schaufeln. »Wenigstens haben wir noch ein Jahr«, sagt sie.

Ich kann ihr nicht in die Augen sehen und lasse noch eine Handvoll Erde um den Baumstamm rieseln. Ich klopfe mir die Erde von den Händen, dann setze ich mich auf den Boden. Mit angezogenen Knien schaue ich den dunklen Hügel hinab auf die Lichter der Stadt. Da draußen hat Heather ihr ganzes Leben verbracht. Auch wenn ich hier jedes Jahr nur für kurze Zeit wohne, kommt es mir vor, als wäre auch ich hier aufgewachsen. Ich atme tief aus.

»Was ist los?«, fragt Heather.

Ich schaue zu ihr hoch. »Könnte sein, dass es kein weiteres Jahr gibt.«

Sie sieht mich mit gerunzelter Stirn an, sagt aber nichts.

»Sie haben mir noch nichts gesagt«, erzähle ich ihr, »aber in letzter Zeit habe ich mitbekommen, wie sie darüber redeten. Sie wissen nicht, ob es sich lohnt, noch eine Saison herzukommen.«

Jetzt blickt Heather auf die Stadt.

Wenn die Saison Fahrt aufgenommen hat und alle Lichter angeschaltet sind, kann man unseren Verkaufsplatz von hier oben leicht ausmachen. Ab morgen wird unsere Bäume ein Rechteck aus weißen Lichtern umgeben. Aber heute Abend ist der Ort, an dem ich lebe, nichts als ein dunkler Fleck in der Nähe einer langen Straße, auf der Scheinwerfer entlangfahren.

»Dieses Jahr wird es sich herausstellen«, sage ich. »Ich weiß, meine Eltern sind genauso gern hier wie ich. Rachel und Elizabeth finden die Vorstellung allerdings großartig, dass ich über Weihnachten in Oregon bleibe.«

Heather setzt sich neben mich auf die Erde. »Du bist eine meiner besten Freundinnen, Sierra. Und ich weiß, für Rachel und Elizabeth bist du das auch, deshalb kann ich es ihnen nicht verübeln – aber sie haben dich das ganze Jahr über. Du und deine Familie gehören einfach zu meiner Weihnachtszeit, alles andere ist unvorstellbar.«

Auch ich möchte meine letzte volle Saison mit Heather nicht verpassen. Von Anfang an haben wir sie fest eingeplant. Wir haben immer mit so viel banger Erwartung von unserem letzten Schuljahr gesprochen.

»Das geht mir genauso«, sage ich. »Klar bin ich neugierig darauf, wie die Feiertage zu Hause wären – wenn ich meine Schulaufgaben nicht online machen müsste und auch mal die ganzen Dezembersachen in meiner Heimatstadt erleben könnte.«

Heather schaut lange zu den Sternen hinauf.

»Aber ich würde dich und das alles hier viel zu sehr vermissen«, spreche ich weiter.

Ich sehe ihr Lächeln. »Vielleicht könnte ich in den Ferien ja für ein paar Tage raufkommen und *dich* besuchen.«

Ich lehne den Kopf an ihre Schulter und schaue geradeaus. Nicht zu den Sternen hinauf oder auf die Stadt hinab, sondern in die Ferne.

Heather lehnt den Kopf an meinen. »Lass uns jetzt nicht darüber grübeln«, meint sie, und in den nächsten Minuten sagt keine von uns etwas.

Irgendwann drehe ich mich wieder zu dem kleinsten Baum um. Ich klopfe die Erde darum fest und schiebe noch mehr davon auf seinen dünnen Stamm zu. »Wir machen dieses Jahr zu etwas ganz Besonderem, egal was kommt, ja?«, sage ich.

Heather steht auf und blickt über die Stadt. Ich nehme ihre Hand und sie zieht mich hoch. Ohne ihre Hand loszulassen, stelle ich mich neben sie.

»Weißt du, was toll wäre?«, fragt sie. »Wenn wir die Bäume hier mit Lichtern schmücken könnten, damit alle da unten sie sehen.«

Das ist ein schöner Gedanke, ein Zeichen, um unsere Freundschaft mit allen zu teilen. Jede Nacht zum Einschlafen könnte ich die Vorhänge über meinem Bett zur Seite schieben und zu ihnen hinaufschauen.

»Aber auf dem Weg hier herauf habe ich es überprüft«, sagt sie. »Auf diesem Berg gibt es weit und breit keinen einzigen Stromanschluss.«

Ich lache. »Die Natur in dieser Stadt ist echt so was von rückständig!«

# KAPITEL 5

Noch mit geschlossenen Augen höre ich, wie Mom und Dad die Tür hinter sich zuziehen, als sie den Wohnwagen verlassen. Ich rolle mich auf den Rücken und hole tief Luft. Ich will nur ein kleines bisschen mehr Zeit. Wenn ich erst einmal aufstehe, werden die Tage wie Dominosteine purzeln.

Am Eröffnungstag ist Mom nach dem Aufwachen immer sofort einsatzbereit. Da komme ich mehr nach Dad. Seine schweren Stiefel schlurfen draußen auf dem Weg zum Zirkuszelt über den Boden. Dort wird er einen großen Kaffeespender einstöpseln und einen zweiten mit heißem Wasser, und dann die Teepackungen und die Kakaopulverpäckchen sortieren, die wir für die Kunden bereitstellen. Aber die ersten heißen Tropfen Kaffee fließen in seine eigene Thermoskanne.

Ich ziehe das schlauchförmige Kissen unter meinem Kopf hervor und drückte es an die Brust. Immer wenn

Heathers Mom am Wettbewerb für den scheußlichsten Weihnachtspulli teilgenommen hat, den sie in den letzten sechs Jahren zwei Mal gewonnen hat, schneidet sie die Ärmel ab und macht Nackenrollen daraus. Das eine Ende näht sie mit dem Bündchen zu, stopft den Ärmel mit Watte aus und näht dann das andere Ende zu. Einen Ärmel behält sie für ihre Familie und der andere geht an mich.

Ich halte den, den ich am Abend zuvor bekommen habe, auf Armeslänge von mir ab. Er ist aus moosgrünem Stoff, mit einem dunkelblauen Rechteck, dort, wo der Ellbogen war. Darin fallen Schneeflocken auf ein fliegendes Rentier mit roter Nase.

Ich drücke das Kissen fest an mich und schließe wieder die Augen. Draußen höre ich jemanden auf den Wohnwagen zukommen.

»Ist Sierra da?«, fragt Andrew.

»Im Moment nicht«, antwortet Dad.

»Oh, okay«, sagt Andrew. »Ich dachte, wir könnten uns zusammentun und mit der Arbeit schneller vorankommen.«

Ich klammer mich noch fester ans Kissen. Dass Andrew draußen auf mich wartet, hat mir gerade noch gefehlt.

»Ich glaube, sie schläft noch«, sagt Dad. »Aber wenn du etwas zu tun brauchst, dann schau doch mal nach, ob genug Handdesinfektionsmittel in den Toiletten ist.«

Mein Dad, wie er leibt und lebt!

Ich stehe endlich vor dem Zirkuszelt, immer noch nicht ganz wach, aber bereit, die ersten Kunden des Jahres zu empfangen. Ein Vater und seine Tochter, die ungefähr sieben Jahre alt ist, steigen aus einem Auto. Sein Blick schweift bereits zu den Bäumen, während er ihr sanft die Hand auf den Kopf legt.

»Ich liebe diesen typischen Geruch«, meint der Vater.

Das Mädchen macht einen Schritt vorwärts, die Augen unschuldig aufgerissen. »Es riecht nach Weihnachten!«

*Es riecht nach Weihnachten.* Das sagen so viele Leute, wenn sie zum ersten Mal hier auftauchen, als hätten die Worte die ganze Fahrt darauf gewartet, ausgesprochen zu werden.

Auf dem Weg zum Zirkuszelt, zwischen zwei Silbertannen, taucht Dad auf, wahrscheinlich auf der Suche nach Kaffee. Zunächst begrüßt er die Familie und sagt ihnen, sie könnten jeden von uns ansprechen, wenn sie Hilfe bräuchten. Andrew läuft vorbei, mit einer abgeschabten Bulldogs-Baseballkappe auf dem Kopf und einem Gartenschlauch über der Schulter. Er erklärt der Familie, er werde ihnen gerne einen Baum zum Auto tragen, sobald sie so weit seien. Mir wirft er – dank Dad – nicht einmal einen Blick zu und ich unterdrücke ein Grinsen.

»Ist deine Kasse einsatzbereit?«, fragt Dad, als er seine Thermosflasche auffüllt.

Ich schlendere hinter den Ladentresen, der mit glänzenden, roten Girlanden und frischen Stechpalmenzweigen verziert ist. »Ich schau nur zu, was wir als Erstes verkaufen werden.«

Dad reicht mir meinen Lieblingsbecher, der mit seinen pastellfarbenen Kringeln und Streifen wie ein Osterei verziert ist (ich fand, hier sollte es auch etwas geben, das nicht nach Weihnachten aussieht). Ich schenke mir ein bisschen Kaffee ein und reiße dann eine Packung Kakao auf, den ich dazuschütte. Dann wickle ich eine kleine Pfefferminzzuckerstange aus und rühre damit um.

Dad lehnt sich mit dem Rücken an den Tresen und betrachtet die Ware im Zirkuszelt. Mit der Thermoskanne zeigt er auf die schneeweißen Bäume, die er am Morgen fertig besprüht hat. »Glaubst du, die reichen für den Moment?«

Ich lecke das Schokoladenpulver von der dünner gewordenen Zuckerstange und tauche sie dann wieder in die Tasse. »Das reicht dicke«, sage ich, dann trinke ich meinen ersten Schluck. Es schmeckt zwar wie billiger Pfefferminz-Mokka, aber es ist lecker.

Irgendwann kommen der Vater und seine Tochter ins Zirkuszelt und bleiben an der Kasse stehen.

Ich beuge mich über den Tresen zu dem kleinen Mädchen. »Hast du einen Baum gefunden, der dir gefällt?«

Sie nickt begeistert, und als sie lächelt, sieht man, dass ihr in der oberen Zahnreihe bezauberderweise ein Zahn fehlt. »Einen ganz großen!«

Unser erster Verkauf des Jahres! Ich kann meine Begeisterung kaum zügeln und hoffe zutiefst, dass es dieses Jahr wenigstens so gut läuft, dass man mindestens eine weitere Saison rechtfertigen kann.

Der Vater schiebt mir über den Tresen ein Baumetikett zu. Hinter ihm beobachte ich, wie Andrew ihren Baum mit dem Stamm voran durch das offene Ende eines Plastikzylinders führt. Am anderen Ende ist ein rotweißes Netz darüber gespannt. Dad packt den Stamm und zieht den Rest des Baumes und das Netz heraus, das sich entfaltet und um die Zweige legt. Sobald sie durchgezogen sind, liegen die Äste sicher nach oben an. Dad und Andrew drehen den Baum samt Netz hin und her, schneiden das obere Ende des Netzes ab und verknoten es. Das Prozedere ist so, wie wenn Heathers Mom ihre Pulliärmel ausstopft, um Kissen daraus zu machen, nur ist das Ergebnis doppelt so schön.

Ich kassiere unseren ersten Baum ab und wünsche ihnen beiden »Frohe Weihnachten!«.

Zur Mittagszeit sind meine Beine müde und schmerzen vom Bäume-Verladen und stundenlangen Stehen hinter der Kasse. In ein paar Tagen werde ich mich daran gewöhnt haben, aber heute bin ich dankbar, als Heather mit einer Tüte Thanksgiving-Resteessen anrückt. Mom schickt uns in den Wohnwagen, und das Erste, was Heather tut, als wir am Tisch sitzen, ist, die Vorhänge weit aufzuschieben.

Sie zieht eine Augenbraue hoch. »Da hat man doch gleich eine viel bessere Aussicht.«

Wie aufs Stichwort kommen zwei Typen aus dem Baseballteam mit einem großen Baum auf den Schultern vorbeigelaufen.

»Du bist völlig schamlos.« Ich wickle ein Truthahn-und-Cranberry-Sandwich aus. »Du bist mit Devon noch bis nach Weihnachten zusammen, schon vergessen?«

Sie zieht die Füße hoch, um sich im Schneidersitz auf die Bank – auch bekannt als mein Bett – zu setzen und packt ihr Sandwich aus. »Er hat gestern Abend angerufen und sich zwanzig Minuten darüber ausgelassen, wie er zur Post gegangen ist.«

»Okay, dann ist er eben kein besonders toller Gesprächspartner«, sage ich. Ich beiße in mein Sandwich und seufze genießerisch auf, als die Thanksgiving-Aromen meine Zunge treffen.

»Du verstehst das nicht. Er hat mir dieselbe Geschichte bereits letzte Woche aufgetischt und da war sie schon genauso sinnfrei.« Als ich lache, wirft sie die Hände in die Luft. »Das ist mein Ernst! Mir ist schnuppe, ob diese mürrische alte Dame vor ihm versucht, ein Paket Austern nach Alaska zu verschicken. Was ist mit dir?«

»Ob ich Austern nach Alaska schicken würde?« Ich beuge mich vor und ziehe sie kurz an den Haaren. »Du bist gemein.«

»Ich bin ehrlich. Aber da wir schon übers Gemeinsein

reden«, fährt sie fort, »du hast mal einen Typen abserviert, weil er dich *zu* gern hatte. Das nenne ich mal niederschmetternd.«

»Mason? Der war einfach viel zu anhänglich!«, sage ich. »Er wollte Weihnachten mit dem Zug hierher fahren, um mich zu besuchen. Davon hat er schon im Frühsommer geredet, als wir erst ein paar Wochen zusammen waren!«

»Ist irgendwie süß«, sagt Heather. »Er wusste damals schon, dass er es keinen Monat ohne dich aushalten würde. Ich dagegen könnte definitiv einen Monat Auszeit von Devons Geschichten gebrauchen.«

Als Heather mit Devon zusammenkam, war sie völlig verknallt in ihn. Das ist erst ein paar Monate her.

»Jedenfalls«, sagt sie, »müssen wir Pärchenabende machen, während du hier bist. Das kann auch ganz locker ablaufen; du musst dich nicht verlieben oder so was.«

»Da fällt mir ja ein Stein vom Herzen«, sage ich. »Danke.«

»Zumindest hätte ich dann jemanden, mit dem ich reden könnte«, sagt sie.

»Mir macht es nichts aus, das fünfte Rad am Wagen zu spielen, wenn ihr zwei ausgeht«, sage ich. »Wenn Devon von Austern anfängt, würde ich ihn sogar unterbrechen. Aber dieses Jahr bin ich auch ohne irgendeinen Typen gestresst genug.«

Einige Bäume entfernt stehen Andrew und ein Kollege aus dem Team. Sie beobachten uns, während sie sich unterhalten und lachen. Selbst als wir sie bemerken, hören sie nicht damit auf oder schauen weg.

»Sehen die uns etwa beim Essen zu?«, frage ich. »Ganz schön traurig.«

Andrew wirft einen Blick über die Schulter, wahrscheinlich hält er nach meinem Dad Ausschau. Dann winkt er uns zu. Ich bin noch unschlüssig, ob ich zurückwinken soll, als Dad ihnen schon zuruft, sie sollen wieder an die Arbeit gehen. Ich nutze die Gelegenheit und ziehe die Vorhänge zu.

Heather hat die Augenbrauen hochgezogen. »Also *er* scheint ja noch interessiert zu sein.«

Ich schüttle den Kopf. »Ist doch egal, wer der Typ wäre, es würde nichts als Ärger bedeuten, wenn mein Dad uns die ganze Zeit bewachen würde. Gibt es einen Typen, der das wert wäre? Bestimmt kein einziger vor diesem Fenster.«

Heather trommelt mit den Fingern auf die Tischplatte. »Es müsste jemand sein, der nicht hier arbeitet ... jemand, den dein Dad nicht zum Klodienst verdonnern könnte.«

»Hast du mir überhaupt zugehört, als ich meinte, ich will keine Dates?«

»Hab ich«, gibt Heather zurück. »Ich ignoriere es aber.«

Natürlich tut sie das. »Okay, nehmen wir mal an, ich wäre rein theoretisch an jemandem interessiert – was nicht der Fall ist. Was für ein Typ Junge käme denn auf mich zu, wenn klar wäre, dass ich in einem Monat wieder den Abflug mache?«

»Das musst du ihm ja nicht auf die Nase binden«, sagt

Heather. »Das kann man sich denken, und ein Monat ist länger, als manche Beziehungen halten. Also sieh es nicht so eng. Betrachte es einfach als heißen Urlaubsflirt.«

»Als ›heißen Urlaubsflirt‹? Hast du das wirklich gerade gesagt?« Ich verdrehe die Augen. »Du solltest nicht so viele Serien gucken.«

»Lass es dir durch den Kopf gehen! Es wäre eine Beziehung ohne Stress, weil das Ganze ein Verfallsdatum hat. Und zu Hause könntest du bei deinen Freundinnen mit einer tollen Geschichte aufwarten.«

Widerstand ist offensichtlich zwecklos. Heather ist gnadenloser als Rachel, und das soll was heißen. Der einzige Ausweg besteht darin, es auszusitzen, bis es zu spät ist.

»Ich denke darüber nach«, sage ich.

Von draußen klingt das vertraute Lachen zweier Frauen herein, also ziehe ich den Vorhang zur Seite und spähe hinaus. Zwei Frauen mittleren Alters von der Stadtverwaltung gehen auf das Zirkuszelt zu, die Arme voller Poster.

Ich wickle den Rest meines Sandwichs wieder ein, um es mitzunehmen, dann umarme ich Heather. »Ich halte die Augen nach einem Advents-Romeo offen, aber jetzt muss ich an die Arbeit.«

Heather packt ihr Sandwich ebenfalls wieder ein und steckt es in die Tüte zurück. Sie folgt mir aus dem Wohnwagen und geht auf ihr Auto zu. »Ich halte auch die Augen offen«, ruft sie noch.

Die Damen von der Stadtverwaltung plaudern gerade

mit Mom am Tresen, als ich dazustoße. Die ältere mit einem langen, grauen Zopf hält ein Poster hoch mit einem Müllauto, das mit Weihnachtsbeleuchtung geschmückt ist.

»Könnten Sie wieder ein paar von denen aufhängen? Das wüsste die Stadt wirklich zu schätzen. Unsere Weihnachtsparade wird dieses Jahr so spektakulär wie noch nie! Wir wollen nicht, dass das irgendjemand im Ort verpasst.«

»Machen wir gern«, sagt Mom, und die bezopfte Dame legt vier Poster auf den Tresen. »Sierra wird sie heute Nachmittag aufhängen.«

Ich bücke mich hinter den Tresen nach dem Tacker. Dann verlasse ich mit den vier Postern in der Hand das Zelt und unterdrücke ein Lachen, als ich sie betrachte. Ich weiß nicht recht, ob ein festlich geschmücktes Müllauto eine größere Zuschauermenge anziehen wird als sonst, aber es fördert das Kleinstadtgefühl.

Als Kind hat mich Heathers Familie ein paarmal zur Parade mitgenommen, und ich muss zugeben, es hat auf simple Art Spaß gemacht. Die Weihnachtsparaden, die ich mir jetzt anschaue, werden aus New York oder L.A. übertragen. Ganz bestimmt findet man dort keine Beiträge wie die vom »Verein der Mopsbesitzer« oder vom »Freundeskreis der Stadtbücherei« oder von den Traktoren, aus denen Weihnachtslieder im Countrystil dröhnen, während sie die Straßen entlangrollen. Obwohl ich mir das bei der Oregon-Weihnachtsparade schon vorstellen könnte.

Ich drücke das letzte Poster an den Holzmast neben der

Einfahrt zu unserem Verkaufsplatz und schieße je eine Nadel in die oberen beiden Ecken. Als ich das Poster nach unten glatt streiche, höre ich Andrews Stimme hinter mir.

»Brauchst du Hilfe?«

Meine Schultern verspannen sich. »Ich schaff das schon.«

Ich schieße noch zwei Nadeln in die unteren beiden Ecken. Dann trete ich einen Schritt zurück und gebe vor, mein Werk so lange zu bewundern, dass Andrew genügend Zeit hat, sich zu verdrücken. Als ich mich endlich umdrehe, entdecke ich, dass Andrew gar nicht mit mir gesprochen hat, sondern mit einem umwerfend gut aussehenden Typen in unserem Alter, der ein paar Zentimeter größer ist als er. Mit der einen Hand hält der Typ einen Baum aufrecht, mit der anderen streicht er sich die dunklen Haare aus den Augen.

»Danke, geht schon«, sagt er und Andrew entfernt sich.

Der Typ schaut mich an und lächelt, dabei entsteht ein hübsches Grübchen in seiner linken Wange. Sofort spüre ich, wie ich rot werde, und senke den Blick. Mein Magen ist in Aufruhr, und ich hole tief Luft und ermahne mich, dass ein süßes Lächeln absolut gar nichts über die Person aussagt.

»Arbeitest du hier?« Seine Stimme ist sanft und erinnert mich an die alten Schlagersongs, die meine Großeltern in der Weihnachtszeit laufen ließen.

Ich blicke auf und bemühe mich, wie ein Profi aufzutreten. »Hast du alles gefunden, was du brauchst?«

Sein Lächeln bleibt, das Grübchen auch. Ich streiche mir die Haare aus dem Gesicht und zwinge mich, den Blick nicht abzuwenden. Unwillkürlich möchte ich einen Schritt auf ihn zu machen.

»Ja, habe ich«, sagt er. »Danke.«

Wie er mich anschaut – fast schon mustert – macht mich ganz nervös. Ich räuspere mich und schaue schließlich doch weg, aber als ich wieder hinsehe, geht er schon weiter, den Baum auf der Schulter, als wöge er fast nichts.

»Die knallrote Gesichtsfarbe steht dir prima, Sierra.«

Andrew steht neben dem Laternenmast und schüttelt den Kopf. Am liebsten würde ich ihm etwas Sarkastisches an den Kopf werfen, aber meine Zunge ist immer noch verknotet.

»Wusstest du, dass Grübchen eigentlich eine Missbildung sind?«, fährt er fort. »Das heißt, er hat einen Muskel im Gesicht, der zu kurz ist. Ist irgendwie eklig, wenn man drüber nachdenkt.«

Ich verlagere das Gewicht auf einen Fuß und schenke Andrew meinen schönsten *Sind wir hier fertig?*-Blick. So gemein bin ich normalerweise nicht, aber bei ihm hilft eindeutig nur noch ein Amboss auf den Kopf, wenn er glaubt, seine demonstrative Eifersucht sei der Weg zu meinem Herzen.

Ich bringe den Tacker zurück zum Tresen und warte dort. Vielleicht kommt der Typ mit dem Grübchen noch mal vorbei, weil er Lametta braucht oder eine unserer Gießkannen mit dem extralangen Hals. Oder vielleicht braucht er Lichter oder einen Mistelzweig. Aber dann komme ich mir bescheuert vor. Schließlich habe ich Heather haarklein all die Gründe aufgezählt, warum ich mich auf niemanden einlassen möchte, solange ich hier bin – alles gute Gründe –, und diese Gründe sind nicht plötzlich während der letzten zehn Minuten hinfällig geworden. Ich bin einen Monat hier. Einen einzigen Monat! Weder habe ich die Zeit, noch das Herz, mich auf etwas einzulassen.

Trotzdem hat sich der Gedanke festgesetzt. Vielleicht hätte ich ja doch nichts gegen ein bisschen Verfallsdatum-Dating? Vielleicht wäre ich gar nicht so wählerisch, wie meine Freundinnen behaupten, wenn ich wüsste, dass ich maximal ein paar Wochen mit ihm zusammen wäre – und sein könnte. Und wenn er noch zufällig heiß wäre und ein Grübchen hätte, na dann, umso besser für ihn! Und für mich.

Am Nachmittag schicke ich Heather eine Nachricht: **Wie genau würde so ein Urlaubsflirt denn aussehen?**

# KAPITEL 6

Als ich aufwache ist die Sonne kaum aufgegangen, aber es warten bereits zwei Nachrichten auf mich.

Die erste ist von Rachel, die sich über die Heidenarbeit beschwert, die so eine Winterball-Organisation mit sich bringt, während vernünftige Menschen entweder für die Prüfungen lernen oder Weihnachtseinkäufe machen würden. Wäre ich vor Ort, würde sie mich sofort dazu rumkriegen, ihr zu helfen, das steht fest, aber aus neunhundert Meilen Entfernung kann ich nicht viel tun. Zum Glück bekomme ich meine Arbeit auf dem Verkaufsplatz mit den Schularbeiten problemlos unter einen Hut. Meine Lehrer schicken mir Unterrichtsmaterial und Grafiken, und sobald weniger los ist und ich kurz online gehen kann, erledige ich die Aufgaben. Einmal pro Woche mit Monsieur Cappeau zu sprechen, wird nicht gerade ein Freudenfest, aber wenigstens komme ich dann für den mündlichen Teil meiner Französischprüfung nicht ganz aus der Übung.

Auf dem Bett sitzend lese ich die zweite Nachricht von Heather: Bitte sag, dass du das ernst meinst mit dem Advents-Romeo. Devon hat den ganzen Abend lang von seinem Fantasie-Football-Team geschwafelt. Rette mich! Sonst braucht er bald eine Fantasiefreundin. Viel fehlt nicht.

Ich stehe auf und schreibe zurück: Gestern hat ein echt süßer Typ einen Baum gekauft.

Als ich auf dem Weg in die Dusche bin, antwortet sie: Mehr Details!

Bevor ich den Knoten der Kordel an meiner Pyjamahose lösen kann, schreibt sie schon wieder: Egal! Erzähl mir davon beim Mittagessen.

Nach der Dusche ziehe ich ein graues Sweatshirt und Jeans an. Ich binde die Haare zu einem hohen Pferdeschwanz und ziehe ein paar Strähnchen heraus, damit sie mir lose ums Gesicht fallen, trage noch ein bisschen Make-up auf und trete dann in den kühlen Morgen hinaus. Im Zirkuszelt hinter dem Tresen steht Mom und füllt Wechselgeld in die Kasse. Als sie mich sieht, deutet sie auf meine noch dampfende Osterei-Tasse auf der Theke, in der schon eine Zuckerstange steckt.

»Bist du schon lange auf?«, frage ich.

Sie pustet vorsichtig auf die Oberfläche ihres eigenen Getränks. »Nicht jeder kann weiterschlafen, wenn dein Handy pausenlos piept.«

»Oh. Tut mir leid.«

Dad kommt hinzu und küsst uns beide auf die Wange. »Morgen.«

»Sierra und ich haben gerade über ihre SMS gesprochen«, sagt Mom. »Vielleicht braucht sie ja keinen Schönheitsschlaf, aber ...«

Dad küsst sie auf die Lippen. »Du auch nicht, Schatz.«

Mom lacht. »Wer sagt, dass ich von mir rede?«

Dad kratzt sich in den grau werdenden Stoppeln am Kinn. »Wir waren uns doch einig, dass sie mit ihren Freundinnen zu Hause in Kontakt bleiben sollte.«

Ich beschließe, nicht zu erwähnen, dass eine der Nachrichten von Heather war.

»Das stimmt«, sagt Mom, dann schaut sie mich streng an. »Aber vielleicht bittest du dein Leben zu Hause, ab und zu auch mal zu schlafen.«

Ich stelle mir Rachel und Elizabeth vor, die in diesem Moment wahrscheinlich am Telefon hängen und den Rest dieses langen Thanksgiving-Wochenendes durchplanen.

»Da du gerade von meinem Leben zu Hause sprichst«, sage ich, »langsam wird es mal Zeit, dass ihr mir sagt, ob wir nächstes Jahr wieder herkommen, findet ihr nicht?«

Mom zuckt zurück und blinzelt. Dann wirft sie Dad einen Blick zu.

Dad nimmt einen langen Schluck aus seiner Thermoskanne. »Hast du uns belauscht?«

Ich drehe eine lose Haarsträhne um den Finger. »Ich habe nicht gelauscht, ich habe eure Gespräche *mitbekom-*

*men*«, stelle ich klar. »Also, auf was muss ich mich einstellen?«

Dad trinkt noch einen Schluck, bevor er antwortet. »Um die Farm brauchst du dir keine Sorgen zu machen«, sagt er. »Die Leute werden nie aufhören, Weihnachtsbäume zu kaufen, selbst wenn sie sie im Einkaufszentrum besorgen. Es könnte nur sein, dass wir sie nicht mehr selbst verkaufen.«

Mom legt mir die Hand auf den Arm und schaut mich besorgt an. »Wir werden nichts unversucht lassen, um diesen Verkaufsplatz am Laufen zu halten.«

»Es geht nicht nur um mich«, sage ich. »Natürlich berührt es mich, ob es weitergeht oder nicht, aber diesen Verkaufsplatz gibt es, seit Opa ihn eröffnet hat. Hier habt ihr zwei euch kennengelernt. Er ist euer Leben.«

Dad nickt langsam und zuckt schließlich die Schultern. »Eigentlich ist die Farm unser Leben. Das hier war für mich eher die Belohnung für das frühe Aufstehen und die Nachtschichten zu Hause. Zu sehen, wie aufgeregt die Leute sind, wenn sie den richtigen Baum gefunden haben. Es wäre schon hart, das aufzugeben.«

Ich bewundere es so, dass das hier für sie nie zu einem reinen Geschäft verkommen ist.

»Natürlich werden unsere Bäume immer noch die gleiche Wirkung haben«, sagt Dad. »Aber ...«

Aber jemand anders wird dabei zuschauen, wie es passiert.

Mom lässt die Hand von meinem Arm gleiten. Wir schauen beide Dad an. Für ihn wäre es am schwersten.

»Der Verkaufsplatz hat in den letzten Jahren fast nichts mehr eingebracht«, sagt er. »Letztes Jahr haben wir sogar Geld verloren, nachdem ich dem Team einen Bonus gezahlt hatte. Wir gleichen das mit den Großhändlern aus und wahrscheinlich wird es auch in Zukunft darauf hinauslaufen. Dein Onkel Bruce befasst sich gerade damit, während wir weg sind.« Er nimmt noch einen Schluck. »Ich kann nicht voraussagen, wie lange wir noch durchhalten, bevor wir uns eingestehen müssen, dass …«

Sein Satz verhallt, er kann es nicht aussprechen – oder will es nicht.

»Also könnte das wirklich unser letztes Weihnachten in Kalifornien werden«, stelle ich fest.

Moms Gesicht wird sanft. »Wir haben noch nichts entschieden, Sierra. Aber es wäre vielleicht besser, dieses Weihnachten zu einem denkwürdigen zu machen.«

Heather betritt den Wohnwagen, wieder beladen mit zwei Resteessenstüten. Ihr Blick ist gespannt, bestimmt will sie, dass ich ihr alles über den süßen Typen auftische, der gestern vorbeigekommen ist. Devon schlendert hinter ihr herein, den Blick auf sein Handy gerichtet. Obwohl er den Kopf gesenkt hält, kann ich erkennen, dass er gut aussieht.

»Sierra, das ist Devon. Devon, das ist... Devon, schau her!«

Er blickt zu mir auf und lächelt. Seine kurzen braunen Haare umrahmen runde Wangen, aber es sind seine ruhigen Augen, die mich sofort für ihn einnehmen.

»Schön, dich kennenzulernen«, sage ich.

»Freut mich auch«, antwortet er. Er hält meinen Blick lange genug, um seine Aufrichtigkeit zu beweisen, dann taucht sein Gesicht wieder in sein Handy ab.

Heather reicht Devon eine der Essenstüten. »Baby, bring das doch bitte den Jungs da draußen. Und dann hilf ihnen beim Bäume-Aufladen oder so was.«

Devon nimmt die Tüte, ohne von seinem Handy aufzublicken, und verlässt den Wohnwagen. Heather setzt sich an den Tisch mir gegenüber und ich schiebe meinen Laptop auf das Kissen neben mich.

»Scheint so, als wären deine Eltern nicht zu Hause gewesen, als Devon dich abgeholt hat«, sage ich. Heather sieht verwirrt aus, deshalb zeige ich auf ihre Haare. »Sie sind hinten ein bisschen wirr.«

Ihre Wangen laufen rot an und sie kämmt sich das Gewirr mit den Fingern. »Oh, stimmt...«

»Dann läuft es also wieder besser zwischen dir und Mr Einsilbig?«

»Das ist ein hübsches Wort«, sagt sie. »Wenn ich die Wahl habe, ihm zuzuhören oder ihn zu küssen, dann ist Küssen die viel bessere Verwendung für seinen Mund.«

Ich breche in Gelächter aus.

»Ich weiß, ich weiß, ich bin ein schrecklicher Mensch«, sagt sie. »Und jetzt erzähl mir alles über den Typen, der hier war.«

»Ich habe keine Ahnung, wer er ist. Es gibt nicht viel zu erzählen.«

»Wie sieht er aus?« Heather zieht den Deckel von einer Tupperdose ab, darin ist Truthahnsalat mit Walnüssen und Selleriestücken. Ihre Familie versucht immer noch, die Reste von Thanksgiving loszuwerden.

»Ich habe ihn nur ganz kurz gesehen«, sage ich, »aber er sah aus, als wäre er in unserem Alter. Er hat ein Grübchen, das ...«

Heather beugt sich mit schmalen Augen vor. »Und dunkle Haare? Ein Killer-Lächeln?«

Woher weiß sie das?

Heather zieht ihr Handy heraus, tippt ein paarmal darauf herum und zeigt mir dann ein Foto aus dem Netz von genau dem Typen, von dem ich gesprochen habe. »Ist er das?« Sie sieht nicht erfreut aus.

»Woher wusstest du das?«

»Das Erste, was du erwähnt hast, war sein Grübchen. Damit war es klar.« Sie schüttelt den Kopf. »Außerdem wäre das wieder mal typisch. Tut mir leid, Sierra, aber das geht nicht. Nicht Caleb.«

Er heißt also Caleb. »Und warum nicht?«

Sie lehnt sich zurück und berührt mit den Fingerspitzen

die Tischkante. »Er ist einfach nicht die beste Wahl, okay? Wir suchen dir jemand anderen.«

Das reicht mir nicht und das weiß sie.

»Es gibt so ein Gerücht«, sagt sie. »Aber ich bin mir ziemlich sicher, dass es stimmt. So oder so, etwas ist passiert.«

»Was denn für ein Gerücht?« Das ist das erste Mal, dass ich sie so geheimnisvoll über jemanden reden höre. »Du machst mich ja ganz nervös.«

Sie schüttelt den Kopf. »Ich will mich da nicht einmischen. Ich tratsche wirklich ungern, aber ich gehe nicht auf einen Pärchenabend mit ihm.«

»Erzähl es mir.«

»Es ist unbestätigt, okay? Es wurde mir nur weitererzählt.« Sie schaut mir in die Augen, aber ich sage kein Wort, bis sie damit rausrückt. »Es heißt, er habe seine Schwester mit einem Messer angegriffen.«

»Was?« Mir dreht sich der Magen um. »Der Typ ist ... lebt sie noch?«

Heather lacht, aber ich weiß nicht, ob es an meinem entsetzten Gesicht liegt oder weil sie nur einen Witz gemacht hat. Mein Herz hämmert immer noch, aber schließlich lache auch ich ein wenig.

»Nein, er hat sie nicht umgebracht«, sagt Heather. »Soweit ich weiß, geht es ihr gut.«

Also war es doch kein Scherz.

»Aber sie wohnt nicht mehr hier«, erzählt Heather weiter. »Ich weiß nicht, ob das an der Messerattacke liegt, aber davon gehen die meisten aus.«

Ich strecke mich auf meinem Bett aus und lege die Hand an die Stirn. »Das ist heftig.«

Heather tätschelt mir unter dem Tisch das Bein. »Wir suchen einfach weiter.«

Am liebsten würde ich ihr sagen, sie solle sich die Mühe sparen. Ihr sagen, dass ich nicht mehr an einem Urlaubsflirt interessiert bin. Vor allem, wenn mein Radar dermaßen daneben liegt, dass ich mir prompt den Typen aussuche, der seine Schwester mit einem Messer angegriffen haben soll.

Nachdem wir den Truthahnsalat aufgegessen haben, gehen wir nach draußen, um Devon aufzutreiben, damit ich wieder an die Arbeit gehen kann. Er sitzt hinter dem Zirkuszelt an einem Klapptisch mit einer Gruppe Jungs, die gemeinsam Heathers Reste vertilgen. Ein hübsches Mädchen ist auch dabei, das ich noch nie gesehen habe und das sich eng an Andrew schmiegt.

»Ich glaube, wir kennen uns nicht«, sage ich. »Ich bin Sierra.«

»Oh, deinen Eltern gehört doch der Platz!« Sie streckt die manikürte Hand aus und ich schüttle sie. »Ich heiße Alyssa. Ich bin nur vorbeigekommen, um mich mit Andrew zum Mittagessen zu treffen.«

Ich werfe einen Blick auf Andrew, der rot wie eine Tomate anläuft.

Er zuckt die Achseln. »Wir sind nicht... du weißt schon...«

Dem Mädchen entgleist das Gesicht. Sie legt die Hand aufs Herz und schaut Andrew an. »Seid ihr zwei etwa...?«

»Nein!«, sage ich rasch.

Ich weiß nicht recht, was Andrew vorhat. Falls er mit ihr zusammen ist, will er dann, dass ich glaube, es sei nichts Ernstes? Als würde mich das interessieren! Jedenfalls hoffe ich sehr, es wird noch was Ernstes. Vielleicht kommt er mit Alyssas Hilfe über das hinweg, was immer er noch für mich übrighat.

Ich wende mich an Heather. »Sehen wir uns später?«

»Devon und ich könnten dich nach Feierabend abholen«, sagt sie. »Wie wäre es, wenn wir weggehen und ein paar Leute treffen – oder *jemanden*. Du brauchst ja nicht mehr als einen, oder?«

Heather ist nicht nur hartnäckig, sondern auch durchschaubar.

Mit hochgezogener Augenbraue schaut sie mich an. »Ein Monat, Sierra. In einem Monat kann viel passieren.«

»Für heute Abend passe ich«, erwidere ich. »Ein andermal vielleicht.«

Doch in den folgenden Tagen denke ich ununterbrochen an Caleb.

# KAPITEL 7

Unter der Woche kommt Heather nach der Schule meist bei mir vorbei. Manchmal steht sie mit mir an der Ladentheke und hilft aus, wenn Eltern mit kleinen Kindern kommen. Während ich die Eltern abkassiere, beschäftigt sie die Kinder.

»Gestern Abend habe ich Devon gefragt, was er sich zu Weihnachten wünscht«, sagt Heather drüben an der Getränkestation. Vorsichtig taucht sie einen Mini-Marshmallow nach dem anderen in ihre heiße Schokolade.

»Und, was hat er gesagt?«

»Moment, ich muss zählen.« Nachdem sie ihren achtzehnten Marshmallow versenkt hat, nippt sie an der Tasse. »Er hat nur mit den Schultern gezuckt. Das war das ganze Gespräch. Wahrscheinlich ist es am besten so, oder? Was, wenn er sich etwas Teures gewünscht hätte? Dann hätte ich ihm auch etwas Teures nennen müssen, wenn er mich gefragt hätte.«

»Und das ist deshalb ein Problem, weil …?«

»Ich kann doch nicht zulassen, dass wir einander schöne Sachen kaufen und dann kurz danach mit ihm Schluss machen!«

»Dann schenkt euch doch was Selbstgemachtes«, sage ich. »Etwas Kleines und nicht zu Teures.«

»Etwas Selbstgemachtes, bei dem man sich was gedacht hat? Das wäre ja noch schlimmer!« Sie schlendert zu einem besprühten Baum und berührt vorsichtig den Kunstschnee. »Wie macht man denn mit jemandem Schluss, der einem gerade eine Holzfigur geschnitzt hat oder so was?«

»Das wird langsam viel zu kompliziert«, sage ich. Ich ziehe eine Pappschachtel voller verpackter Mistelzweige unter dem Tresen hervor und stelle sie auf den Hocker. »Vielleicht solltest du es jetzt hinter dich bringen. So oder so wirst du ihm wehtun.«

»Nein, ich behalte ihn auf jeden Fall bis nach den Feiertagen.« Sie nimmt noch einen Schluck und nähert sich dem Tresen. »Aber langsam sollten wir ernsthaft nach jemandem für dich Ausschau halten. Die Parade ist nicht mehr lange hin, und ich möchte, dass wir dann gemeinsam hingehen.«

Ich strecke mich über den Tresen, um den Ständer mit den Mistelzweigen nachzufüllen. »Ich glaube nicht, dass das mit dem Urlaubsflirt funktioniert. Zugegeben, ich hab darüber nachgedacht, als ich Caleb gesehen habe, aber den ersten Eindruck richtig zu deuten, ist wohl nicht meine Stärke.«

Heather schaut mir direkt in die Augen und nickt dann zum Parkplatz hinüber. »Vergiss das nicht, okay? Denn da kommt er.«

Ich spüre, wie meine Augen groß werden.

Sie macht einen Schritt nach vorn und bedeutet mir, ihr zu folgen. Ich laufe um den Tresen herum und sie zeigt mir den alten, lila Pick-up, dessen Fahrerkabine leer ist.

Wenn das sein Truck ist, was tut er dann hier? Er hat doch schon einen Baum gekauft. Unter der Ladeklappe prangt ein Aufkleber einer Schule, von der ich noch nie gehört habe.

»Wo ist denn die *Sagebrush Junior High*?«, frage ich.

Heather zuckt die Achseln, und eine Locke, die sie sich hinters Ohr geschoben hat, löst sich.

In der Stadt gibt es sechs Grundschulen. Ich bin jedes Jahr in die von Heather gegangen. Danach besucht man die einzige Mittelschule der Stadt, auf der ich auch war, und dann gibt es noch eine Highschool. Ab da habe ich meinen Lernstoff online absolviert.

Heather späht zwischen die Baumreihen. »Oh! Da ist er ja. Mann, ist der süß.«

»Ich weiß«, flüstere ich. Dabei vermeide ich es, ihrem Blick zu folgen, und starre stattdessen auf meine Schuhspitze, die in der Erde scharrt.

Sie berührt mich am Ellbogen und raunt mir zu: »Da kommt er.« Bevor ich noch etwas erwidern kann, steuert sie zielstrebig die Rückseite des Zirkuszeltes an.

Aus den Augenwinkeln sehe ich jemanden zwischen zwei Bäumen auftauchen. Caleb geht direkt auf mich zu und strahlt sein Grübchenlächeln. »Heißt du Sierra?«

Ich nicke stumm.

»Also bist du es, die die Arbeiter meinen.«

»Wie bitte?«

Er lacht kurz auf. »Ich wusste nicht, ob hier heute vielleicht noch ein anderes Mädchen arbeitet.«

»Nein, es gibt nur mich«, sage ich. »Meinen Eltern gehört der Platz.«

»Jetzt verstehe ich, warum die Jungs Angst haben, mit dir zu reden«, sagt er. Als ich nicht antworte, fährt er fort: »Ich war neulich schon mal hier. Du hast gefragt, ob ich Hilfe brauche, weißt du noch?«

Ich habe keine Ahnung, was ich sagen soll. Er tritt von einem Fuß auf den anderen. Als ich immer noch nichts sage, verlagert er das Gewicht noch einmal, was mich fast zum Lachen bringt. Wenigstens bin ich nicht die Einzige, die nervös ist.

Hinter ihm, zwischen den Bäumen, fegen zwei der Baseballspieler Tannennadeln zusammen.

Caleb stellt sich neben mich und schaut ihnen beim Fegen zu. Ich halte still und zwinge mich, nicht von ihm abzurücken. »Verdonnert dein Dad sie wirklich zum Toilettenputzen, wenn sie mit dir reden?«

»Sogar, wenn er nur glaubt, sie wollen mit mir reden.«

»Dann dürften die Toiletten blitzblank sein«, sagt er.

Falls das ein Anmachspruch war, dann war es der merkwürdigste, den ich je gehört habe.

»Kann ich dir irgendwie helfen?«, frage ich. »Ich weiß, du hast schon einen Baum ...«

»Also erinnerst du dich doch an mich.« Er wirkt ein bisschen zu zufrieden deswegen.

»Ich bin für die Inventur verantwortlich«, sage ich und schiebe damit diese Erinnerung aufs rein Geschäftliche, »und ich verstehe was von meinem Job.«

»Klar.« Er nickt langsam. »Was für einen Baum habe ich denn gekauft?«

»Eine Silbertanne.« Keine Ahnung, ob das stimmt.

Jetzt habe ich ihn beeindruckt.

Ich verschanze mich hinter dem Tresen, so trennt uns die Kasse und der Mistelzweig. »Kann ich sonst noch etwas für dich tun?«

Er reicht mir das Preisschild von einem Weihnachtsbaum. »Dieser ist größer als der davor, deshalb laden ihn zwei der Jungs gerade auf meinen Truck.«

Ich merke, dass ich ihm zu lange in die Augen starre, also reiße ich den Blick los und richte ihn auf die nächstbesten Aufsteller. »Brauchst du einen Adventskranz dazu? Die sind frisch. Oder irgendwelche Deko?« Einerseits möchte ich, dass er den Baum einfach kauft und sich verdrückt, damit diese Peinlichkeit ein Ende hat, andrerseits wünsche ich mir, dass er bleibt.

Für einen Moment sagt er nichts, was mich zwingt, ihn

wieder anzusehen. Er schaut sich alles ganz genau an. Vielleicht braucht er ja wirklich noch etwas. Oder aber, er sucht nach einer Ausrede, um länger zu bleiben. Als er die Getränke entdeckt, wird sein Lächeln breiter. »Ich nehme auf jeden Fall noch eine heiße Schokolade.«

An der Getränkestation zieht er einen Pappbecher vom umgekehrten Becherturm ab. Hinter ihm entdecke ich Heather, die um einen besprühten Baum lugt und an ihrer eigenen heißen Schokolade nippt. Als sie meinen Blick auffängt, schüttelt sie den Kopf und formt die Worte: »Ganz. Schlechte. Idee«, bevor sie langsam wieder hinter den Ästen verschwindet.

Als Caleb das Papier von einer Zuckerstange löst, um damit das Kakaopulver in seinem heißen Wasser umzurühren, setzt mein Herz einen Schlag aus. Er lässt die Zuckerstange los und sie dreht sich weiter im Strudel der Flüssigkeit.

»So mache ich meinen auch«, sage ich.

»Tut das nicht jeder?«

»Es ist wie ein billiger Pfefferminz-Mokka«, erkläre ich ihm.

Er legt den Kopf schief und betrachtet sein Getränk mit neuen Augen. »So könnte man es auch nennen, aber das klingt irgendwie beleidigend.« Er wechselt den Becher von einer Hand in die andere und streckt mir die freie über den Tresen entgegen.

»Ich freue mich, dich offiziell kennenzulernen, Sierra.«

Ich schaue seine Hand an, dann ihn, und zögere den

Bruchteil einer Sekunde. Sofort sacken seine Schultern nach unten. Auf keinen Fall möchte ich ihn wegen eines Gerüchts, bei dem sich nicht einmal Heather sicher war, voreilig abstempeln. Ich schüttle ihm die Hand. »Du bist Caleb, stimmt's?«

Sein Lächeln schwindet. »Jemand hat dir wohl von mir erzählt.«

Ich erstarre. Selbst wenn er nicht der Typ ist, mit dem ich einen Urlaubsflirt anzetteln werde, verdient er es nicht, von jemandem vorverurteilt zu werden, der gerade erst seinen Namen erfahren hat. »Ich habe deinen Namen wahrscheinlich bei jemandem aufgeschnappt, der dir geholfen hat«, sage ich.

Er lächelt, aber sein Grübchen hat das Weite gesucht. »Also, wie viel schulde ich dir?«

Als ich ihn abkassiere, zieht er einen Geldbeutel hervor, der mit Scheinen vollgestopft ist. Er reicht mir zwei Zwanziger und sehr viele Eindollarnoten.

»Ich hab's noch nicht geschafft, mein Trinkgeld von gestern Abend zu wechseln«, sagt er, und eine leichte Röte steigt ihm ins Gesicht. Das Grübchen gräbt sich wieder in seine Wange.

Nur durch reine Willenskraft vermeide ich es, ihn zu fragen, wo er arbeitet, damit ich nicht zufällig-absichtlich dort auftauchen kann. »Eindollarnoten können wir immer gebrauchen«, sage ich. Ich zähle sie ab und gebe ihm fünfzig Cent Restgeld heraus.

Er steckt die Münzen in die Tasche und die Röte verschwindet, sein Selbstbewusstsein kehrt zurück. »Vielleicht sehen wir uns ja noch mal vor Weihnachten.«

»Du weißt, wo du mich findest«, erwidere ich. Kam das jetzt etwa wie eine Einladung rüber? Und habe ich es vielleicht sogar so gemeint? Will ich ihn wiedersehen? Seine Geschichte, und ob sie wahr ist, geht mich nichts an, aber mir will nicht aus dem Kopf, wie seine Schultern nach unten fielen, als ich ihm nicht sofort die Hand gereicht habe.

Er verlässt das Zirkuszelt, wobei er die Geldbörse in die Gesäßtasche steckt. Ein bisschen Vorsprung lasse ich ihm, dann schleiche ich mich hinter dem Tresen hervor, um ihm hinterher zu starren. Als er bei seinem Truck ankommt, reicht er einem der Jungs ein paar Dollar.

Heather stellt sich neben mich, und gemeinsam schauen wir dabei zu, wie Caleb und einer unserer Helfer die Heckklappe schließen.

»Das sah aus meiner Perspektive ziemlich peinlich für euch beide aus«, sagt sie. »Entschuldige, Sierra. Ich hätte dir nichts erzählen dürfen.«

»Nein, irgendwas ist da«, antworte ich. »Ich weiß nicht, wie viel davon stimmt, aber irgendwas trägt dieser Kerl mit sich herum.«

Ihre Augenbraue formt einen hohen Bogen, als sie mich anblickt. »Du stehst trotzdem auf ihn, oder? Du ziehst ernsthaft in Erwägung, dich auf etwas einzulassen.«

Ich lache und kehre zu meinem Posten hinter dem Tresen zurück. »Er ist süß. Das ist alles. Das reicht mir nicht, um mich auf etwas einzulassen.«

»Tja, das mag ja sehr weise sein«, sagt Heather, »aber seit ich dich kenne, ist er der einzige Typ, in dessen Gegenwart du unsicher warst.«

»Er war auch unsicher!«

»Hier und da«, sagt sie, »aber du hast ihn geschlagen.«

Nach einem Telefongespräch, bei dem ich Monsieur Cappeau auf Französisch von meiner Woche erzähle, lässt mich Mom früher Feierabend machen. Jedes Jahr veranstaltet Heather einen Filmmarathon mit ihrem aktuellen Promi-Schwarm in der Hauptrolle und einem gigantischen Eimer Popcorn.

Dad bietet mir seinen Truck an, aber ich beschließe, zu Fuß zu gehen. Zu Hause hätte ich mir sofort die Schlüssel geschnappt, um nicht in die Kälte hinaus zu müssen. Doch hier ist es selbst Ende November draußen noch relativ schön.

Mein Spaziergang führt mich an dem einzigen anderen Weihnachtsbaumverkauf vorbei, der ebenfalls ein Familienbetrieb ist. Ihr Baumsortiment und das rotweiße Verkaufszelt nehmen drei Reihen eines Supermarktparkplatzes ein. Während der Saison schaue ich jedes Jahr ein paarmal vorbei und sage Hallo. Sobald der Verkauf begonnen hat, verlassen die Hoppers, genau wie meine Eltern, ihren Platz nur selten.

Die Arme in die obere Hälfte eines Baumes vergraben, begleitet Mr Hopper gerade einen Kunden auf den Parkplatz. Ich dränge mich durch die geparkten Autos hindurch und gehe auf ihn zu, um ihn zum ersten Mal in diesem Jahr zu begrüßen. Der Typ, der den Stamm des Baums gepackt hält, lässt sein Ende auf die gesenkte Heckklappe eines lila Trucks fallen.

*Caleb?*

Mr Hopper schiebt den Baum vollends hinein. Er schaut sich zu mir um und ich kann mich nicht schnell genug abwenden. »Sierra?«

Ich atme tief ein und drehe mich dann wieder um. Mr Hopper kommt in seiner schwarz-orange karierten Jacke und dazu passender Mütze mit Ohrenklappen auf mich zu und umarmt mich herzlich. Ich nutze die Umarmung, um einen Blick auf Caleb zu werfen. Er lehnt mit dem Rücken gegen den Truck und seine Augen lächeln mich an.

Mr Hopper und ich tauschen rasch das Wichtigste aus, und ich verspreche, vor Weihnachten noch einmal vorbeizukommen. Als er in Richtung Verkaufsplatz verschwindet, schaut Caleb mich immer noch an und nippt dabei etwas aus einem Pappbecher mit Deckel.

»Klär mich auf – wonach bist du süchtig?«, sage ich. »Nach Weihnachtsbäumen oder Heißgetränken?«

Sein Grübchen gräbt sich tief ein und ich gehe auf ihn

zu. Seine Haare stehen vorn nach oben, als hätte er bei der ganzen Baumschlepperei keine Zeit gehabt, sich zu kämmen. Bevor er meine Frage beantworten kann, lassen Mr Hopper und einer der Arbeiter bereits einen zweiten Baum auf die Ladefläche von Calebs Truck fallen.

Caleb schaut mich achselzuckend an.

»Ernsthaft, was ist hier los?«, frage ich.

Beiläufig schließt er die Heckklappe, als wäre es nicht total merkwürdig, dass ich ihn bei einem zweiten Baumverkäufer antreffe. »Ich wüsste mal gerne, was *dich* hierher führt«, meint er. »Behältst du die Konkurrenz im Auge?«

»Während der Weihnachtszeit gibt es doch keine Konkurrenz«, erwidere ich. »Aber da du ein Experte zu sein scheinst: Wer hat den besseren Verkaufsplatz?«

Er nimmt einen Schluck aus seinem Becher, und ich beobachte, wie sich dabei sein Adamsapfel bewegt. »Deine Familie liegt eindeutig vorn«, sagt er. »Die hier hatten keine Zuckerstangen mehr.«

Ich simuliere Empörung: »Wie können sie es wagen!«

»Ich weiß!«, stimmt er ein. »Vielleicht sollte ich mich doch besser an euch halten.«

Er trinkt noch einen Schluck, gefolgt von Schweigen. Will er damit sagen, dass er noch mehr Bäume kaufen wird? Das bedeutet zwangsläufig mehr Gelegenheiten, ihm über den Weg zu laufen, und ich weiß nicht, wie ich das finden soll.

»Welcher normale Mensch kauft denn an einem Tag so viele Bäume?«, frage ich. »Oder selbst in einem Jahr?«

»Um deine erste Frage zu beantworten«, meint er, »ich bin süchtig nach heißer Schokolade. Ich finde, wenn man schon süchtig sein muss, ist das keine schlechte Sucht. Zu deiner zweiten Frage: Wenn du einen Truck besitzt, hast du plötzlich hundert Möglichkeiten, ihn zu benutzen. Zum Beispiel habe ich im Sommer drei Arbeitskollegen meiner Mom beim Umzug geholfen.«

»Verstehe. So ein Typ bist du also«, sage ich. Ich gehe zu einem seiner Bäume und ziehe vorsichtig an den Nadeln. »Du bist der, auf den alle zählen können, wenn sie Hilfe brauchen.«

Er stützt die Arme auf die Umrandung seiner Ladefläche. »Überrascht dich das?«

Er stellt mich auf die Probe, weil er weiß, dass ich etwas über ihn gehört habe. Und er hat recht damit, denn ich weiß nicht ganz, was ich antworten soll. »Müsste es das denn?«

Sein Blick wandert zu seinen Weihnachtsbäumen. Er ist enttäuscht, weil ich der Frage ausgewichen bin, das sehe ich.

»Ich nehme an, diese Bäume sind nicht alle für dich«, sage ich.

Er lächelt.

Ich beuge mich vor, ohne zu wissen, ob das klug ist, aber ich kann nicht anders. »Also, falls du vorhast, noch mehr zu kaufen – ich kenne die Besitzer des anderen Verkaufsplatzes ganz gut. Vielleicht kann ich einen Rabatt für dich aushandeln.«

Er holt seine Geldbörse hervor, die wieder voller Dollarnoten ist, und zieht ein paar Scheine heraus. »Um genau zu sein, bin ich noch zwei Mal vorbeigekommen, seit ich dich das Poster für die Parade habe aufhängen sehen, aber du warst nicht da.«

War das etwa ein Geständnis, dass er mich sehen wollte? Natürlich kann ich ihn das nicht fragen, also zeige ich auf seine Geldbörse. »Du weißt schon, dass dir die Banken die in größere Scheine umtauschen würden?«

Er dreht die Geldbörse in den Händen. »Weißt du, ich bin eben faul.«

»Wenigstens bist du dir deiner Schwächen bewusst«, sage ich. »Das zeugt von Reife.«

Er schiebt die Börse in die Tasche. »Wenn ich eines kenne, dann meine Schwächen.«

Wäre ich mutiger, würde ich das als Vorlage nutzen, um nach seiner Schwester zu fragen, aber mit so einer Frage verschrecke ich ihn vielleicht und er verlässt mit seinem Truck fluchtartig das Gelände.

»Soso, Schwächen.« Ich mache einen Schritt auf ihn zu. »Du kaufst doch diese ganzen Bäume und hilfst den Leuten beim Umziehen, bestimmt stehst du da auf Santas Liste mit den unartigen Kindern ganz oben.«

»So gesehen bin ich wohl doch nicht verloren.«

Ich schnippe mit den Fingern. »Vermutlich hältst du sogar deine Schwäche für Süßes für eine große Sünde.«

»Nein, das wurde in der Kirche noch nie erwähnt«, sagt er. »Aber Faulsein schon, und das bin ich. Vor ein paar Monaten habe ich meinen Kamm verloren und mir immer noch keinen neuen besorgt.«

»Und schau dir an, was dabei herauskommt«, sage ich mit einem schiefen Blick auf seine Haare. »Das ist fast unverzeihlich. Vielleicht solltest du doch anderswo nach heruntergesetzten Koniferen suchen.«

»*Koniferen*?«, sagt er. »Das mag ja ein schönes Wort sein, aber das hab ich noch nie benutzt.«

»Sag bloß nicht, dass du das für ein besonderes Wort hältst!«

Er lacht, und sein Lachen ist so perfekt, dass ich es am liebsten immer wieder hervorlocken würde. Es macht Spaß, sich gegenseitig zu foppen – was ganz schlecht ist. Egal wie süß er ist oder wie leicht man Witze mit ihm machen kann, ich darf Heathers Mahnung nicht vergessen.

Als könnte er sehen, was in mir vorgeht, wird sein Gesichtsausdruck plötzlich verschlossen. Sein Blick fällt wieder auf die Bäume. »Was ist?«, fragt er gereizt.

Wenn wir uns weiterhin ständig begegnen, wird dieses nicht geführte Gespräch – dieses Gerücht – immer zwischen uns stehen.

»Sieh mal, natürlich habe ich von dieser Sache gehört…« Die Worte ersterben mir auf den Lippen. Warum musste ich sie überhaupt aussprechen? Können wir nicht einfach wieder ein Kunde und das Baummädchen sein? Wir bräuchten es überhaupt nicht zu erwähnen.

»Ja, das war nicht zu übersehen«, sagt er. »Das ist es nie.«

»Aber ich würde es nicht glauben, falls …«

Er zieht den Autoschlüssel aus der Hosentasche und schaut mich immer noch nicht an. »Dann mach dir keine Gedanken. Wir können nett zueinander sein, ich kaufe meine Bäume bei euch, aber …« Er beißt die Zähne zusammen. Ich merke, er versucht, meinen Blick zu erwidern, aber er kann nicht.

Es ist alles gesagt von meiner Seite. Er hat das Gerücht nicht widerlegt. Die nächsten Worte müssen von ihm kommen.

Er geht zur Fahrerkabine seines Trucks, steigt ein und zieht die Tür zu.

Ich trete einen Schritt zurück.

Er startet den Motor und winkt mir kurz zu, bevor er davonfährt.

# KAPITEL 8

Am Samstag beginne ich nicht vor Mittag zu arbeiten. Deshalb holt Heather mich gleich in der Früh ab, und ich schlage vor, das Breakfast Express anzusteuern. Sie wirft mir einen seltsamen Blick zu, fährt aber in diese Richtung los.

»Weißt du schon, ob du uns zur Parade begleiten kannst?«, fragt sie.

»Das sollte kein Problem sein«, antworte ich. »Die ganze Stadt geht hin, also werden wir, während sie läuft, bestimmt nicht von Kunden überrannt.«

Mir kommt das traurige Winken von Caleb in den Sinn, als er am Vorabend wegfuhr, und die Last auf seinen Schultern, die ihn daran hinderte, mich anzuschauen. Selbst wenn es Gründe gibt, sich nicht auf ihn einzulassen – ich sehne mich nach dem Anblick seines Trucks auf dem Platz.

»Devon findet, du solltest Andrew fragen, ob er mit dir

zur Parade geht«, sagt Heather. »Ich weiß, was du sagen wirst, aber ...«

Zum Glück fallen mir die Augen nicht auf das Armaturenbrett. »Du hast Devon hoffentlich erklärt, dass das eine ganz blöde Idee ist, oder?«

Sie hebt eine Schulter. »Er findet, du solltest Andrew eine Chance geben. Ich sage ja nicht, dass ich seiner Meinung bin, aber Andrew mag dich wirklich.«

»Tja, und ich mag ihn wirklich überhaupt nicht.« Ich sacke auf meinem Sitz zusammen. »Wow. Das war ganz schön gemein.«

Heather hält vor dem Breakfast Express, einem Diner im Stil der 50er-Jahre, der aus zwei ausrangierten Zugwaggons besteht. In einem Waggon befindet sich der Diner, im anderen die Küche. Die Stahlräder der Waggons ruhen auf echten Schienen über verwitterten Holzbahnschwellen. Das Beste daran ist, dass sie Frühstück servieren – und zwar nur Frühstück – den ganzen Tag lang.

Bevor sie den Motor ausschaltet, schaut Heather an mir vorbei zur Fensterfront der Waggons. »Hör mal, ich wollte nicht ablehnen, weil ich weiß, wie gern du hierher kommst.«

»Okay«, antworte ich zögerlich, weil ich mich frage, worauf sie hinaus will. »Wenn du irgendwo anders hingehen möchtest ...«

»Aber bevor wir hineingehen«, sagt sie, »muss ich dich warnen: Caleb arbeitet hier.« Sie wartet, bis ich es begreife. Und wie ich es begreife.

»Oh.«

»Ich weiß nicht, ob er heute Schicht hat, aber es könnte sein«, sagt sie. »Also überleg dir lieber, wie du dich verhalten willst.«

Während wir uns den Stufen des Diner-Waggons nähern, hämmert mein Herz immer schneller. Ich folge Heather die Treppe hinauf und sie zieht die rote Metalltür auf.

Vinylschallplatten und Fotos aus alten Kinofilmen und Fernsehshows hängen bis unter die Decke an den Wänden. Der Mittelgang wird an beiden Seiten von Tischen gesäumt, an denen nicht mehr als vier Leute Platz haben. Die Sitzpolster sind aus rotem Plastik mit silbernen Sprenkeln. Im Moment sind nur drei Tische besetzt.

»Vielleicht ist er gar nicht hier«, sage ich. »Vielleicht hat er heute ...«

Bevor ich zu Ende sprechen kann, geht die Tür zur Küche auf und Caleb kommt heraus. Er trägt ein weißes Hemd, eine Stoffhose und einen weißen Papierhut in Schiffchenform. Er trägt ein Tablett mit zwei Frühstücksportionen zu einem Tisch und stellt einen Teller vor jedem Kunden ab. Dann klemmt er sich das Tablett unter den Arm und läuft auf uns zu. Nach ein paar Schritten erkennt er mich und blinzelt, sein Blick geht zwischen Heather und mir hin und her. Sein Lächeln sieht vorsichtig aus, aber immerhin ist es da.

Ich vergrabe die Hände in den Manteltaschen. »Hallo Caleb. Ich wusste nicht, dass du hier arbeitest.«

Er nimmt zwei Speisekarten von einem Regal neben Heather und sein Lächeln verblasst. »Wärst du gekommen, wenn du es gewusst hättest?«

Ich weiß nicht, was ich antworten soll.

»Als Kind war das hier ihr Lieblingsrestaurant«, meint Heather.

»Stimmt«, sage ich. »Die Silverdollar-Pancakes waren mein Leibgericht.«

Caleb geht vor uns den Mittelgang entlang. »Du musst mir nichts erklären.«

Heather und ich folgen ihm zu einem Tisch am anderen Ende des Waggons. Wie alle Sitznischen, an denen wir vorbeikommen, hat auch diese ein eigenes, rechteckiges Fenster. Auf dieser Seite zeigen die Fenster auf die Straße hinaus, an der wir geparkt haben.

»Das ist die beste Nische im Waggon«, sagt er.

Heather und ich rutschen einander gegenüber auf die Bänke.

»Warum?«, frage ich.

»Weil sie am nächsten zur Küche liegt.« Jetzt lächelt er wieder. »Ihr bekommt den frischen Kaffee vor allen anderen. Außerdem kann ich dann besser mit euch plaudern.«

Daraufhin nimmt Heather eine Speisekarte in die Hand und fängt an zu lesen. Ohne den Blick zu heben, schiebt sie mir die andere zu. Ich weiß nicht, ob das absichtlich geringschätzig gegenüber Caleb sein soll, aber es wirkt so.

»Falls dir langweilig wird«, sage ich zu ihm, »du findest uns hier.«

Caleb schaut Heather an, die immer noch in der Karte liest. Eine ganze Weile sagt keiner etwas, dann gibt Caleb auf und verschwindet hinter der Küchentür.

Ich drücke Heathers Speisekarte auf den Tisch herunter. »Was sollte das denn? Jetzt dürfte ihm klar sein, dass du diejenige warst, die mir von der Sache erzählt hat. Dabei weißt du nicht mal, ob es stimmt.«

»Ich weiß nicht, wie *viel* davon stimmt«, sagt sie. »Tut mir leid, ich hatte einfach keine Ahnung, was ich sagen soll. Ich mache mir Sorgen um dich.«

»Warum? Weil ich ihn süß finde? Bisher ist das doch das Einzige, was für ihn spricht.«

»Er ist aber an dir interessiert, Sierra. Ich sehe ihn jeden Tag in der Schule und er ist sonst nie so gesprächig. Was okay wär, aber du brauchst ja nicht so offensichtlich mit ihm zu flirten, wenn ...«

»Moment mal!« Ich hebe die Hand. »Also, erstens habe ich gar nichts *offensichtlich* gemacht. Zweitens kenne ich ihn überhaupt nicht, daher hast du keinen Grund zur Sorge.«

Heather greift wieder zur Speisekarte, aber sie tut nur so, als würde sie lesen.

»Folgendes ist mir über Caleb bekannt«, fahre ich fort, »er jobbt in einem Diner und kauft einen Haufen Weihnachtsbäume. Unsere Wege werden sich also zwangsläufig kreuzen, aber das war's auch schon. Öfter möchte ich ihn gar nicht treffen und mehr will ich auch nicht wissen. Okay?«

»Verstanden«, sagt Heather. »Tut mir leid.«

»Gut.« Ich lehne mich zurück. »Dann kann ich ja vielleicht ohne flaues Gefühl im Magen meine Silverdollar-Pancakes verdrücken.«

Heather wirft mir ein leichtes Lächeln zu. »Von den Dingern bekommst du aber ein flaues Gefühl im Magen.«

Ich nehme meine Speisekarte und schaue hinein, obwohl ich bereits weiß, was ich bestellen möchte. So habe ich etwas zum Hinschauen, während ich das Thema weiter erörtere. »Und egal, was damals vorgefallen ist, er quält sich immer noch deswegen.«

Heather klatscht ihre Karte auf den Tisch. »Du hast mit ihm darüber gesprochen?«

»Dazu hatten wir keine Gelegenheit«, sage ich, »aber sein ganzer Körper hat es mir signalisiert.«

Sie blickt zur geschlossenen Küchentür hinüber. Als sie sich wieder zu mir dreht, presst sie die Handflächen gegen die Schläfen. »Warum sind die Leute nur so kompliziert?«

Ich lache los. »Nicht wahr? Es wäre wirklich viel einfacher, wenn alle genau wie wir wären.«

»Okay, bevor er zurückkehrt«, sagt Heather, »erzähle ich dir, was ich über ihn weiß. Und auch nur, was gesichert ist – keine Gerüchte.«

»Super.«

»Caleb und ich waren nie befreundet, aber er war immer nett zu mir. Er muss wohl noch eine andere Seite haben – oder gehabt haben –, aber die hab ich nie entdecken können.«

Ich deute auf ihre Speisekarte. »Dann sei nicht so kühl zu ihm.«

»Ich mach das nicht absichtlich.« Sie beugt sich vor und legt die Hand auf meine. »Ich will, dass du Spaß hast, während du hier bist, aber das kannst du nicht, wenn der Typ mehr Ballast mit sich herumschleppt als ein Jumbojet.«

Die Tür geht auf und Caleb kommt mit einem kleinen Block und einem Stift heraus. Er bleibt neben uns stehen.

»Stellt ihr gerade ein?«, fragt Heather.

Caleb senkt sein Schreibzeug. »Suchst du einen Job?«

»Nein, aber Devon«, sagt sie. »Er weigert sich, selbst was zu suchen, aber es würde seinem Leben ein bisschen Würze geben.«

»Du bist seine Freundin«, sage ich mit einem Lachen. »Ist das nicht *dein* Job?«

Heather tritt mich unter dem Tisch.

»Oder willst du ihn etwa loswerden?«, fragt Caleb.

»Das hab ich nicht gesagt«, antwortet Heather ein bisschen zu schnell.

Caleb lacht auf. »Je weniger ich weiß, desto besser. Aber ich frage meinen Chef, sobald er da ist.«

»Danke«, sagt Heather.

Er wendet sich mir zu. »Bevor du auf die heiße Schokolade setzt – wir haben keine Zuckerstangen vorrätig. Also wird sie deinen Ansprüchen vielleicht nicht gerecht.«

»Kaffee ist in Ordnung«, sage ich. »Aber mit massenhaft Sahne und Zucker.«

»Ich nehme die heiße Schokolade«, sagt Heather. »Kannst du zusätzlich Marshmallows reintun?«

Caleb nickt. »Bin gleich wieder da.«

Als er außer Hörweite ist, beugt Heather sich vor. »Hast du das gehört? Er möchte deinen Ansprüchen gerecht werden.«

Ich beuge mich ebenfalls vor. »Er ist Kellner«, sage ich. »Das ist sein Job.«

Als Caleb zurückkehrt, hält er einen Keramikbecher in der Hand, auf dem sich die Marshmallows türmen. Er stellt ihn auf den Tisch ab und ein paar davon fallen herunter.

»Keine Sorge, der Kaffee kommt gleich, ich brühe gerade frischen auf«, sagt er zu mir.

Die Tür am anderen Ende des Diners öffnet sich. Als Caleb hinüberschaut, leuchten seine Augen vor Überraschung und Freude auf. Ich drehe mich um; eine Mutter mit Zwillingsmädchen – vielleicht sechs Jahre alt – lächelt Caleb an. Die Mädchen sind mager und tragen Kapuzenpullis, die eine Nummer zu groß und an den Ärmeln ausgefranst sind. Eines der Mädchen hält eine Buntstiftzeichnung hoch, damit Caleb sie sehen kann. Darauf ist ein geschmückter Weihnachtsbaum zu erkennen.

»Bin gleich wieder da«, flüstert er uns zu. Er läuft zu den Mädchen hinüber und bekommt das Bild überreicht. »Das ist wunderschön. Vielen Dank.«

»Das ist der Baum, den du uns geschenkt hast«, sagt eines der Mädchen.

»Wir haben ihn geschmückt«, erzählt ihm das andere. »Genau so sieht er aus.«

Caleb betrachtet das Bild aufmerksam.

»Sie können sich gar nicht mehr an das letzte Mal erinnern, als sie einen Weihnachtsbaum hatten«, sagt die Mutter. Sie rückt den Gurt ihrer Handtasche auf der Schulter zurecht. »Ich kann mich selbst kaum noch erinnern, wann ich mal einen hatte. Und als sie aus der Schule kamen, ihre Gesichter ... sie ...«

»Vielen Dank dafür«, sagt Caleb. Er drückt die Zeichnung an seine Brust. »Aber das habe ich gern gemacht.«

Die Mutter holt tief Luft. »Die Mädchen wollten dir persönlich danken.«

»Wir haben für dich gebetet«, sagt eines der Mädchen.

Caleb neigt leicht den Kopf. »Das bedeutet mir viel.«

»Als wir bei der Tafel angerufen haben, sagte der Mann, du würdest das allein organisieren«, sagt die Mom. »Er meinte, du würdest hier arbeiten und dass es dir wahrscheinlich nichts ausmacht, wenn wir vorbeikommen.«

»Tja, da hatte er recht. Eigentlich ...« Caleb macht einen Schritt zur Seite und zeigt auf den nächstgelegenen Tisch. »Möchtet ihr vielleicht heiße Schokolade?«

Die Mädchen jubeln, doch die Mutter sagt: »Wir können nicht bleiben. Wir ...«

»Dann fülle ich sie in To-Go-Becher«, sagt Caleb. Als die Mutter nicht ablehnt, kommt er in unsere Richtung und ich wende mich wieder Heather zu.

Als er in der Küche ist, flüstere ich: »Deshalb kauft er so viele Bäume? Um sie Familien zu schenken, die er nicht einmal kennt?«

»Hat er dir nichts darüber gesagt, als er sie gekauft hat?«, fragt Heather.

Ich schaue aus dem Fenster auf die vorbeifahrenden Autos. Beim ersten Baum habe ich ihm den vollen Preis abgenommen, und ich bin mir sicher, Mr Hopper hat dasselbe getan. Caleb aber jobbt in einem Diner und kauft einen Baum nach dem anderen für hilfsbedürftige Familien. Ich weiß nicht recht, wie ich diese neue Erkenntnis mit der anderen Geschichte zusammenbringen soll, die ich über ihn gehört habe.

Caleb ist wieder aus der Küche zurück. In einer Hand hält er eine Papphalterung mit drei Bechern mit Deckel. In der anderen hat er eine Tasse Kaffee, die er vor mich hinstellt, bevor er zu der Familie weitergeht. Während ich an meinem Kaffee nippe, der die perfekte Mischung aus Sahne und Zucker enthält, starre ich Heather an.

Irgendwann kommt Caleb wieder vorbei und bleibt an unserem Tisch stehen. »Ist der Kaffee okay?«, fragt er. »Ich hab ihn in der Küche gemischt, weil ich nicht ihre

Getränke und deinen Kaffee plus Sahne und Zucker tragen konnte.«

»Er ist perfekt«, sage ich. Unter dem Tisch trete ich Heather gegen den Schuh. Sie schaut mich an, und ich zeige mit dem Kopf leicht zur Seite, um ihr zu bedeuten, dass sie rüberrutscht. Wenn ich Caleb bitten würde, sich neben mich zu setzen, wäre das eindeutig ein Zeichen, dass ich interessiert bin. Wenn Heather ihn einlädt, nachdem sie schon gesagt hat, dass sie mit Devon zusammen ist, bleibt es rein freundschaftlich.

Heather rutscht zur Seite. »Setz dich, Baumjunge.«

Caleb wirkt überrascht, aber erfreut von dem Angebot. Er wirft einen schnellen Blick zu den anderen Tischen, bevor er sich mir gegenüber setzt.

»Weißt du«, sagt Heather, »es ist eine Weile her, seit mir jemand einen Weihnachtsbaum mit Buntstiften gemalt hat.«

»Das hat mich total überrascht«, erwidert Caleb. Er legt die Zeichnung in die Tischmitte und dreht sie zu mir um. »Die ist richtig gut, oder?«

Ich bewundere den Baum, dann schaue ich ihn an. Er blickt immer noch auf die Zeichnung.

»Du bist ein Mann mit vielen Facetten, Caleb«, stelle ich fest.

Ohne den Blick von der Zeichnung abzuwenden, sagt er: »Ich muss leider darauf hinweisen, dass du das Wort *Facetten* in einem Satz gebraucht hast.«

»Und das nicht zum ersten Mal«, wirft Heather ein.

Caleb schaut sie an. »In diesem Diner ist sie bestimmt die Erste.«

»Seid nicht albern«, sage ich. »Heather, sag ihm, dass du schon mal das Wort *Konifere* benutzt hast.«

»Natürlich habe ich …« Sie unterbricht sich und schaut Caleb an. »Nein, wahrscheinlich habe ich das tatsächlich noch nie benutzt.«

Caleb und Heather boxen die Fäuste aneinander.

Ich recke mich nach vorn und reiße Caleb sein albernes Hütchen vom Kopf. »Dann sollten Sie interessantere Wörter gebrauchen, Sir. Und leg dir mal einen Kamm zu.«

Er streckt die Hand aus. »Meinen Hut, bitte? Sonst bezahle ich nächstes Mal, wenn ich einen Baum kaufe, nur mit Eindollarscheinen, alle in verschiedene Richtungen gedreht.«

»Von mir aus«, sage ich und halte das Schiffchen immer noch außer Reichweite.

Caleb steht auf, die Hände nach seinem Hut ausgestreckt, und ich gebe ihn schließlich zurück. Er setzt sich das vollkommen uncoole Ding wieder auf.

»Falls du einen Baum kaufen kommst, darfst du zwar keine Buntstiftzeichnungen erwarten«, sage ich, »aber ich arbeite heute ab mittags bis acht.«

Heather starrt mich an, ein leichtes Lächeln erscheint auf ihrem Gesicht. Als Caleb geht, um nach den anderen

Kunden zu schauen, sagt sie: »Im Grunde hast du ihn gerade eingeladen vorbeizukommen.«

»Weiß ich«, sage ich und hebe meine Tasse. »*So* klingt das nämlich, wenn ich offensichtlich flirte.«

Eine Stunde, bevor Mom mich erwartet hatte, bin ich bei der Arbeit, was gut ist. Der Platz wimmelt vor Kunden und ein Tieflader mit frischen Bäumen ist früher als erwartet angekommen. Mit meinen Arbeitshandschuhen bewaffnet, klettere ich hinten am Laster die Leiter hinauf. Vorsichtig trete ich auf die oberste Schicht Bäume. Sie sind in Netze gewickelt und liegen seitlich aufeinander, ihre nassen Nadeln streifen meine Hose. Anscheinend hat es einen großen Teil der Fahrt geregnet, jetzt riechen die Bäume fast wie zu Hause.

Zwei der Jungs stoßen dazu; sie bewegen die Füße so wenig wie möglich, damit keine Äste unter uns abknicken. Ich hake die Finger in das Netz eines Baumes, beuge die Knie und lasse ihn über die Kante des Lasters gleiten, damit ihn ein weiterer Arbeiter unten packen und zu einem wachsenden Stapel hinter dem Zirkuszelt tragen kann.

Andrew nimmt den nächsten Baum in Empfang, und statt ihn selbst zum Zirkuszelt zu tragen, reicht er ihn an jemand anderen weiter.

»Wir schaffen das!«, ruft er zu mir herauf und klatscht zwei Mal in die Hände.

Beinahe rutscht mir heraus, dass das hier kein Wettrennen sei, als Dad Andrew schwer die Hand auf die Schulter legt.

»Die Toiletten müssen neu bestückt werden, aber dalli«, sagt er. »Und sag Bescheid, wenn du meinst, sie müssten gründlicher geputzt werden. Das musst du entscheiden.«

Als meine Muskeln langsam müde werden, halte ich kurz inne, um den Rücken zu strecken und zu Atem zu kommen. Auch wenn es anstrengend ist, fällt einem das Lächeln hier auf dem Platz nicht schwer. Ich schaue auf die Kunden zwischen den Bäumen hinab; die Freude in ihren Gesichtern kann ich sogar von hier oben erkennen.

Von diesem Anblick bin ich schon mein ganzes Leben umgeben. Aber erst jetzt wird mir klar, dass nur die Leute, die ich hier sehe, auch wirklich zu Weihnachten einen Baum haben werden. Diejenigen, die sich keinen leisten können, selbst wenn sie gern einen hätten, nehme ich gar nicht wahr. Das sind die, denen Caleb unsere Bäume vorbeibringt.

Ich stütze die Hände auf die Hüften und drehe mich in beide Richtungen. Hinter unserem Verkaufsplatz – jenseits des letzten Hauses der Stadt – erhebt sich der Cardinals Peak in den wolkenlosen hellblauen Himmel. Nicht weit entfernt vom Gipfel stehen meine Bäume, die von hier aus nicht auszumachen sind.

Dad erklimmt die Leiter, um mir dabei zu helfen, die Bäume nach unten zu befördern. Nachdem er ein paar nach unten gehievt hat, stützt er die Hände auf die Knie und schaut mich an. »War ich zu streng zu Andrew?«, fragt er.

»Keine Sorge«, sage ich, »er weiß, dass ich nicht interessiert bin.«

Mit einem erfreuten Lächeln schiebt Dad noch einen Baum hinunter.

Ich werfe einen Blick auf die Arbeiter auf dem Platz. »Hier weiß ja jeder, dass ich tabu bin.«

Er steht auf und wischt sich die nassen Hände an der Jeans ab. »Schatz, du findest doch nicht, dass wir dich zu sehr einschränken, oder?«

»Zu Hause nicht.« Ich schicke noch einen Baum nach unten. »Aber hier? Dir wäre es bestimmt nicht besonders recht, wenn ich hier jemanden date.«

Er packt sich den nächsten Baum, hält dann aber inne, bevor er ihn über die Kante gleiten lässt, um mich anzuschauen. »Das liegt daran, dass ich weiß, wie schnell man sich in kurzer Zeit verliebt. Glaub mir, sich dann zu verabschieden, ist nicht leicht.«

Wortlos befördere ich zwei weitere Bäume nach unten und merke dann, dass er mich immer noch ansieht. »Okay«, sage ich. »Das versteh ich.«

Als die Bäume schließlich vollständig abgeladen sind, zieht Dad seine Handschuhe aus, reicht sie mir und ich verstaue sie neben meinen in der Manteltasche. Er macht sich für einen kurzen Mittagsschlaf auf den Weg zum

Wohnwagen, und ich steuere das Zirkuszelt an, um beim Kassieren auszuhelfen. Gerade als ich die Haare aus dem Gesicht nehme, um sie zu einem Dutt zu wickeln, sehe ich, dass Caleb in seinen normalen Klamotten am Tresen steht.

Ich lasse die Haare wieder über die Schultern fallen und drapiere ein paar Strähnchen nach vorn.

Auf dem Weg zum Tresen laufe ich direkt an ihm vorbei. »Na, wieder da, um jemandem das Weihnachtsfest zu verschönern?«

Er lächelt. »Ja, das ist meine Aufgabe.«

Mit einem Kopfnicken bedeute ich ihm, mir zur Getränkestation zu folgen. Ich stelle ihm einen Pappbecher neben meine Ostertasse hin und reiße ein Päckchen heiße Schokolade auf. »Erzähl mir doch mal, wie du zu dieser Sache mit den Bäumen gekommen bist?«

»Das ist eine lange Geschichte«, sagt er, und sein Lächeln verblasst. »Wenn du die Kurzversion hören möchtest: Weihnachten wird in meiner Familie ganz groß geschrieben.«

Ich weiß, dass seine Schwester nicht mehr bei ihm lebt; vielleicht gehört das ja zur komplizierten Version der Geschichte. Ich reiche ihm seinen Becher heiße Schokolade, mit einer Zuckerstange zum Umrühren darin. Als er meine Ostertasse sieht, kehrt sein Grübchen zurück. Wir nehmen beide einen Schluck und schauen uns in die Augen.

»Meine Eltern haben meine Schwester und mich immer den Baum aussuchen lassen, egal, welchen wir wollten«, sagt er. »Sie haben Freunde eingeladen und wir haben gemeinsam das Haus dekoriert. Dann haben wir einen Topf Chili con Carne gekocht und sind hinterher zum Sternsingen gegangen. Klingt echt kitschig, oder?«

Ich deute auf die besprühten Bäume um uns herum. »Meine Familie lebt doch von kitschigen Weihnachtstraditionen. Das alles erklärt aber immer noch nicht, warum du Weihnachtsbäume für andere Leute kaufst.«

Er nimmt noch einen Schluck. »In der Adventszeit macht meine Kirche immer so eine große Spendenaktion«, sagt er. »Wir sammeln Dinge wie Mäntel und Zahnbürsten für bedürftige Familien. Das ist super, aber manchmal ist es einfach schön, den Leuten das zu schenken, was sie gern hätten und nicht nur das Notwendige.«

»Das verstehe ich«, sage ich.

Er pustet auf sein Getränk. »Meine Familie feiert Weihnachten nicht mehr wie früher. Wir stellen einen Baum auf, aber das war's auch schon.«

Am liebsten würde ich ihn fragen, warum, aber bestimmt gehört das auch nicht zur Kurzversion.

»Langer Rede kurzer Sinn, als ich den Job im Breakfast Express angenommen hatte, wurde mir klar, dass ich mein Trinkgeld für Familien ausgeben könnte, die gern einen Weihnachtsbaum hätten, ihn sich aber nicht leisten können.« Er rührt den Kakao mit der Zuckerstange um. »Wenn ich mehr Trinkgeld bekommen würde, würdest du mich wohl noch öfter sehen.«

Ich schlürfe einen Marshmallow in mich hinein. »Vielleicht solltest du ein extra Trinkgeldglas aufstellen«, sage ich. »Mal doch einen kleinen Baum darauf und mach einen Zettel dran, auf dem steht, wofür das Geld ist.«

»Das hab ich mir auch schon überlegt«, sagt er. »Aber ich möchte lieber mein eigenes Geld dafür verwenden. Ich hätte ein schlechtes Gefühl dabei, wenn dieses zusätzliche Trinkgeld nicht für Dinge gespendet würde, die die Leute wirklich nötig haben.«

Ich stelle die Tasse auf den Tresen ab und zeige auf seine Haare. »Wo wir gerade von Dingen reden, die Leute nötig haben, rühr dich nicht vom Fleck.« Rasch laufe ich hinter den Tresen und hole eine kleine Papiertüte. Als ich sie Caleb hinhalte, zieht er die Augenbrauen hoch.

Er nimmt sie, schaut hinein und lacht laut los, als er den lila Kamm herauszieht, den ich in der Drogerie für ihn gekauft habe.

»Wird Zeit, dass du deine Schwächen angehst«, sage ich.

Er steckt den Kamm in die Hosentasche und dankt mir. Bevor ich erklären kann, dass der Kamm erst durch seine Haare gehen sollte, betritt Familie Richardson das Zirkuszelt.

»Ich hab mich schon gefragt, wann Sie endlich auftauchen!« Ich umarme Mr und Mrs Richardson. »Gehören Sie nicht eigentlich zu den Baumkäufern am Tag nach Thanksgiving?«

Die Richardsons sind eine achtköpfige Familie, die ihre

Bäume schon bei uns gekauft haben, als sie erst zwei Kinder hatten. Jedes Jahr bringen sie uns eine Dose selbst gebackene Plätzchen mit und plaudern mit mir, während sich ihre Kinder darüber zanken, welcher Baum der beste ist. Heute begrüßen mich ihre Kinder und laufen dann los, um schon mal nach den Bäumen zu schauen.

»Wir hatten auf dem Weg nach New Mexico Probleme mit dem Auto«, sagt Mr Richardson. »Thanksgiving haben wir in einem Motelzimmer verbracht und auf einen Keilriemen gewartet.«

»Gott sei Dank gab es dort einen Pool, sonst hätten die Kinder einander umgebracht.« Mrs Richardson überreicht mir die diesjährige blaue Keksdose mit Schneeflocken darauf. »Dieses Jahr haben wir ein neues Rezept ausprobiert. Wir haben es im Internet gefunden, und alle schwören, es sei köstlich.«

Ich nehme den Deckel ab und wähle einen leicht deformierten Schneemann mit Zuckerguss und Streuseln. Caleb beugt sich vor, also biete ich ihm die Dose an, und er nimmt ein mutiertes Rentier mit Hasenzähnen.

»Dieses Jahr haben die jüngeren Kinder beim Backen mitgeholfen«, sagt Mr Richardson, »was schwer zu übersehen ist.«

Ich nehme den ersten Bissen und stöhne auf. »Mmm, du meine Güte ... die sind köstlich!«

»Genieß sie, solange du kannst«, sagt Mrs Richardson, »denn nächstes Jahr backe ich wieder die alte Version.«

Caleb fängt einen Krümel auf, der ihm von den Lippen gefallen ist. »Die sind unglaublich.«

»Eine Arbeitskollegin meinte, wir sollen mal Schoko-Crossies versuchen«, sagt Mr Richardson. »Selbst Kinder könnten die nicht vermasseln.« Er will in die Dose greifen, aber Mrs Richardson hält ihn fest und zieht ihn zurück.

Caleb schnappt sich noch einen Keks und ich werfe ihm einen Seitenblick zu. »Entschuldige, aber du hast deine Zuteilung überschritten.« Ich weiß, er würde mich zu gern aufziehen, weil ich »Zuteilung« gesagt habe, und es macht Spaß, seinen inneren Kampf zu beobachten, aber er isst lieber das Plätzchen.

»Esst, so viele ihr wollt«, sagt Mrs Richardson. »Ich kann dir und deinem Freund das Rezept geben und ...«

Beim Wort »Freund« berührt Mr Richardson seine Frau am Arm. Ich lächle ihn an, um ihm zu zeigen, dass ich nicht sauer bin. Abgesehen davon brüllt jetzt draußen eines ihrer Kinder.

Mrs Richardson seufzt. »Es war schön, dich wiederzusehen, Sierra.«

Mr Richardson nickt uns zu, bevor er sich zum Gehen wendet. Draußen schreit er los: »Der Weihnachtsmann hat dich im Auge, Nathan!«

Caleb klaut sich noch ein Plätzchen und stopft es in den Mund.

Ich deute mit dem Finger auf ihn. »Der Weihnachtsmann hat dich im Auge, Caleb.«

Unschuldig hebt er die Hände und holt sich an der Getränkestation eine Serviette, mit der er sich den Mund abwischt. »Du solltest heute Abend mit mir Bäume verteilen gehen«, sagt er.

Fast verschlucke ich mich an meinem Keks.

Er wirft die zerknüllte Serviette in den grünen Plastikmülleimer. »Du musst nicht, wenn ...«

»Ich würde sehr gern mitkommen«, sage ich. »Aber heute Abend muss ich arbeiten.«

Er schaut mir mit ausdruckslosem Gesicht in die Augen. »Denk dir doch keine Ausreden aus, Sierra. Sei einfach ehrlich zu mir.«

Ich mache einen Schritt auf ihn zu. »Ich arbeite bis acht. Das hab ich dir doch erzählt, schon vergessen?« Ist er immer so defensiv?

Er beißt sich auf die Oberlippe und schaut nach draußen. »Ich weiß, es gibt Dinge, über die wir reden sollten«, sagt er, »aber noch nicht, okay? Glaub einfach nur bitte nicht alles, was du hörst.«

»Ein andermal komme ich auf jeden Fall mit, okay? Ganz bald.« Ich warte, dass er mich anschaut. »Es sei denn, *du* willst das nicht.«

Er nimmt noch eine Serviette, um sich die Hände abzuwischen. »Doch, tu ich. Ich glaube, es würde dir wirklich gefallen.«

»Gut«, sage ich, »denn es bedeutet mir einiges, dass du mich mitnehmen willst.«

Er unterdrückt ein Lächeln, aber sein Grübchen verrät ihn. »Du hast die Bäume großgezogen. Du hast es verdient zu sehen, was sie den Familien geben.«

Ich wedle mit meiner Zuckerstange zu den Bäumen hinüber. »Die sehe ich jeden Tag.«

»Das ist etwas anderes«, sagt er.

Ich rühre mit der Zuckerstange meine heiße Schokolade um und betrachte dabei eingehend die Spiralen, die sie bildet. Es fühlt sich an, als würde hieraus mehr werden als zwei Leute, die einfach etwas zusammen unternehmen. Als hätte er mich auf ein Date gefragt. Wenn dem so war und es gar nichts mit Weihnachtsbäumen zu tun hat, würde ein Teil von mir furchtbar gern Ja sagen. Aber ehrlich gesagt, was weiß ich schon über ihn? Und er weiß noch weniger über mich.

Er zieht seinen Kamm heraus und wedelt damit durch die Luft. »Der hier wird nicht benutzt, bis du dich auf ein genaues Datum festgelegt hast.«

»Oh, jetzt willst du es aber wissen«, sage ich. »Lass mich mal nachdenken. Dieses Wochenende wird echt viel los sein, nach der Arbeit bin ich dann erledigt. Können wir am Montag gehen, nach der Schule?«

Er hebt den Blick, als würde er in Gedanken seinen Kalender durchgehen. »An dem Tag muss ich nicht arbeiten. Das passt! Ich hole dich nach dem Abendessen ab.«

Caleb und ich verlassen das Zirkuszelt gemeinsam, und ich beschließe, ihm einige meiner Lieblingsbäume auf dem

Platz zu zeigen. Egal, wie viel Trinkgeld er heute ausgeben möchte, ich werde dafür sorgen, dass er die besten bekommt. Gerade gehe ich auf eine Silbertanne zu, die ich im Auge hatte, als er in Richtung Parkplatz abbiegt.

Ich bleibe stehen. »Wo willst du hin?«

Er dreht sich um. »Momentan hab ich kein Geld für einen Baum«, sagt er. Sein Lächeln ist warm, aber verschmitzt. »Ich hab bekommen, was ich wollte.«

# KAPITEL 9

Am Sonntagabend wird es ruhiger, also ziehe ich mich in den Wohnwagen zurück, um mit Rachel und Elizabeth zu chatten. Ich öffne den Laptop und ziehe die Vorhänge am Tisch zur Seite, für den Fall, dass ich draußen gebraucht werde. Als die Gesichter meiner Freundinnen auf dem Bildschirm erscheinen, werde ich ganz wehmütig, weil ich so weit weg bin. Innerhalb weniger Minuten lache ich aber wieder, als Rachel beschreibt, wie ihre Spanischlehrerin versucht hat, die Klasse dazu zu bringen, Empanadas zu machen.

»Sie waren total verkohlt und sahen aus wie Hockey-Pucks«, sagt sie. »Im Ernst! Nach dem Unterricht haben wir im Flur buchstäblich damit Hockey gespielt.«

»Ich vermisse euch so sehr, Leute«, sage ich. Ich strecke die Hand nach dem Bildschirm aus und sie berühren ihren eigenen.

»Wie läuft's bei euch?«, fragt Elizabeth. »Ich will ja nicht drängeln, aber weiß man schon Genaueres über nächstes Jahr?«

»Na ja, ich hab es tatsächlich mal angesprochen«, sage ich. »Meine Eltern tun, was sie können, aber noch kann man nicht absehen, ob wir es hier schaffen. Bestimmt freut euch das auch ein bisschen, aber ...«

»Nein«, sagt Elizabeth. »Egal, was passiert, es wird bittersüß.«

»Wir würden uns nie wünschen, dass euer Baumverkauf ein Ende hat«, sagt Rachel, »aber natürlich hätten wir dich liebend gern bei uns.«

Ich schaue aus dem Fenster. Momentan sind zwischen den Bäumen nur drei Kunden unterwegs. »Irgendwie kommt es mir vor, als wäre weniger los als letztes Jahr«, erzähle ich ihnen. »Meine Eltern rechnen jeden Abend die Verkäufe durch, aber ich trau mich nicht nachzubohren.«

»Dann lass es«, sagt Elizabeth. »Es kommt, wie es kommen muss.«

Das stimmt, aber jedes Mal, wenn ich mich abseile, um Hausaufgaben oder auch nur eine Pause zu machen, frage ich mich, ob ich mehr tun könnte. Den Platz zu verlieren, wäre so hart, vor allem für Dad.

Rachel beugt sich vor. »Okay, bin ich dran? Du wirst nicht glauben, was ich wegen des Winterballs alles an Lächerlichkeiten durchmachen muss. Das ist so ein Haufen von Amateuren!« Sie legt mit einer Geschichte über zwei Unterstufler los, die sie beauftragt hatte, Material für Schneeflocken zu besorgen. Sie kamen mit Glitzer wieder.

»Mehr nicht?«, frage ich.

»Glitzer! Sind die nicht auf die Idee gekommen, dass wir auch etwas brauchen, auf das wir den Glitzer *draufmachen* können? Sollen wir den einfach so in die Luft werfen?«

Ich stelle mir so einen Winterball vor; Mitschüler in schicken Kleidern und Anzügen, die beim Tanzen Hände voll Glitzer in die Luft werfen. Der Glitzer regnet herab, beleuchtet von den Discokugeln. Rachel und Elizabeth lachen und drehen sich mit ausgestreckten Armen. Und ich beobachte Caleb, der den Kopf in den Nacken gelegt hat und mit geschlossenen Augen lächelt.

»Ähm ... also ich hab da jemanden kennengelernt«, sage ich. »Oder so ähnlich.«

Die nachfolgende Pause fühlt sich wie eine Ewigkeit an.

»Du meinst, einen Jungen?«, fragt Rachel.

»Im Moment sind wir nur Freunde«, sage ich. »Glaube ich.«

»Du wirst rot!«, behauptet Elizabeth.

Ich verstecke das Gesicht hinter den Händen. »Ich weiß nicht. Vielleicht ist es auch gar nichts. Er ist ...«

Rachel unterbricht mich. »Nein! Nein, nein, nein, nein, *nein*! Du fängst jetzt auf keinen Fall an, daran zu mäkeln, was mit ihm nicht stimmt. Nicht, wenn du gerade erst in der Total-verknallt-sein-Phase steckst.«

»Diesmal mäkel ich gar nicht, versprochen! Er ist ein

supersüßer Kerl, der Leuten Weihnachtsbäume schenkt, die sich keine leisten können.«

Rachel lehnt sich zurück und verschränkt die Arme. »Aber ...«

»Jetzt wird sie mäkelig«, stellt Elizabeth fest.

Ich schaue zwischen Rachel und Elizabeth in ihren kleinen Fenstern auf meinem Bildschirm hin und her. Beide warten darauf, dass ich ihnen den Haken beichte. »Aber ... es wär möglich, dass dieser supersüße Typ mit einem Messer auf seine Schwester losgegangen ist.«

Beiden bleibt der Mund offen stehen.

»Oder vielleicht hat er ihr nur damit gedroht«, sage ich. »Ich weiß es nicht. Ich habe ihn nicht danach gefragt.«

Rachel legt die Faust an den Kopf und entfaltet dann ihre Finger, als würde ihr Hirn explodieren. »Ein Messer, Sierra?«

»Vielleicht ist es auch nur ein Gerücht«, füge ich schnell hinzu.

»Das ist ein ziemlich böses Gerücht«, sagt Elizabeth. »Was meint Heather dazu?«

»Sie hat es mir überhaupt erst erzählt.«

Rachel lehnt sich wieder zum Bildschirm vor. »Du bist der wählerischste Mensch, den ich kenne, wenn es um Jungs geht. Und jetzt passiert so was?«

»Er weiß, dass ich etwas gehört habe«, sage ich, »aber er macht immer sofort zu, wenn das Thema aufkommt.«

»Du musst ihn danach fragen«, sagt Elizabeth.

Rachel richtet den Finger auf mich. »Aber mach es an einem öffentlichen Ort.«

Sie haben recht. Natürlich haben sie recht. Ich muss Genaueres erfahren, bevor ich ihn näher an mich ranlasse.

»Und tu es, *bevor* du ihn küsst«, fügt Rachel hinzu.

Ich lache. »Dazu müssten wir erst mal allein sein.«

Ich spüre, wie meine Augen groß werden, als mir wieder einfällt, dass wir morgen wirklich allein sein werden. Irgendwann nach der Schule nimmt er mich mit, wenn er einen Baum ausliefert.

»Frag ihn«, sagt Rachel. »Falls das alles nur ein Missverständnis ist, hast du echt was zu erzählen, wenn du wieder nach Hause kommst.«

»Ich verlieb mich nicht in einen Typen, damit du deinen Theaterfreunden was zu erzählen hast«, sage ich.

»Vertrau deinem Instinkt«, sagt Elizabeth. »Vielleicht hat Heather ein falsches Gerücht gehört. Wäre er nicht in irgendeiner Art Heim, wenn er seine Schwester niedergestochen hätte?«

»Ich hab nicht gesagt, dass er sie niedergestochen hat. Ich weiß nicht, was genau passiert ist.«

»Siehst du?«, sagt Elizabeth. »So schnell kann man ein Gerücht falsch weitergeben.«

»Morgen habe ich die Gelegenheit, ihn zu fragen«, sage ich. »Wir liefern gemeinsam einen Weihnachtsbaum aus.«

Rachel lehnt sich zurück. »Du hast ein verrücktes Leben, Mädchen.«

Obwohl Mom und Dad immer noch bei einem späten Abendessen im Wohnwagen sitzen, spüre ich ihre Blicke, als Caleb und ich zu seinem Truck gehen. Unter ihren Augen und mit Calebs Hand nur einen ausgestreckten Finger von meiner entfernt, fühlt es sich wie der längste Gang meines Lebens an.

Ich klettere auf den Beifahrersitz und er schließt meine Tür. Hinter mir auf der Ladefläche liegt noch ein Weihnachtsbaum. Es ist eine extrem heruntergesetzte Silbertanne – sorry, Dad –, und wir machen uns auf den Weg dorthin, wo dieser Baum gewünscht wird. Seit ich Bäume verkaufe, bin ich all die Saisons nicht ein einziges Mal einem Baum von uns zu seinem späteren Zuhause gefolgt.

»Ich habe meinen Freundinnen von deiner Baumdistribution erzählt«, sage ich. »Sie finden es sehr süß.«

Er lacht, als er den Wagen startet. »*Baumdistribution*, ja? Ich dachte immer, ich würde sie ausliefern.«

»Das bedeutet dasselbe! Machst du dich immer noch über meine Wortwahl lustig?« Ich erwähne nicht, dass ich das irgendwie mag.

»Vielleicht übernehme ich ein paar von deinen Vokabeltricks, bevor du wieder nach Hause fährst.«

Ich boxe ihm gegen die Schulter. »Das hättest du gern.«

Er lächelt mich an und legt den ersten Gang ein. »Das hängt wahrscheinlich davon ab, wie oft ich dich zu Gesicht bekomme.«

Ich werfe ihm einen Seitenblick zu, und als die Bedeutung seiner Worte zu mir durchdringt, durchströmt mich ein warmes Gefühl.

Als wir die Hauptstraße erreichen, fragt er: »Irgendeine Vorstellung, wie oft das sein wird?«

Ich würde ihm sehr gern eine Antwort geben, aber bevor ich Vorhersagen über unsere gemeinsame Zeit machen kann, muss ich einige Dinge klären. Mir wäre nur lieber, er würde sie selbst ansprechen, das hat er schließlich versprochen.

»Das kommt darauf an«, sage ich. »Was meinst du, wie viele Bäume du dieses Jahr noch verschenken wirst?«

Er schaut durch sein Fenster auf die Nebenspur, aber sein Lächeln blitzt im Seitenspiegel auf. »Zur Weihnachtszeit ist mein Trinkgeld ganz ordentlich, aber selbst Bäume mit Rabatt gehen doch ziemlich ins Geld. Nichts für ungut.«

»Na ja, mehr kann ich dir wirklich nicht nachlassen. Also musst du vielleicht bei der Arbeit deinen Charme besonders aufdrehen.«

Wir biegen auf den Highway in Richtung Norden. Die gezackte Pyramide des Cardinals Peak zeichnet sich vor dem dunkler werdenden Himmel ab.

Ich deute auf die Hügelspitze. »Ich wette, du wusstest nicht, dass ich sechs Weihnachtsbäume habe, die dort oben wachsen.«

Er wirft mir einen kurzen Blick zu, dann schaut er

hinaus zu dem dunkel aufragenden Hügel. »Du hast eine Weihnachtsbaumzucht auf dem Cardinals Peak?«

»Nicht direkt eine Zucht«, sage ich, »aber ich habe jedes Jahr einen gepflanzt.«

»Ehrlich? Wie hast du damit angefangen?«, fragt er.

»Eigentlich hat es begonnen, als ich fünf war.«

Er setzt den Blinker, macht einen Schulterblick und wechselt auf die Nebenspur.. »Nur keine Hemmungen«, sagt er. »Ich will die ganze Geschichte hören.« Scheinwerfer von vorüberkommenden Autos beleuchten sein neugieriges Lächeln.

»Also gut.« Ich halte mich an dem Gurt fest, der über meine Brust geschnallt ist. »Als ich fünf war, hab ich zu Hause mit meiner Mom einen Baum gepflanzt. Davor hatte ich schon Dutzende gepflanzt, aber diesen einen hielten wir etwas abseits. Wir bauten einen Zaun darum und so. Sechs Jahre später, als ich elf war, haben wir ihn gefällt und der Entbindungsstation unseres Krankenhauses gespendet.«

»Richtig so«, sagt er.

»Das ist nichts gegen das, was du tust, Mr Wohltäter«, sage ich. »Nach meiner Geburt haben meine Eltern ihnen jedes Jahr als Dankeschön einen Baum gespendet. Anscheinend hat es lange gedauert, bis ich mich entschlossen hatte, auf diese Welt zu kommen.«

»Meine Mom sagt, meine Schwester war bei der Geburt auch wählerisch«, sagt Caleb.

Ich lache. »Meine Freundinnen wären begeistert, wenn sie wüssten, dass du mich gerade so beschrieben hast.«

Er schaut mich an, aber ich werde es ihm auf keinen Fall erklären.

»Jedenfalls beschlossen wir, einen Baum für sie zu pflanzen, der extra von mir sein sollte. Damals fand ich das toll. Aber sechs Jahre später hatte ich mich sein ganzes Leben lang so gut um diesen Baum gekümmert – und auch fast *mein* ganzes Leben lang –, dass ich furchtbar geweint habe, als wir ihn fällten. Meine Mom sagt, ich hätte eine Stunde lang vor dem Stumpf gesessen und geweint.«

»Süß«, sagt Caleb.

»Wenn du sentimentale Geschichten magst, wart ab, bis du hörst, dass der Baum auch geweint hat. Auf seine Weise«, sage ich. »Wenn ein Baum wächst, saugt er durch die Wurzeln Wasser auf, ja? Wenn er gefällt wird, drücken die Wurzeln manchmal weiter Wasser in kleinen Harztröpfchen nach oben.«

»Wie Tränen?«, fragt er. »Das ist rührend!«

»Ich weiß!«

Scheinwerferlicht, das in die Fahrerkabine fällt, enthüllt sein Grinsen. »Aber du musst zugeben, dass es auch irgendwie kitschig ist.«

Ich verdrehe die Augen. »Ja ja, ich weiß.«

Er blinkt wieder und wir nehmen die nächste Ausfahrt. Es ist eine enge Kurve und ich halte mich an der Tür fest.

»Deshalb sägen wir immer noch mal ein paar Zentimeter vom Stamm ab, bevor wir den Leuten die Bäume mitgeben«, sage ich. »So fängt man mit einem frischen Schnitt an, durch den der Baum Wasser bekommt. Er kann nicht trinken, wenn er mit Harz versiegelt ist.«

»Ist das wirklich …?« Er unterbricht sich. »Oh, das ist ziemlich schlau.«

»Jedenfalls«, fahre ich fort. »Gab mir mein Vater diese Scheibe, nachdem wir meinen Baum ins Krankenhaus gebracht haben. Ich nahm sie mit in mein Zimmer und malte auf eine Seite einen Weihnachtsbaum. Die Scheibe liegt immer noch zu Hause in meiner Schublade.«

»Das gefällt mir«, sagt Caleb. »Ich weiß nicht, ob ich je etwas so Symbolisches behalten habe. Aber was hat das mit deiner kleinen Baumzucht auf dem Berg zu tun?«

»Also, am nächsten Tag machten wir uns auf die Fahrt hierher«, sage ich. »Um genau zu sein, waren wir schon losgefahren, und ich fing wieder an zu weinen. Mir wurde bewusst, dass ich als Ersatz für den, den wir gefällt hatten, einen neuen Baum hätte pflanzen sollen. Wir mussten aber los, also brachte ich meine Mom dazu, vor unserem Gewächshaus zu halten, schnappte mir einen Babybaum im Topf und schnallte ihn auf den Rücksitz.«

»Und dann hast du ihn hier eingepflanzt«, sagt er.

»Danach brachte ich jede Saison einen Baum mit. Mein Plan war immer, den Ersten nächstes Jahr zu fällen und ihn Heathers Familie zu schenken. Sie haben immer einen von uns bekommen, aber der wird etwas Besonderes«, sage ich.

»Das ist eine tolle Geschichte«, erwidert er.

»Danke.« Ich schaue aus dem Fenster, während wir an ein paar Häuserblocks mit zweistöckigen Hotels vorbeifahren. Dann schließe ich die Augen und überlege, ob ich weiterreden soll. »Aber wie wäre es... ich weiß nicht... wie wäre es, wenn du den Baum jemandem schenken würdest, der ihn braucht?«

Wir fahren an einem weiteren Häuserblock entlang und schweigen. Schließlich schaue ich zu ihm hinüber und erwarte ein aufrichtiges Lächeln auf seinem Gesicht. Ich habe ihm gerade angeboten, den ersten Baum zu verschenken, den ich in Kalifornien gepflanzt habe. Stattdessen starrt er gedankenverloren auf die Straße.

»Ich dachte, das würde dir gefallen«, sage ich.

Er blinzelt, dann schaut er mich an. Ein vorsichtiges Lächeln erscheint auf seinen Lippen. »Danke.«

*Ehrlich?*, würde ich am liebsten sagen. *Denn du siehst nicht besonders froh darüber aus.*

Er kurbelt das Fenster einen Spalt herunter und der Fahrtwind spielt mit seinen Haaren. »Tut mir leid«, sagt er. »Ich hab mir deinen Baum in einem Zuhause von Fremden vorgestellt. Du hattest schon etwas anderes mit ihm vor. Das war doch ein guter Plan. Ändere das nicht meinetwegen.«

»Na ja, vielleicht möchte ich das ja.«

Caleb biegt auf den Parkplatz eines vierstöckigen Apartmentkomplexes ein. In der Nähe des Gebäudes findet er einen freien Platz und parkt. »Wie wäre es damit: Ich halte das ganze Jahr die Augen nach der perfekten Familie offen. Wenn du wiederkommst, können wir ihn gemeinsam dorthin bringen.«

Ich versuche, jede Unsicherheit bezüglich nächsten Jahres zu verbergen. »Und was, wenn ich dann gar nichts mehr mit dir zu tun haben will?«

Sein Gesicht verschließt sich und ich bereue es sofort. Ich hatte auf eine sarkastische Erwiderung gehofft, jetzt versuche ich mich irgendwie zu retten. »Was wäre, wenn du nächstes Jahr keine Zähne mehr hast? Du bist schließlich süchtig nach Zuckerstangen und heißer Schokolade ...«

Er lächelt und öffnet die Fahrertür. »Ich sag dir was: Ich putze mir das ganze Jahr die Zähne besonders gut.« Die Schwere fällt von uns ab.

Lächelnd steige ich aus und gehe nach hinten an den Wagen. Die meisten Apartmentfenster sind dunkel, aber in ein paar hängt Weihnachtsbeleuchtung. Caleb kommt ebenfalls zur Heckklappe, drückt sie herunter, sodass man den Aufkleber von der *Sagebrush Junior High* nicht mehr sehen kann. Er packt den Baum am Stamm und beginnt ihn herauszuziehen, und ich greife nach den Ästen, um ihm zu helfen.

»Jetzt, wo ich deine Körperpflege *und* deinen Wortschatz verbessert habe«, sage ich, »kann ich dir sonst noch bei etwas helfen?«

Er schenkt mir ein Grübchenlächeln und nickt zu den

Apartments hinüber. »Geh einfach los. Um mir zu helfen, müsstest du deinen kompletten Terminkalender freischaufeln.«

Ich gehe voraus und wir tragen den Baum auf den Eingang des Gebäudes zu. Kurz schließe ich die Augen und lache, weil ich nicht fassen kann, womit ich gerade fast herausgeplatzt wäre. Ich werfe ihm einen Blick über die Schulter zu und schaffe es irgendwie, nicht zu sagen: »Schon passiert.«

# KAPITEL 10

Der Aufzug ist so klein, dass wir den Baum fast nicht aufrecht hinstellen können. Mit dem Fuß drückt Caleb den Knopf für den dritten Stock und es geht los. Als die Tür aufgeht, winde ich mich als Erste hinaus, Caleb neigt den Baum nach vorn und ich halte ihn. Wir tragen ihn bis zum Ende des Flurs, wo Caleb mit dem Knie an die letzte Tür klopft. Ein Engel aus Bastelpapier, den wahrscheinlich ein kleines Kind ausgeschnitten hat, ist mit einer Reißzwecke am Türspion befestigt. Der Engel hält ein Spruchband, auf dem steht: *Feliz Navidad*.

Eine stämmige, grauhaarige Frau in einem Blumenkleid öffnet die Tür. Freudig überrascht macht sie einen Schritt zurück. »Caleb!«

Er hält immer noch den Baumstamm fest und sagt: »Frohe Weihnachten, Mrs Trujillo.«

»Luis hat mir gar nicht gesagt, dass du kommst. Und dann auch noch mit einem Baum!«

»Er wollte Sie überraschen«, erwidert Caleb. »Mrs Trujillo, ich möchte Ihnen Sierra vorstellen.«

Mrs Trujillo scheint mich in die Arme schließen zu wollen, sieht aber, dass meine Hände ziemlich beschäftigt sind. »Ich freue mich sehr, dich kennenzulernen«, sagt sie. Während wir den Baum hineinschleppen, bemerke ich, wie sie Caleb zuzwinkert und zu mir herübernickt, aber ich tu so, als hätte ich es nicht gesehen.

»Bei der Tafel hat man mir gesagt, dass Sie gern einen Baum hätten«, sagt Caleb, »deshalb bin ich froh, dass ich Ihnen einen vorbeibringen konnte.«

Die Frau wird rot und tätschelt ihm mehrmals den Arm. »Ach, du lieber Junge. So ein großes Herz!« Sie schlurft in ihren Pantoffeln durch das Wohn- und Esszimmer. Dann beugt sie sich hinab und holt einen Weihnachtsbaumständer hinter dem Sofa hervor. »Wir haben noch nicht mal den künstlichen Baum aufgestellt, Luis hat in der Schule so viel zu tun. Und jetzt hast du mir einen echten gebracht!«

Caleb und ich halten die Tanne zwischen uns fest, während Mrs Trujillo mit dem Fuß Zeitschriften zur Seite schiebt und den Ständer in die Ecke stellt. Sie hört gar nicht mehr auf, davon zu schwärmen, wie sehr sie den Geruch mag.

Schließlich schaut sie Caleb an, fasst sich ans Herz und klatscht dann einmal in die Hände. »Danke, Caleb. Danke, danke, danke.«

Vom anderen Ende des Zimmers ruft eine Stimme: »Ich glaube, er hat dich verstanden, Mama.«

Caleb schaut zu einem Jungen in unserem Alter hinüber, der jetzt aus einem schmalen Flur kommt. Bestimmt ist das Luis. »Hey, Mann.«

»Luis! Schau, was uns Caleb gebracht hat!«

Luis betrachtet den Baum mit einem unsicheren Lächeln. »Danke fürs Vorbeibringen.«

Mrs Trujillo fasst mich am Arm. »Gehst du mit den Jungs zur Schule?«

»Eigentlich wohne ich in Oregon«, antworte ich.

»Ihren Eltern gehört einer der Weihnachtsbaumverkaufsplätze in der Stadt«, erklärt Caleb. »Daher kommt auch der hier.«

»Ach ja?« Sie schaut mich an. »Bildet ihr Caleb als Lieferjungen aus?«

Luis lacht auf, aber Mrs Trujillo sieht verwirrt aus.

»Nein«, sagt Caleb. Er schaut mich an. »Nicht direkt. Wir ...«

Ich schaue zurück. »Sprich weiter.« Ich würde zu gern seine Erklärung hören, was wir sind.

Er grinst. »Wir sind in den letzten Tagen gute Freunde geworden.«

Mrs Trujillo hebt beide Hände. »Ich verstehe. Ich frage zu viel. Caleb, kannst du deinen Eltern ein bisschen *turrón* von mir mitbringen?«

»Na klar!«, sagt Caleb. Er schaut sie an, als hätte sie ihm

mitten in der Wüste ein Glas Wasser angeboten. »Sierra, das Zeug musst du probieren!«

Mrs Trujillo klatscht in die Hände. »Ja! Für deine Familie musst du auch etwas davon mitnehmen. Ich habe so viel gemacht. Später bringen Luis und ich auch noch den Nachbarn etwas vorbei.«

Sie weist Luis an, ihr Servietten zu bringen, dann reicht sie jedem von uns ein Stück von etwas, das wie Krokant aussieht, aber mit Mandeln. Ich breche ein Stück ab und stecke es in den Mund – ist das lecker! Caleb hat sein halbes Stück schon verschlungen.

Mrs Trujillo strahlt. Sie steckt noch ein paar Stücke in Frühstücksbeutel, damit wir sie mitnehmen können. Als wir zur Wohnungstür gehen, bedanken wir uns noch mal für den *turrón*. Nachdem Caleb die Tür geöffnet hat, umarmt sie ihn lange und dankt ihm noch einmal für den Baum.

Während wir mit den *turrón*-Tüten in der Hand auf den Aufzug warten, frage ich: »Also ist Luis ein Freund von dir?«

Er nickt. »Ich hatte gehofft, dass es nicht peinlich würde.« Die Aufzugtür geht auf, wir steigen ein und er drückt den Knopf fürs Erdgeschoss. »Die Tafel führt eine Liste mit Gegenständen, auf der die Leute ankreuzen dürfen, was sie brauchen. Ich habe sie gebeten, ab und zu die Familien zu fragen, ob sie einen Baum gebrauchen können, daher bekomme ich die Adressen. Als ich ihren Nachnamen gesehen habe, hab ich Luis gefragt, ob es okay wäre, aber …«

»Er wirkte nicht gerade begeistert«, ergänze ich. »Glaubst du, es war ihm peinlich?«

»Er wird es schon verkraften«, antwortet Caleb. »Er wusste, dass seine Mom einen haben wollte. Und sie ist echt eine richtig nette Frau.«

Der Aufzug öffnet sich zum Erdgeschoss und Caleb bedeutet mir, zuerst auszusteigen.

»Sie ist so dankbar für alles«, sagt Caleb. »Sie verurteilt niemanden. Jemand wie sie verdient es, ab und zu einen Wunsch erfüllt zu bekommen.«

Wir steigen in den Truck und fahren auf den Highway in Richtung Verkaufsplatz.

»Und warum tust du das hier eigentlich?«, frage ich, denn ich finde, die Bäume sind ein gutes Thema, um uns langsam zu persönlicheren Themen vorzuarbeiten.

Eine Weile fährt er, ohne zu antworten. Schließlich sagt er: »Du hast mir ja auch von deinen Bäumen auf dem Hügel erzählt...«

»Fair ist fair«, stimme ich zu.

»Der Grund, warum ich das mache, ist der gleiche, warum ich sicher bin, dass Luis drüber wegkommen wird«, sagt er. »Er weiß, dass es ehrlich gemeint ist. Nachdem meine Eltern sich scheiden ließen, ging es uns eine ganze Weile ähnlich wie den Trujillos. Meine Mom konnte sich gerade eben ein paar kleine Geschenke für uns leisten, aber ganz bestimmt keinen Weihnachtsbaum.«

Ich füge das der kleinen, aber wachsenden Liste von

Dingen hinzu, die ich über Caleb weiß. »Wie läuft es jetzt?«, frage ich.

»Besser. Inzwischen ist sie Abteilungsleiterin, und es gibt wieder einen Weihnachtsbaum. Der erste, den ich bei euch gekauft habe, war für uns.« Er wirft mir einen kurzen Blick zu und lächelt. »Mit dem Dekorieren hält sie sich immer noch zurück, aber sie weiß, die Bäume haben uns viel bedeutet, als wir klein waren.«

Ich sehe die ganzen Eindollarnoten bei seinem ersten Besuch vor mir. »Aber du hast den Baum bezahlt.«

»Nicht ganz.« Er lacht. »Ich hab nur dafür gesorgt, dass wir einen größeren bekommen.«

Ich würde ihn gern nach seiner Schwester fragen. Aber während er durch die Windschutzscheibe schaut, wirkt sein Gesicht im Profil so ruhig. Heather hat recht, egal, was das hier ist, es muss nicht über Weihnachten hinausgehen. Wenn ich gern in seiner Nähe bin, warum das dann zerstören? Wenn ich ihn frage, macht er nur wieder zu.

Oder vielleicht will ich die Antwort auch gar nicht wissen, um ehrlich zu sein.

»Schön, dass wir das heute Abend gemacht haben«, sage ich. »Danke.«

Er lächelt und setzt dann den Blinker vor der Highway-Ausfahrt.

Caleb hat mir gesagt, er würde irgendwann diese Woche noch mal vorbeikommen. Als sein Wagen endlich vorfährt, bleibe ich im Zirkuszelt, statt hinauszugehen, um ihn zu begrüßen. Er muss nicht wissen, wie ungeduldig ich darauf gewartet habe. Irgendwie hoffe ich, dass er nur deshalb nicht am nächsten Tag vorbeigekommen ist; dass er dieselbe Vorfreude verborgen hat.

Als mehr als genug Zeit vergangen ist, in der er hätte reinkommen können, spähe ich hinaus. Andrew sagt gerade etwas zu ihm und sticht zur Verdeutlichung mit dem Zeigefinger gen Boden. Calebs Blick ist angespannt auf einen Punkt irgendwo hinter Andrew gerichtet, die Hände hat er tief in den Jackentaschen vergraben. Als Andrew mit einer scharfen Geste zu unserem Wohnwagen zeigt – in dem Dad gerade mit Onkel Bruce telefoniert –, schließt Caleb die Augen und seine Arme werden schlaff. Kurz darauf geht Andrew zu den Bäumen, und ich erwarte fast, dass er einen zur Seite schubst.

Eilig ziehe ich mich hinter die Kasse zurück. Kurz darauf kommt Caleb ins Zirkuszelt. Er weiß nicht, dass ich den Wortwechsel mit Andrew gesehen habe, und tut so, als wäre alles ganz normal.

»Ich bin auf dem Weg zur Arbeit«, sagt er, und jetzt weiß ich, dass er dieses Grübchenlächeln auch vortäuschen kann. »Aber ich konnte nicht vorbeifahren, ohne Hallo zu sagen.«

Wir sind kaum eine Minute allein, da legt Dad schon

seine Arbeitshandschuhe auf den Tresen und schraubt den Deckel seiner Thermoskanne ab. Er geht seinen Kaffee nachfüllen. Ohne aufzublicken, fragt er: »Brauchst du mal wieder einen Baum?«

»Nein, Sir«, sagt Caleb. »Im Moment nicht. Ich bin nur vorbeigekommen, um Sierra Hallo zu sagen.«

Als die Thermoskanne voll ist, dreht Dad sich zu Caleb um. Er hält die Thermoskanne gerade und schraubt langsam den Deckel fest. »Solange du es kurz hältst. Sie hat viel zu tun hier und danach noch Schulaufgaben.«

Dad klopft Caleb auf die Schulter, als er an ihm vorbeigeht, und ich würde am liebsten vor Demütigung im Boden versinken. Wir plaudern noch ein paar Minuten im Zirkuszelt, dann begleite ich Caleb zu seinem Truck. Er öffnet die Fahrertür, aber bevor er einsteigt, nickt er zu dem Paradeposter hinüber, das ich aufgehängt habe, als wir uns kennengelernt haben.

»Das ist morgen Abend«, sagt er. »Ich gehe mit ein paar Freunden hin. Du solltest auch vorbeikommen.«

Ich sollte auch vorbeikommen? Am liebsten würde ich ihn dafür aufziehen, dass er nicht den Mut hat, mich zu fragen, ob wir uns dort treffen.

»Mal sehen«, sage ich.

Nachdem er weggefahren ist, kehre ich ins Zirkuszelt zurück, halte den Blick zu Boden gerichtet und lächle dabei.

Kurz vor der Ladentheke stellt Dad sich mir in den Weg.

»Sierra...« Er weiß, ich will nicht hören, was er mir sagen möchte, aber er muss es trotzdem sagen. »Bestimmt ist er ein netter Junge, aber bitte überlege es dir zwei Mal, bevor du jetzt etwas anfängst. Du hast so viel zu tun und dann sind wir wieder weg und...«

»Ich fang nichts an«, sage ich. »Wir sind nur Freunde, Dad. Sei nicht komisch.«

Er lacht und nimmt dann einen Schluck Kaffee. »Warum kannst du nicht wieder klein sein und Prinzessin spielen?«

»Ich hab *nie* Prinzessin gespielt.«

»Soll das ein Witz sein?«, fragt er. »Jedes Mal, wenn Heathers Mom euch beide zur Parade mitnahm, hast du dein schickstes Kleid getragen und so getan, als wärst du die Winterkönigin.«

»Genau!«, sage ich. »Königin, nicht Prinzessin. Du hast mich schließlich anständig erzogen.«

Dad verneigt sich tief, wie es sich in Gegenwart einer Königin geziemt. Dann verschwindet er in Richtung Wohnwagen und ich kehre ins Zirkuszelt zurück. Dort lehnt Andrew an der Theke.

Ich umrunde die Theke und schiebe Dads Arbeitshandschuhe zur Seite. »Worüber habt du und Caleb da draußen geredet?«

»Mir ist aufgefallen, dass er oft hier ist«, antwortet Andrew.

Ich verschränke die Arme. »Und?«

Andrew schüttelt den Kopf. »Du hältst ihn für einen tollen Typen, weil er Bäume verschenkt. Aber du kennst ihn nicht.«

Ich möchte dagegenhalten, dass er selbst nichts über Caleb weiß, aber die Wahrheit ist: Vermutlich weiß er mehr als ich. War es ein Fehler, dass ich Caleb noch nicht mit dem Gerücht konfrontiert habe?

»Wenn dein Dad schon nicht will, dass dich seine Arbeiter ausfragen«, sagt Andrew, »dann wird er Caleb erst recht nicht akzeptieren.«

»Hör auf!«, sage ich. »Die Sache hat überhaupt nichts mit dir zu tun.«

Er senkt den Blick. »Letztes Jahr hab ich mich blöd angestellt. Statt dich direkt anzusprechen, hab ich den dummen Zettel an dein Fenster geklebt.«

»Andrew«, sage ich leise, »es liegt nicht an meinem Dad oder Caleb oder sonst jemandem. Wir arbeiten zusammmen – machen wir es uns also nicht schwerer als es sowieso schon ist, okay?«

Er schaut mich an und sein Blick wird hart. »Tu das nicht mit Caleb. Du machst dich lächerlich, wenn du glaubst, du könntest mit ihm befreundet sein. Er ist nicht der, für den du ihn hältst. Sei nicht …«

»Sag's ruhig!« Meine Augen werden schmal. Wenn er mich dumm nennt, feuert Dad ihn auf der Stelle.

Andrew bricht ab und geht unvermittelt.

# KAPITEL 11

Am Abend der Parade mache ich mich mit Heather und Devon auf den Weg in die Innenstadt. Heathers Mom ist im Organisationskomitee und hat uns bekniet, früher zu kommen. Als wir an dem blauen Baldachin mit der Aufschrift *Anmeldung* eintreffen, gibt sie jedem von uns eine Tüte mit Teilnehmerbändern und ein Klemmbrett, um die Anmeldungen abzuhaken. Die meisten Gruppen sind schon erfasst, aber jedes Jahr kommen neue Organisationen dazu und vergessen, sich anzumelden. Unsere Aufgabe ist es, sie ausfindig zu machen.

Devon schaut Heather an. »Ernsthaft? Das sollen wir machen?«

»Ja, Devon. Das ist einer der Vorteile, wenn man mein Freund ist. Wenn du keine Lust hast...« Sie macht eine Handbewegung zu den Leuten hinüber, die vorbeischlendern.

Unbeirrt von der Herausforderung in ihren Worten, gibt

Devon ihr einen raschen Kuss auf die Wange. »Das ist es völlig wert.« Als er zurückweicht, grinst er mich leicht an. Ja, er weiß genau, dass er sie ab und zu wütend macht.

»Los, wir holen uns einen Kaffee, bevor wir auf die Suche gehen«, sagt Heather. »Langsam wird es kalt hier draußen.«

Wir schlängeln uns durch eine ausgelassene Gruppe Pfadfinder und laufen anderthalb Häuserblocks weiter zu einem Café abseits der Paradenstrecke. Heather schickt Devon hinein und wartet mit mir draußen.

»Du musst es ihm sagen. Es tut euch beiden nicht gut, wenn ihr es noch länger hinauszögert«, sage ich.

Sie neigt den Kopf nach hinten und seufzt. »Ich weiß. Aber er braucht bessere Noten dieses Halbjahr. Ich will nicht schuld sein, wenn er davon abgelenkt wird.«

»Heather...«

»Ich bin schlimm, ich weiß, ich weiß!« Sie schaut mir in die Augen, sieht dann aber etwas hinter mir in der Ferne. »Wo wir gerade von Gesprächen reden, die mal geführt werden sollten: Ich glaube, da ist Caleb.«

Ich wirble herum. Auf der gegenüberliegenden Straßenseite sitzt Caleb mit zwei Typen auf der Lehne einer Bushaltestellenbank. Einer von ihnen sieht aus wie Luis. Ich beschließe, zu warten, bis Devon mit unserem Kaffee herauskommt, während ich den Mut zusammennehme, um hinüberzugehen.

Ein Bus rumpelt vor die Bank, und ich hoffe, dass ich

meine Chance nicht verpasst habe. Als der Bus weiterfährt, sitzen Caleb und seine Freunde immer noch da, reden und lachen. Caleb reibt sich die Hände, um sie zu wärmen, und schiebt sie dann in die Jackentaschen. Devon kommt heraus und bietet mir einen der Kaffees an, aber ich schüttle den Kopf.

»Ich bestell was anderes«, sage ich zu ihnen. »Könnt ihr beiden ohne mich die Liste abhaken? Dann treffen wir uns später.«

»Natürlich«, sagt Heather. Devon seufzt, offensichtlich genervt, dass ich mich vor der Arbeit drücken darf, während er bleiben muss. Bevor er sich beschweren kann, schaut Heather ihn aber an und sagt: »Weil ich es sage! Deshalb.«

Als ich aus dem Café komme, halte ich in jeder Hand ein heißes Getränk. Damit nichts unter den Deckeln herausschwappt, überquere ich langsam die Straße. Bevor ich Caleb erreiche, steigt ein großer Junge in einer weißen Marching-Band-Uniform aus einem Auto, gefolgt von einem älteren Mädchen in Cheerleader-Uniform mit dem Bulldogs-Maskottchen auf der Brust.

Ein weiteres Bandmitglied mit einer Querflöte in der Hand joggt zu ihnen hinüber. »Jeremiah!«

Calebs Aufmerksamkeit wird von seinen Freunden auf die Bandmitglieder abgelenkt. Jeremiah öffnet den Kofferraum des Wagens und nimmt eine Snare-Drum mit langem Gurt heraus. Er schließt den Kofferraum, schlingt sich den Gurt über einen Arm und steckt sich zwei Trommelstöcke in die hintere Hosentasche.

Ich werde langsamer, als ich auf die Bank zugehe. Caleb schaut in die andere Richtung, er ist immer noch auf die Bandmitglieder und die Cheerleaderin konzentriert. Das Auto fährt los, und ich sehe, wie sich die Fahrerin herüberbeugt und zu Caleb hinaufschaut. Er lächelt sie zögernd an und senkt dann den Blick.

Das Auto fährt weg, und der Flötist sagt etwas über ein Mädchen, mit dem er sich nach der Parade treffen will. Als sie an der Bank vorbeikommen, schaut Jeremiah zu Caleb hinüber. Genau kann ich es nicht deuten, aber ich meine, einen Anflug von Traurigkeit bei beiden zu erkennen.

Die Cheerleaderin holt auf, fasst Jeremiah am Ellbogen und zieht ihn weiter. Als Calebs Blick ihnen folgt, bemerkt er mich.

»Da bist du ja«, sagt er.

Ich biete ihm einen der Becher an. »Du siehst aus, als wäre dir kalt.«

Er nimmt einen Schluck und hält sich dann den Mund zu, als er lachen muss. Nachdem er geschluckt hat, sagt er: »Pfefferminz-Mokka. Natürlich.«

»Und zwar nicht die billige Variante«, sage ich.

Luis und der andere Junge beugen sich vor, um etwas zu sehen, das sich hinter mir ein Stück die Straße entlang befinden muss. An der Kreuzung steht ein pink-weißes Stretch-Cabrio. Die hintere Tür wird aufgehalten und jemand hilft einem Highschool-Mädchen in einem blau schimmernden Kleid mit hellblauer Schärpe auf den Rücksitz.

»Ist das Christy Wang?«, frage ich. Damals, als ich hier jedes Jahr ein paar Wochen in die Grundschule gegangen bin, war Christy die Einzige, die mir immer das Gefühl gab, nicht willkommen zu sein. Ich sei keine echte Kalifornierin, sagte sie. Anscheinend hat sie ihre Persönlichkeit immerhin so weit geändert, dass sie Winterkönigin werden konnte. Oder vielleicht hat es mehr damit zu tun, wie unglaublich sie in diesem Kleid aussieht.

»Es ist ein schöner Tag für eine Parade, Leute«, sagt Luis mit einer komischen Ansagerstimme. »Einfach schön! Und die diesjährige Winterkönigin ist auf jeden Fall ein heißer Feger. Ich schätze mal, Santa hat sie ganz oben auf seine Liste der ganz besonders lieben Kinder gesetzt.«

Der Junge neben Luis lacht sich kaputt.

Caleb schubst sie scherzhaft gegeneinander. »Mann. Zeig ein bisschen Respekt! Sie ist unsere Königin.«

»Was um alles in der Welt tut ihr da?«, frage ich.

Der Junge, den ich nicht kenne, sagt: »Das ist der Kommentar zur Parade. Komischerweise wird sie jedes Jahr wieder nicht im Fernsehen übertragen, also tun wir der Stadt einen Gefallen. Ich bin übrigens Brent.«

Ich strecke die freie Hand aus. »Sierra.«

Caleb schaut mich verlegen an. »Es ist eine alljährliche Tradition.«

Brent richtet den Zeigefinger auf mich. »Du bist das Weihnachtsbaummädchen. Ich habe schon einiges von dir gehört.«

Caleb nimmt einen großen Schluck und zuckt in gespielter Unschuld die Achseln.

»Freut mich, dich wiederzusehen, Luis«, sage ich.

»Mich auch«, erwidert er. Seine Stimme ist leise, vielleicht liegt Unsicherheit darin. Als ein Mann mit einem offenen Schnürsenkel vorbeikommt, wird er fröhlicher. »Leute, hier kommt das Neueste aus dem Club der Trendsetter. Fangen wir damit an, einen Schnürsenkel fest zu binden und den anderen lose hängen zu lassen. Wer cool sein will, sollte das mitmachen. Aber ich glaube, es wird sich nicht durchsetzen.«

»Nicht stolpern, Trendsetter!«, sagt Brent. Der Mann schaut zurück und Brent winkt ihm lächelnd zu.

Eine Weile sagt keiner etwas, während alle dasitzen und die Passanten beobachten. Caleb nimmt noch einen Schluck und ich mache ein paar langsame Schritte weg.

»Wo willst du hin?«, fragt er. »Bleib doch.«

»Schon gut. Ich will euch nicht bei eurem Ansager-Job stören.«

Caleb schaut seine Freunde an. Irgendeine stumme Jungs-Kommunikation findet statt, dann wendet er sich mir zu. »Nö. Wir sind fertig.«

Brent scheucht uns mit einer Handbewegung fort. »Lauft, Kinder, und amüsiert euch.«

Caleb verabschiedet sich von seinen Freunden, dann lenkt er mich in Richtung Paradenstrecke. »Danke noch mal für den Mokka.«

Wir laufen an ein paar Geschäften vorbei, die für die Zuschauer der Parade länger geöffnet haben. Ich drehe mich zu ihm um, in der Hoffnung, eine unbeschwerte Unterhaltung starten zu können. Er schaut mich an und wir lächeln uns zu, doch dann drehen wir uns beide wieder nach vorn. Heute fühle ich mich mit Caleb so neben der Spur, so unsicher und unbehaglich.

Schließlich frage ich das Einzige, das mir wirklich durch den Kopf spukt: »Wer war der Typ da vorhin?«

»Brent?«

»Der Schlagzeuger der Marching-Band.«

Caleb nimmt einen Schluck und wir laufen schweigend ein paar Schritte nebeneinander her. »Jeremiah. Er ist ein alter Freund.«

»Und er will lieber bei der Parade mitmarschieren, als sie mit euch anderen zu kommentieren?«, frage ich. »Unfassbar.«

Er lächelt. »Nein, wahrscheinlich nicht. Aber er würde auch nicht mit uns abhängen, wenn er könnte.«

Nach langem Zögern frage ich: »Gibt es dazu eine Geschichte?«

Seine Antwort kommt sofort: »Das ist eine lange Geschichte, Sierra.«

Ich bin offensichtlich zu neugierig, aber warum sollte ich selbst eine Freundschaft mit ihm erwägen, wenn ich ihm nicht einmal eine einfache Frage stellen darf? Die Frage kam schließlich nicht aus dem Nichts. Es ging um etwas, das genau vor meinen Augen passiert ist. Wenn er schon bei so etwas Kleinem zumacht, weiß ich nicht, ob es das wert ist. Ich bin schon wegen weniger gegangen.

»Du kannst zu deinen Freunden zurückgehen, wenn du magst«, sage ich. »Ich muss Heather sowieso helfen.«

»Ich möchte lieber mit dir kommen«, sagt er.

Ich bleibe stehen. »Caleb, ich glaube, du solltest den Abend mit deinen Freunden verbringen.«

Er schließt die Augen und fährt sich mit der Hand durch die Haare. »Lass es mich noch mal versuchen.«

Ich schaue ihn abwartend an.

»Jeremiah war mein bester Freund. Es ist etwas passiert, ich nehme an, du hast schon einen Teil davon gehört, und seine Eltern wollten nicht, dass er mit mir befreundet bleibt. Seine Schwester ist so was wie seine Aufpasserin – eine Miniversion seiner Mutter – und sie schafft es irgendwie, immer in der Nähe zu sein.«

Vor meinem inneren Auge spiele ich noch einmal die Szene ab, wie Jeremiahs Mom Caleb angeschaut hat, als sie vorbeifuhr, und wie seine Schwester ihn den Bürgersteig entlanggeführt hat. Ich wüsste gern die Einzelheiten, aber er muss es mir erzählen wollen. Wir können uns nur näherkommen, wenn er mich an sich ranlässt.

»Falls du wissen musst, was passiert ist, dann erzähle ich es dir«, sagt Caleb, »aber nicht jetzt.«

»Aber bald«, erwidere ich.

»Nicht hier, bitte. Das ist schließlich eine Weihnachtsparade! Und wir haben unsere Pfefferminz-Mokkas.« Er erspäht etwas hinter mir und grinst. »Egal, wegen der Band würdest du wahrscheinlich sowieso nicht alles mitbekommen, was ich sage.«

Wie aufs Stichwort beginnt die Marching-Band mit einer lauten, trommellastigen Version von »Little Drummer Boy«.

Ich muss schreien, um mich verständlich zu machen: »Eins zu null für dich!«

Wir stoßen auf Heather und Devon eine Kreuzung von dort entfernt, wo die Parade beginnt. Devon drückt sich das Klemmbrett fast wie eine Schmusedecke an die Brust, während Heather ihn wütend anfunkelt.

»Alles klar?«, frage ich.

»Die Winterkönigin hat ihn nach seiner Nummer gefragt!«, platzt Heather heraus. »Und ich stand direkt daneben!«

Ein fast unmerkliches Lächeln huscht über Devons Lippen und ich hätte fast zurückgelächelt. Christy Wang hat sich überhaupt nicht verändert. Außerdem frage ich mich jetzt, ob Heathers ganzes Gerede vom Schlussmachen einfach nur genau das war ... Gerede. Sie muss doch Gefühle für ihn haben, selbst wenn sie nur als Eifersucht herauskommen.

Caleb und ich folgen ihnen zu einer schmalen Lücke

zwischen zwei Familien, die auf der Bordsteinkante sitzen, um sich die Parade anzuschauen. Heather setzt sich als Erste und ich quetsche mich dicht neben sie. Devon bleibt stehen und Caleb und er stoßen kurz die Fäuste aneinander, bevor er sich neben mich setzt.

»Hat sie echt nach seiner Nummer gefragt?«, will ich wissen.

»Ja!«, faucht Heather. »Und ich stand direkt daneben!«

Devon beugt sich vor. »Aber ich habe sie ihr nicht gegeben. Ich hab ihr gesagt, ich hätte schon eine Freundin.«

»Noch!«, schnauzt Heather.

»Sie ist aber auch eine gut aussehende Winterkönigin«, fügt Caleb hinzu.

Ich höre die Neckerei in seiner Stimme, versetze ihm aber trotzdem einen Ellbogenstoß. »Höchst uncool.«

Er lächelt und klimpert wie Mr Unschuldig mit den Wimpern. Bevor Heather noch etwas sagen oder Devon sich noch weiter reinreiten kann, kommt die Band der Bulldogs um die Ecke marschiert, angeführt von den Cheerleadern. Die Menge singt jubelnd ihre Instrumentalversion von »Jingle Bell Rock« mit.

Jeremiah geht mit wirbelnden Trommelstöcken vorbei. Wir klatschen alle mit, aber nach und nach höre ich auf und mustere Caleb. Während sich der Rest längst der nächsten Gruppe zugewandt hat, hält Caleb immer noch den Blick auf die Band gerichtet. Die Trommeln klingen jetzt fern, aber er tippt mit den Fingern auf den Knien den Rhythmus mit.

Caleb schließt die Heckklappe, ein neuer Baum liegt auf der Ladefläche seines Trucks. »Hast du wirklich Zeit dafür?«, fragt er.

Eigentlich habe ich die nicht. Nach der Parade wird der Verkaufsplatz jedes Jahr überrannt, aber wir sind sofort danach zurückgekommen, und ich habe Mom gefragt, ob ich diese eine Lieferung mit Caleb machen darf. Sie hat mir eine halbe Stunde gegeben.

»Das ist überhaupt kein Problem«, sage ich. Zwei weitere Autos fahren auf den Parkplatz und er wirft mir einen skeptischen Blick zu. »Okay, vielleicht ist es nicht der günstigste Zeitpunkt, aber ich will dabei sein.«

Er lächelt sein Grübchenlächeln und geht um den Wagen herum zu seiner Tür. »Gut.«

Wir fahren zu einem kleinen, dunklen Haus, das nur ein paar Minuten entfernt ist, und steigen aus. Er packt die Mitte des Baums und ich den Stamm. Auf den Stufen vor der Haustür greifen wir um. Als Caleb klingelt, spüre ich, wie mein Herz zu klopfen anfängt. Bäume zu verkaufen mochte ich schon immer, aber Leute damit zu überraschen, ist noch viel aufregender.

Die Tür geht schnell auf. Ein irritiert dreinblickender Mann starrt finster zwischen Caleb und dem Baum hin und her. Eine erschöpft aussehende Frau neben ihm schaut mich ähnlich gereizt an.

»Bei der Tafel hat man mir gesagt, dass du früher kommst«, schnauzt er. »Wir haben die Parade verpasst, weil wir auf dich gewartet haben!«

Caleb senkt kurz den Blick. »Tut mir leid. Ich hatte mit ihnen abgesprochen, dass wir erst nach der Parade kommen.«

Durch die offene Tür sehe ich einen Laufstall im Wohnzimmer, in dem ein in Windeln gewickeltes Baby schläft.

»Das hat uns keiner gesagt. Haben sie uns etwa angelogen?«, fragt die Frau. Sie zieht die Tür weiter auf und deutet mit dem Kinn ins Haus. »Stellt ihn einfach in den Ständer.«

Caleb und ich schleppen den Baum hinein, der sich jetzt zehn Mal schwerer anfühlt, und stellen ihn in einer dunklen Ecke auf, während sie uns dabei zuschauen. Nachdem wir ihn ein paarmal hin und her gerückt haben, um ihn so gerade wie möglich hinzustellen, treten wir zurück und betrachten ihn gemeinsam mit dem Mann. Als er keinen Einspruch erhebt, bedeutet mir Caleb, ihm zur Tür zu folgen.

»Ich hoffe, Sie haben frohe Weihnachten«, sagt Caleb.

»Fängt ja nicht gerade gut an«, brummt die Frau. »Ihretwegen haben wir die Parade verpasst.«

Ich drehe mich halb um. »Das brauchen Sie uns nicht zwei Mal zu s...«

Caleb schnappt sich meine Hand und zieht mich zur Tür. »Noch mal: Es tut uns sehr leid.«

Kopfschüttelnd folge ich ihm zur Tür hinaus. Als wir wieder im Wagen sitzen, platzt mir der Kragen: »Sie haben sich nicht einmal bedankt. Nicht ein einziges Mal!«

Caleb startet den Motor. »Sie haben die Parade verpasst. Sie waren enttäuscht.«

Ich blinzle. »Ist das dein Ernst? Du hast ihnen einen Weihnachtsbaum vorbeigebracht, für den sie keinen Cent zahlen mussten!«

Caleb legt den Rückwärtsgang ein und fährt auf die Straße. »Ich mach das nicht, um mir Streicheleinheiten abzuholen. Sie haben ein kleines Baby und waren wahrscheinlich hundemüde. Die Parade zu verpassen – Missverständnis hin oder her – ist schon eine Enttäuschung.«

»Aber du hast den Baum von deinem Geld bezahlt und deine Zeit dafür geopfert ...«

Er schaut mich lächelnd an. »Würdest du das denn nur machen, wenn dir die Leute dafür sagen, wie toll du bist?«

Am liebsten würde ich losschreien und mich darüber totlachen, wie bescheuert diese Leute waren. Darüber, wie bescheuert sich Caleb gerade verhält! Stattdessen fällt mir keine Antwort ein und er weiß es. Er lacht und schaut dann über die Schulter, um die Spur zu wechseln.

Ich mag Caleb. Jedes Mal, wenn ich ihn sehe, mag ich ihn noch mehr. Und das kann nur in einer Katastrophe enden. Am Ende des Monats fahre ich wieder, er bleibt zurück, und die Last all dessen, was unausgesprochen zwischen uns steht, wird langsam zu drückend, um sie noch viel weiter tragen zu können.

Als wir auf den Verkaufsplatz zurückkehren, nimmt Caleb den Gang heraus, lässt den Motor aber laufen. »Nur um das klarzustellen: Mir ist bewusst, wie undankbar die beiden ihr Weihnachtsbaumgeschenk aufgenommen haben. Mein Motto ist aber, dass jeder mal einen schlechten Tag haben kann.«

Die Lichter um den Platz werfen Schatten in Calebs Truck. Er schaut mich an, sein Gesicht ist halb verborgen, aber seine Augen fangen das Licht ein und flehen um Verständnis.

»Stimmt«, sage ich.

# KAPITEL 12

Heute ist mit Abstand am meisten los. Ich habe kaum Zeit, auf die Toilette zu gehen, geschweige denn, Mittag zu essen. Daher stochere ich immer mal wieder zwischen dem Abkassieren in einer Schüssel Makkaroni mit Käse herum, die neben mir auf dem Tresen steht. Monsieur Cappeau hat mir am Morgen eine E-Mail geschickt und mich gebeten, in den nächsten Tagen anzurufen, *pour pratiquer*, aber das steht ganz unten auf meiner To-do-Liste.

Die heutige Baumlieferung kam sehr zeitig. Nicht nur, bevor wir überhaupt geöffnet hatten, sondern sogar noch bevor jemand von den Arbeitern da war. Dad hat ein paar von den verlässlicheren Baseballspielern angerufen und sie gebeten, früher zu kommen. So waren wir wenigstens eine Handvoll, die verschlafen den Laster abluden.

So erschöpft ich davon bin, noch vor dem Frühstück so viele Bäume abgeladen zu haben, bin ich auch dankbar für das Zusatzgeschäft. Es scheint besser zu laufen und vielleicht können wir den Verkauf noch ein Jahr durchziehen.

Momentan stehe ich neben Mom an der Kasse und deute auf Mr und Mrs Ramsay draußen. Ich versuche mich an einem Baumverkaufs-Kommentar, so wie Caleb und seine Freunde auf der Parade.

»Leute, es sieht so aus, als stritten die Ramsays darüber, ob sie noch mehr für diese fantastische Weymouthskiefer ausgeben möchten oder nicht«, sage ich.

Mom schaut mich an, als zweifelte sie an meiner Zurechnungsfähigkeit, aber ich mache unbeirrt weiter.

»Wir sehen das nicht zum ersten Mal«, sage ich, »und ich verrate bestimmt nicht zu viel, wenn ich Ihnen sage, dass Mrs Ramsay ihren Willen bekommen wird. Sie war noch nie ein Blautannen-Fan, egal, was Mr Ramsay meint.«

Mom lacht und macht mir Zeichen, leiser zu reden.

»Es sieht aus, als stünde eine Entscheidung unmittelbar bevor!«, kommentiere ich.

Jetzt beobachten wir beide gebannt die Szene, die sich draußen zwischen unseren Bäumen abspielt.

»Mrs Ramsay wedelt mit den Armen«, sage ich, »sie ermahnt ihren Mann, sich einfach zu entscheiden, wenn er überhaupt etwas nach Hause bringen will. Mr Ramsay vergleicht die Nadeln der beiden Bäume. Welcher wird es werden, Leute? Welcher wird es werden? Und ... es ist ... die Weymouthskiefer!«

Mom und ich reißen die Arme hoch und ich klatsche sie ab.

»Mrs Ramsay gewinnt auch dieses Jahr!«, sage ich.

Das Paar betritt das Zirkuszelt und Mom beißt sich auf die Wangen und verdrückt sich. Als Mr Ramsay den letzten Zwanzigdollarschein auf den Tresen legt, tauschen Mrs Ramsay und ich ein wissendes Lächeln. Da ich es nicht ertrage, jemanden bedrückt gehen zu lassen, erkläre ich Mr Ramsay, dass sie eine hervorragende Wahl getroffen haben. Bei Weymouthskiefern halten die Nadeln besser als bei den meisten anderen Bäumen. Sie werden sie nicht wegsaugen müssen, wenn ihre Enkel vorbeikommen.

Bevor er seine Brieftasche wegstecken kann, nimmt Mrs Ramsay sie ihrem Mann ab und steckt mir zehn Dollar Trinkgeld für meine Hilfe zu. Sie gehen zufrieden davon, auch wenn sie ihm einen gutmütigen Klaps versetzt und ihm sagt, er sei zu geizig.

Ich schaue auf den Zehndollarschein hinab und eine vage Idee nimmt Gestalt an. Ich bekomme selten Trinkgeld, denn die meisten Leute geben es den Jungs, die für sie die Bäume verladen.

Ich schicke Heather eine Nachricht: **Können wir heute Abend bei dir zu Hause Plätzchen backen?** Unser Wohnwagen ist ein schönes zweites Zuhause, aber er ist nicht für Backorgien ausgelegt.

Heather antwortet prompt: **Na klar!**

Sofort schreibe ich Caleb: **Wenn du morgen eine Liefe-**

rung machst, möchte ich mitkommen. Ich werde sogar noch neben meiner betörenden Persönlichkeit etwas anderes beitragen. Ich wette, das Wort hast du noch nie benutzt!

Ein paar Minuten später antwortet Caleb: Noch nie. Und ja, gerne.

Ich lächle in mich hinein und stecke mein Handy weg. Den Rest des Nachmittags und Abends hält mich die Vorfreude auf die Zeit mit Caleb aufrecht. Aber als ich nach Feierabend das Geld zähle, wird mir klar, dass es diesmal um mehr als Bäume und Kekse gehen muss. Wenn er mich jetzt schon so glücklich macht und es bald noch ernster wird, was ich mir ohne Weiteres vorstellen kann, muss ich wissen, was mit seiner Schwester passiert ist. Er hat zugegeben, dass etwas passiert ist. Aber bei allem, was ich über ihn weiß und gesehen habe, kann ich mir nicht vorstellen, dass es so schlimm ist, wie manche Leute glauben.

Wenigstens hoffe ich das.

Am nächsten Tag kriecht die Zeit nur so dahin. Am Vorabend waren Heather und ich noch lange auf und haben gequatscht und Weihnachtsplätzchen gebacken. Devon kam vorbei, als wir gerade Zuckerguss und Streuseln auftrugen, und probierte ungefähr ein Dutzend Kekse. Jetzt, wo ich seine Geschichten aus erster Hand gehört habe, muss ich zugeben, dass sie wirklich todlangweilig sind.

Seine Künste im Plätzchendekorieren haben das aber fast wieder wettgemacht.

Ich erkläre einem Kunden, wie man die Preise unserer Bäume anhand der daran befestigten bunten Bänder vergleichen kann. Sobald er es begriffen hat und weiterzieht, halte ich mich an einem der Bäume fest und schließe kurz die schweren Lider. Als ich sie wieder öffne, sehe ich Calebs Truck vorfahren und bin plötzlich hellwach.

Auch Dad bemerkt den Truck. Als ich zum Zirkuszelt komme, steht er bereits an der Kasse; in den Haaren hat er ein paar Tannennadeln.

»Verbringst du immer noch so viel Zeit mit diesem Jungen?«, fragt er. Sein Tonfall ist so unmissverständlich, dass es peinlich ist.

Ich schnippe ihm ein paar Tannennadeln von der Schulter. »Der Junge heißt Caleb«, sage ich, »und er arbeitet nicht hier, also kannst du ihn auch nicht davon abbringen, mit mir zu reden. Außerdem musst du zugeben, dass er unser bester Kunde ist.«

»Sierra ...« Er beendet seinen Satz nicht, aber er soll wissen, dass ich mir der Umstände bewusst bin.

»Wir sind nur noch ein paar Wochen hier. Weiß ich. Das musst du mir nicht sagen.«

»Ich möchte nur nicht, dass du dir Hoffnungen machst«, sagt er. »Oder er, wo wir schon dabei sind. Denk dran, wir wissen noch nicht mal, ob wir nächstes Jahr wiederkommen.«

Ich schlucke den Kloß in meinem Hals hinunter. »Es

mag keinen Sinn ergeben«, sage ich. »Und ich bin mir voll und ganz bewusst, dass ich mich normalerweise nicht so verhalte, aber ... ich mag ihn.«

So, wie er zusammenzuckt, würde jeder Zuschauer glauben, ich hätte ihm gerade gesagt, ich sei schwanger. Dad schüttelt den Kopf. »Sierra, sei ...«

»Vorsichtig? Ist das die Floskel, die du suchst?«

Er wendet den Blick ab. Der unausgesprochene Witz daran ist, dass er und Mom sich genau so kennengelernt haben. Auf *diesem* Verkaufsplatz.

Ich streiche ihm noch eine Tannennadel aus den Haaren und küsse ihn auf die Wange. »Du weißt hoffentlich, dass ich das normalerweise bin.«

Caleb tritt an den Tresen und legt das Preisschild von seinem neuesten Baum darauf. »Die Familie heute bekommt eine echte Schönheit«, sagt er. »Ich habe ihn schon beim letzten Mal bemerkt.«

Dad lächelt ihn an und klopft ihm höflich auf die Schulter, dann geht er ohne ein weiteres Wort.

»Das heißt, du hast ihn langsam auf deiner Seite«, erkläre ich. Ich hole eine Keksdose in Form eines Schlittens unter dem Tresen hervor und Caleb hebt die Augenbrauen. »Hör auf zu sabbern. Die gehen an dieselben Leute wie der Baum.«

»Moment mal, dafür hast du sie gebacken?« Ich schwöre, es ist, als würde sein Lächeln das ganze Zirkuszelt erleuchten.

Nachdem wir den Baum und die Plätzchen bei der Familie abgeliefert haben, fragt Caleb, ob ich die besten Pfannkuchen der Stadt probieren möchte. Ich willige ein, und er fährt zu einem rund um die Uhr geöffneten Diner, der wahrscheinlich Mitte der 70er-Jahre zum letzten Mal renoviert wurde. Eine lange Fensterfront, die von orange getönten Lichtern bestrahlt wird, rahmt ein Dutzend Sitzecken ein. Im Inneren sitzen nur zwei Leute jeweils an den entgegengesetzten Enden des Diners.

»Brauchen wir vielleicht Tetanusspritzen, bevor wir hier essen?«, frage ich.

»Das ist der einzige Laden in der Stadt, in dem du Pfannkuchen bekommst, die so groß sind wie dein Kopf«, sagt er. »Gib's zu, das war schon immer dein Traum.«

Im Diner steht auf einem handgeschriebenen Schild, das mit Klebeband an der Kasse befestigt wurde: *Freie Platzwahl.* Ich folge Caleb zu einer Fensternische und laufe dabei an rotem Weihnachtsschmuck vorbei, der mit einer Angelschnur an die Deckenkacheln geklebt wurde. Wir nehmen auf Bänken Platz, deren grüne Plastikbezüge schon bessere Tage gesehen haben – aber höchstwahrscheinlich nicht in diesem Jahrhundert. Nachdem wir beide die »weltberühmten« Pfannkuchen bestellt haben, falte ich die Hände auf dem Tisch und schaue ihn an. Er spielt mit dem Daumen an einem großen Sirupspender, der neben den Servietten steht, und lässt den Deckel auf- und zuschnappen.

»Keine Marching-Band weit und breit«, fordere ich ihn auf. »Wenn wir reden, kann ich dich wahrscheinlich ziemlich gut verstehen.«

Er hört auf, mit dem Sirup zu spielen, und lehnt sich zurück. »Willst du diese Geschichte wirklich erfahren?«

Ehrlich gesagt, weiß ich es nicht. Ihm ist klar, dass ich die Gerüchte mitbekommen habe. Die Wahrheit kenne ich aber nicht. Falls die Wahrheit besser ist, müsste er darauf brennen, sie mir zu erzählen.

Er zupft an der Nagelhaut seines Daumens herum.

»Erklär mir doch als Erstes, warum du deinen neuen Kamm noch nicht benutzt hast«, sage ich. Der Witz verpufft, aber ich hoffe, er weiß, dass ich mir Mühe gebe.

»Hab ich doch, heute Morgen«, sagt er. Er fährt sich mit den Fingern durch die Haare. »Vielleicht hast du einen fehlerhaften erwischt.«

»Das bezweifle ich«, sage ich.

Er nimmt einen Schluck Wasser. Nach längerem Schweigen fragt er: »Können wir damit beginnen, dass du mir erzählst, was du gehört hast?«

Ich beiße mir auf die Unterlippe und überlege, wie ich es ausdrücken soll. »Wortwörtlich?«, sage ich. »Na ja, ich hab gehört, du hättest deine Schwester mit einem Messer angegriffen.«

Er schließt die Augen. Sein Körper wiegt sich fast unmerklich vor und zurück. »Was noch?«

»Dass sie nicht mehr hier wohnt.« Dass ich das Buttermesser auf der Serviette neben seinen Händen überhaupt bemerke, fühlt sich krank an.

»Sie wohnt in Nevada«, sagt er, »bei unserem Dad. Dieses Jahr fängt sie mit der Highschool an.«

Er schaut zur Küche hinüber, vielleicht hofft er, die Kellnerin werde unser Gespräch unterbrechen. Oder vielleicht will er es ohne Unterbrechung hinter sich bringen.

»Und du wohnst bei deiner Mom«, sage ich.

»Ja«, sagt er. »So war es natürlich nicht immer.«

Die Kellnerin stellt zwei Tassen vor uns hin und füllt sie mit Kaffee. Wir nehmen uns Kaffeesahne und Zucker.

Er rührt immer noch in seinem Kaffee, als er fortfährt: »Als sich meine Eltern getrennt haben, war das echt hart für meine Mom. Sie hat sehr abgenommen und viel geweint, das ist wahrscheinlich normal. Abby und ich haben bei ihr gewohnt, während sie alles klärten.«

Er nimmt einen Schluck von seinem Kaffee. Ich hebe meine Tasse und puste darauf.

»Abby und ich bekamen unseren eigenen Anwalt, das kommt manchmal vor.« Er nimmt noch einen Schluck, umfängt die Tasse dann mit beiden Händen und starrt hinein. »Damit fing alles an. Ich war der Meinung, wir sollten bei unserer Mom bleiben und habe Abby dazu überredet. Ich habe ihr gesagt, Mom bräuchte uns und dass Dad schon ohne uns zurechtkommen würde.«

Ich nehme einen Schluck von meinem Kaffee, während er immer noch in seinen starrt.

»Aber er kam überhaupt nicht zurecht«, sagt Caleb. »Eigentlich wusste ich das schon eine Weile, habe aber einfach gehofft, dass er sich berappeln würde. Ich glaube, wenn ich ihn wirklich jeden Tag gesehen hätte und dass er genauso verletzt und gebrochen aussah wie meine Mom, hätte ich mich vielleicht für ihn entschieden.«

»Warum ging es ihm so schlecht?«, frage ich.

Die Kellnerin stellt unsere Teller ab. Die Pfannkuchen sind wirklich riesig, aber das macht das Gespräch nicht leichter, wie es Caleb vielleicht erhoffte, als er dieses Lokal ausgesucht hat. Trotzdem lenken sie uns ein bisschen ab, während wir reden. Ich gieße Sirup über meinen und fange an, mit Buttermesser und Gabel die Hälfte davon zu zerschneiden.

»Vor der Trennung wurde Weihnachten bei uns total groß geschrieben«, sagt er. »Wir haben es uns richtig gegeben, vom Schmücken bis zu den ganzen Aktivitäten, die wir mit unserer Kirche veranstalteten. Manchmal kam sogar Pastor Tom zum Weihnachtsliedersingen mit. Aber als Dad nach Nevada zog, hat er all das vernachlässigt. Sein Haus war dunkel und deprimierend, wenn wir zu Besuch waren. Keine Weihnachtsbeleuchtung und selbst die Hälfte der regulären Lampen im Haus war durchgebrannt. Sogar Monate nach dem Einzug hatte er die meisten Umzugskartons noch nicht ausgepackt.«

Er isst ein paar Bissen Pfannkuchen, ohne den Blick von seinem Teller zu heben. Ich überlege, ob ich ihm sagen soll, dass er mir nicht mehr erzählen muss. Was auch immer passiert ist, ich mag den Caleb, der jetzt vor mir sitzt.

»Nachdem wir ihn das erste Mal besucht hatten, hat Abby mich die ganze Zeit seinetwegen getriezt. Sie war so sauer auf mich, weil er so schlecht damit zurechtkam, dass wir uns für Mom entschieden hatten. Und sie ließ nicht locker. Ständig meinte sie: ›Schau, was du ihm angetan hast‹.«

Am liebsten würde ich Caleb sagen, dass er nicht für seinen Dad verantwortlich ist, aber das weiß er bestimmt. Seine Mom hat ihm das sicher tausendmal gesagt. Wenigstens hoffe ich das. »Wie alt wart ihr da?«, frage ich.

»Ich war in der achten Klasse. Abby in der sechsten.«

»Ich erinnere mich, wie es in der sechsten Klasse war«, sage ich. »Wahrscheinlich hat sie sich den Kopf zerbrochen, wie in eurem neuen Leben alles zusammenpassen sollte.«

»Aber sie gab mir die Schuld, dass es eben nicht zusammenpasste. Und ich selbst gab mir auch die Schuld, weil sie teilweise recht hatte. Aber ich war in der achten Klasse. Wie hätte ich wissen sollen, was das Beste für alle ist?«

»Vielleicht gab es kein Bestes«, sage ich.

Zum ersten Mal seit Minuten blickt Caleb auf. Er versucht zu lächeln, und obwohl es kaum zu sehen ist, scheint er mir jetzt zu glauben, dass ich ihn wirklich verstehen will.

Er nimmt noch einen Schluck Kaffee, indem er sich vorbeugt, statt die Tasse weiter anzuheben. So zerbrechlich habe ich ihn noch nie gesehen. »Jeremiah war seit Jahren mein Freund – mein bester Freund –, und er wusste, wie sehr mich Abby damit quälte. Er nannte sie die Böse Hexe des Westens.«

»Scheint ein guter Freund zu sein«, sage ich. Dann schneide ich noch mehr von meinem Pfannkuchen klein.

»Er sagte es sogar in ihrem Beisein, was sie natürlich nur noch wütender machte.« Er lacht kurz auf, aber dann hört er auf und sieht aus dem Fenster. Sein Spiegelbild in der dunklen Scheibe wirkt kühl. »Eines Tages bin ich ausgerastet. Ich konnte die Vorwürfe nicht mehr ertragen. Ich bin einfach ausgerastet.«

Mit der Gabel hebe ich ein Stück siruptropfenden Pfannkuchen an, führe es aber nicht zum Mund. »Was meinst du damit?«

Er schaut mich an. Sein ganzer Körper spiegelt Schmerz und Trauer wider, kaum schwelende Wut. »Ich konnte es nicht mehr hören. Ich weiß nicht, wie ich es sonst beschreiben soll. Eines Tages schrie sie mich wieder an, dasselbe, das sie immer schrie: dass ich das Leben unseres Dads zerstört hätte, ihres und Moms. Und irgendwie ... legte sich bei mir ein Schalter um.« Seine Stimme bebt. »Ich rannte in die Küche und schnappte mir ein Messer.«

Meine Gabel hängt erstarrt in der Luft über meinem Teller, ich sehe ihm unverwandt in die Augen.

»Als sie das mitbekam, raste sie in ihr Zimmer«, sagt er. »Und ich rannte hinterher.«

Mit einer Hand umklammert er seine Tasse. Mit der anderen faltet er wie betäubt die Serviette zusammen, bis sie das Buttermesser verdeckt. Ich weiß nicht, ob er sich dessen bewusst ist. Falls ja, frage ich mich, ob er es meinetwegen oder seinetwegen getan hat.

»Sie erreichte ihr Zimmer, warf die Tür hinter sich zu und …« Er lehnt sich zurück, schließt die Augen und legt die Hände in den Schoß. Die Serviette rollt sich wieder auf. »Ich habe mit dem Messer immer und immer wieder auf ihre Tür eingestochen. Ich wollte sie nicht verletzen. Ich würde ihr *nie* etwas antun. Aber ich konnte nicht aufhören, auf die Tür einzuhacken. Ich hörte, wie sie schrie und weinte, während sie meine Mutter am Telefon hatte. Irgendwann ließ ich das Messer fallen und bin einfach auf den Boden gesunken.«

Es bricht sich in einem Flüstern Bahn, vielleicht war es auch nur in meinem Kopf: »O mein Gott.«

Er schaut zu mir auf. Seine Augen betteln jetzt um Verständnis.

»Also hast du es doch getan«, sage ich.

»Sierra, ich schwöre dir, so etwas ist mir weder vorher noch seitdem wieder passiert. Ich hätte ihr nie etwas getan. Ich hatte nicht mal geschaut, ob sie die Tür abgeschlossen hatte, darum ging es gar nicht. Ich glaube, ich musste ihr einfach zeigen, wie sehr auch mich das alles mitgenommen hatte. Ich habe in meinem ganzen Leben noch nie jemandem körperlich wehgetan.«

»Trotzdem verstehe ich noch nicht, warum du das gemacht hast«, sage ich.

»Wahrscheinlich wollte ich ihr Angst machen«, erwidert er. »Und das habe ich. Mir selbst habe ich auch Angst gemacht. Und meiner Mom. Aber das war alles.«

Keiner von uns sagt etwas. Meine Hände sind fest zwischen den Knien gefaltet. Mein ganzer Körper ist angespannt.

»Deswegen ist Abby zu meinem Dad gezogen und ich bin hier geblieben und lebe mit den Folgen und den ganzen Gerüchten.«

Alle Luft ist aus mir gewichen. Ich weiß nicht, wie ich den Caleb, den ich kenne und mit dem ich so gerne Zeit verbringe, mit diesem gebrochenen Menschen vor mir in Einklang bringen soll. »Seht ihr euch noch? Du und deine Schwester?«

»Wenn ich meinen Dad besuche oder wenn sie uns hier besucht.« Er schaut auf meinen Teller und sieht sicher, dass ich seit mehreren Minuten keinen Bissen zu mir genommen habe. »Fast zwei Jahre lang sind wir immer, wenn sie heimkam, zu einem Familientherapeuten gegangen. Sie sagt, sie versteht es und hat mir verziehen, und ich glaube, sie meint es ernst. Sie ist ein toller Mensch. Du würdest sie mögen.«

Schließlich nehme ich noch einen Bissen. Ich habe zwar keinen Hunger mehr, aber ich weiß nicht, was ich sagen soll.

»Ein Teil von mir hofft immer noch, dass sie ihre Meinung ändert und wieder hierher zieht, aber ich würde sie nie darum bitten«, sagt er. »Das muss von ihr ausgehen, sie muss es wollen. Und ihr gefällt es in Nevada. Sie hat sich dort ein neues Leben aufgebaut und neue Freunde. Der Silberstreifen am Horizont daran ist wohl, dass mein Dad sie um sich hat.«

»Man muss nicht immer nach einem Silberstreifen suchen«, sage ich, »aber ich bin froh, dass du einen gefunden hast.«

»Trotzdem hatte es riesige Auswirkungen auf meine Mom. Meinetwegen – und diesmal lässt sich nicht daran rütteln – ist eines ihrer Kinder weggezogen. Meine Mom hat Jahre des Erwachsenwerdens ihrer Tochter verpasst und das ist meine Schuld. Damit muss ich leben.«

So wie er den Kiefer anspannt, weiß ich, er hat deshalb schon oft geweint. Ich wäge alles ab, was er mir erzählt hat. Für seine Mom und seine Schwester ist das genauso schwer wie für ihn. Wahrscheinlich sollte mir das ein bisschen Angst machen, aber irgendwie tut es das nicht, denn ich glaube ihm, dass er niemandem wehtun wollte. Alles an ihm lässt mich das glauben.

»Warum haben sich deine Eltern denn getrennt?«, frage ich.

Er zuckt die Achseln. »Bestimmt kenne ich nicht die ganze Geschichte, aber meine Mom hat mir mal erzählt, dass sie immer, wenn sie in seiner Nähe war, wie auf rohen Eiern ging und darauf gewartet hat, dass er ihr sagte, was sie falsch machte. Ich glaube, sie hat sich nie richtig wohlgefühlt, während sie zusammen waren.«

»Was ist mit deiner Schwester?«, frage ich. »Behandelt dein Dad sie auch so?«

»Auf keinen Fall«, sagt Caleb und lacht endlich. »Abby würde ihm sofort Paroli bieten. Wenn er etwas darüber sagt, wie sie sich anzieht, hält sie ihm eine Rede über Doppelmoral, und am Ende nimmt er alles zurück und entschuldigt sich.«

Jetzt lache ich. »So gefällt mir das.«

Die Kellnerin kommt vorbei, um unseren Kaffee nachzufüllen, und ich sehe, wie die Sorgenfalten auf Calebs Stirn wiederkehren.

Er blickt zur Kellnerin auf. »Danke.«

Als sie geht, frage ich: »Wie passt Jeremiah in die ganze Geschichte?«

»Er hatte das Pech, dass er bei mir zu Hause war, als das alles passierte«, sagt er. Jetzt starrt er wieder aus dem Fenster. »Und er hat genauso Angst bekommen wie wir. Am Ende ist er nach Hause gegangen und hat seiner Familie davon erzählt, was okay war. Aber daraufhin hat ihm seine Mom verboten, weiter mit mir befreundet zu sein.«

»Und sie erlaubt immer noch nicht, dass ihr euch seht?«

Seine Finger berühren leicht die Tischkante. »Ich kann ihr keinen Vorwurf daraus machen«, sagt er. »Ich weiß zwar, ich bin nicht gefährlich, aber sie beschützt nur ihren Sohn.«

»Sie *glaubt*, sie würde ihn beschützen«, sage ich. »Das ist ein Unterschied.«

Er lenkt den Blick vom Fenster auf den Tisch zwischen uns, seine Augen werden schmal. »Allerdings werfe ich ihr sehr wohl vor, dass sie den anderen Eltern davon erzählt hat«, sagt er. »Sie hat mich zu diesem *Ding* gemacht, dem man aus dem Weg geht. Dass du noch Jahre später davon hörst, liegt an seiner Familie. Ganz ehrlich – das tut weh ... sehr sogar.«

»Diese Geschichte hätte gar nicht an meine Ohren gelangen dürfen«, sage ich.

»Außerdem hat sie übertrieben«, sagt er. »Wahrscheinlich, um sicherzugehen, dass die anderen Eltern nicht glauben, sie würde überreagieren. Deshalb bin ich für Leute wie Andrew immer noch ein messerschwingender Irrer.«

Zum ersten Mal sehe ich die Wut, die er immer noch darüber empfindet.

Caleb schließt die Augen und hebt die Hand. »Das nehme ich zurück. Du sollst nicht schlecht über Jeremiahs Familie denken. Sicher bin ich mir nicht, ob sie übertrieben hat. Möglich, dass sich die Geschichte verändert hat, als sie die Runde machte.«

Mir fällt Heathers Warnung wieder ein und wie Rachel und Elizabeth ungläubig der Mund offen stehen blieb, als ich ihnen davon erzählte. Alle haben so schnell reagiert. Jeder hatte sofort eine Meinung bei der Hand, ohne Calebs Version überhaupt zu kennen.

»Doch selbst wenn sie es war, ist das gleichgültig«, sagt Caleb. »Sie hatte einen Grund dafür zu sagen, was sie gesagt hat. Alle hatten einen Grund. Das ändert nichts daran, was ich getan habe und womit ich das alles ausgelöst habe.«

»Fair ist es trotzdem nicht«, erkläre ich.

»Wenn ich durch den Schulflur oder durch die Innenstadt laufe und mich jemand anschaut, der mich kennt, ohne etwas zu sagen – selbst wenn ihre Blicke gar nichts bedeuten – frage ich mich seitdem immer, was sie gehört haben oder was sie denken.«

Ich schüttle den Kopf. »Das tut mir so leid, Caleb.«

»Das Dumme ist, ich kenne Jeremiah genau, und ich weiß, wir hätten Freunde bleiben können. Er war dabei, er hat alles gesehen und bestimmt hatte er Angst, aber er kannte mich gut genug, um zu wissen, dass ich Abby nie etwas getan hätte. Nur ist inzwischen zu viel Zeit verstrichen.«

»Seine Mom kann sich doch nicht immer noch ernsthaft Sorgen machen, wenn ihr erwachsener Sohn mit dir unterwegs ist«, sage ich. »Nichts für ungut, aber er überragt dich um einiges.«

Er lacht kurz auf. »Doch, das tut sie. Seine Schwester genauso. Cassandra folgt ihm wie sein Schatten. Selbst wenn er nur freundlich zu mir ist, geht sie sofort dazwischen und zieht ihn weg.«

»Und du lässt das so weiterlaufen?«

Er schaut mich an, seine Augen sind leer. »Die Leute

glauben doch, was sie wollen. Das musste ich akzeptieren«, sagt er. »Ich kann dagegen ankämpfen, aber das ist ermüdend. Ich kann deswegen verletzt sein, aber das ist Folter. Oder ich kann beschließen, dass der Verlust auf ihrer Seite liegt.«

Egal, wie er darüber denken möchte, es ist klar, dass es ihn immer noch erschöpft und quält.

»Natürlich ist es ihr Verlust«, sage ich. Ich strecke die Hand aus und lege die Finger auf seine. »Wahrscheinlich erwartest du beeindruckendere Worte von mir, aber du bist ein ziemlich cooler Kerl, Caleb.«

Er lächelt. »Du bist auch ziemlich cool, Sierra. Nicht viele Mädchen hätten so viel Verständnis.«

Ich versuche, die Stimmung zu heben: »Wie viele Mädchen brauchst du denn?«

»Das ist das andere Problem.« Jetzt ist sein Lächeln wieder verschwunden. »Ich müsste dem Mädchen nicht nur meine Vergangenheit erklären – falls es nicht schon davon gehört hat –, ich müsste es auch den Eltern erklären. Wenn sie hier wohnen, kennen sie sowieso die Gerüchte.«

»Musstest du schon viel erklären?«

»Nein«, sagt er, »denn ich war mit keiner lange genug zusammen, um herauszufinden, ob sie es wert ist.«

Mir stockt der Atem. Bin ich es etwa wert? Will er mir das damit sagen?

Ich ziehe die Hände zurück. »Bist du deshalb an mir interessiert? Weil ich wieder gehe?«

Er lässt die Schultern hängen und lehnt sich zurück. »Willst du die Wahrheit hören?«

»Ich glaube, darum geht es heute Abend.«

»Ja, am Anfang dachte ich, wir könnten das Drama vielleicht vermeiden und einfach Zeit miteinander verbringen.«

»Aber dann habe ich die Gerüchte gehört«, ergänze ich. »Das war dir klar und trotzdem bist du immer wieder vorbeigekommen.«

Er verkneift sich sichtlich ein Lächeln. »Vielleicht lag das ja an der Art, wie du *Konifere* in einen Satz einbauen kannst.« Er legt die Hände mit den Handflächen nach oben in die Tischmitte.

»Bestimmt lag es daran«, sage ich. Ich lege die Hände in seine. Heute Abend ist eine Last von uns beiden abgefallen.

»Nicht zu vergessen«, sagt er mit einem kindlichen Lächeln, »dass man bei dir auch einen tollen Weihnachtsbaumrabatt bekommt.«

»Ach, deshalb schaust du immer wieder vorbei«, sage ich. »Und wenn ich beschließe, dass du doch wieder den vollen Preis zahlen musst?«

Er lehnt sich zurück und überlegt offenbar, wie weit er es mit dem Scherzen treiben soll. »Dann müsste ich wohl den vollen Preis zahlen.«

Ich sehe ihn mit hochgezogener Augenbraue an. »Dann geht es dir wohl wirklich nur um mich.«

Er streicht mit den Daumen über meine Fingerknöchel. »Es geht mir nur um dich.«

# KAPITEL 13

Sobald ich mich angeschnallt habe, startet Caleb den Wagen. Wir fahren vom Parkplatz des Diners und er sagt: »Jetzt bist du dran. Jetzt würde ich gern eine Geschichte hören, in der du mal völlig ausgerastet bist.«

»Ich?«, frage ich zurück. »Also ich hab mich immer vollkommen im Griff.«

Seinem Lächeln nach zu urteilen begreift er zum Glück, dass ich scherze.

Schweigend biegen wir auf den Highway ein. Ich wende den Blick von den Scheinwerfern der entgegenkommenden Autos zu der beeindruckenden Silhouette des Cardinals Peak direkt vor der Stadt. Dann schaue ich ihn an, und sein Profil flackert von Schattenriss zu glücklicher Miene, und von Schattenriss zu sorgenvoll. Überlegt er sich, ob ich jetzt anders über ihn denke?

»Ich habe dir da drin ganz schön viel Munition an die Hand gegeben«, sagt er.

»Um sie gegen dich zu verwenden?«, frage ich.

Als er nicht antwortet, bin ich ein wenig verletzt, dass er mir überhaupt zutraut, ich würde so etwas tun. Vielleicht kennen wir einander nicht lang genug, um uns bei irgendetwas sicher zu sein.

»Das würde ich nie tun«, sage ich. Jetzt liegt es ganz an ihm, ob er mir glaubt.

Wir fahren über eine Meile, bis er schließlich mit einem einfachen »Danke« antwortet.

» Mir scheint, das haben schon genug Leute getan«, sage ich.

»Deshalb habe ich aufgehört, den meisten die Wahrheit zu erzählen«, sagt er. »Sie glauben sowieso, was sie wollen, und ich habe keine Lust mehr darauf, irgendwas zu erklären. Die einzigen Leute, denen ich etwas schuldig bin, sind Abby und meine Mom.«

»Mir hättest du es auch nicht erzählen müssen«, sage ich. »Du hättest beschließen können ...«

»Ich weiß«, sagt er. »Aber ich wollte es dir sagen.«

Den Rest der Fahrt bis zum Verkaufsplatz schweigen wir, und ich hoffe, eine Last ist von ihm gefallen. Immer wenn ich zu einer meiner Freundinnen gnadenlos ehrlich bin, fühle ich mich hinterher erleichtert. Das geht nur, weil ich ihnen vertraue. Und mir kann er auch vertrauen. Wenn seine Schwester sagt, sie hätte ihm vergeben, warum sollte ich ihm dann irgendetwas anlasten? Vor allem jetzt, wo ich weiß, wie sehr er es bereut.

Wir biegen auf den Parkplatz ein. Die Schneeflockenbeleuchtung um den Platz ist ausgeschaltet, aber zur Sicherheit sind die Straßenlaternen noch an. Im Wohnwagen
brennt kein Licht und alle Vorhänge sind zugezogen.

»Bevor du gehst«, sage ich, »muss ich noch etwas
wissen.«

Mit laufendem Motor wendet er sich mir zu.

»Fährst du dieses Weihnachten Abby und deinen Dad
besuchen?«

Er senkt den Blick, aber bald erscheint ein Lächeln auf
seinen Lippen. Er weiß, ich frage, weil ich nicht will, dass
er geht. »Dieses Jahr ist meine Mom dran«, antwortet er.
»Abby kommt zu uns.«

Ich möchte meine Begeisterung zwar nicht ganz verbergen, versuche aber, einigermaßen cool zu bleiben. »Das
freut mich«, sage ich.

Er schaut mich an. »Ich besuche meinen Dad in den
Frühlingsferien.«

»Ist er einsam zu Weihnachten?«

»Ein bisschen bestimmt«, sagt er. »Aber das Gute daran,
dass Abby bei ihm wohnt, ist, dass sie ihm die Weihnachtsstimmung aufzwingt. Dieses Wochenende geht sie mit
ihm einen Baum kaufen.«

»Sie ist wirklich resolut«, sage ich.

Caleb dreht sich zur Windschutzscheibe. »Ich habe mich
darauf gefreut, das nächstes Jahr mit ihnen gemeinsam zu
feiern«, sagt er, »aber jetzt bin ich mir nicht mehr sicher.

Ich glaube, ein großer Teil von mir wird erst in der letzten Minute vor Weihnachten loswollen.«

»Wegen deiner Mom?«, frage ich.

Mit jeder Sekunde, die ohne Antwort verstreicht, fühle ich mich schwereloser. Wollte er sagen, dass er meinetwegen bleiben möchte? Am liebsten würde ich ihn fragen, aber ich habe Angst. Wenn er Nein sagt, würde ich mich lächerlich fühlen, weil ich mir etwas eingebildet habe. Wenn er Ja sagt, müsste ich ihm beichten, dass nächstes Jahr womöglich ganz anders wird.

Er steigt in die kühle Luft hinaus und kommt zu meiner Tür. Er nimmt meine Hand und hilft mir heraus. Wir halten uns noch ein bisschen länger an den Händen, stehen nahe beieinander. In diesem Moment fühle ich mich ihm näher als je irgendeinem anderen Jungen. Selbst wenn ich nicht lange hier bleiben werde. Obwohl ich nicht weiß, ob ich wiederkomme.

Ich bitte ihn, morgen vorbeizuschauen. Er verspricht es. Ich lasse seine Hand los und laufe auf den Wohnwagen zu; ich hoffe, die Stille dort wird meine rasenden Gedanken beruhigen.

In den vergangenen drei Jahren bin ich vor den Winterferien immer einen Tag mit Heather zur Schule gegangen. Es begann als Mutprobe während eines ihrer Filmmarathons; wir waren neugierig, ob ihre Schule es erlauben würde. Meine Mom rief an, um zu fragen, und da die Rektorin früher Lehrerin an der Grundschule gewesen war, in die ich jeden Winter ging, machte es ihr nichts aus. »Sierra ist ein klasse Mädchen«, sagte sie.

Heather trägt vor dem winzigen Spiegel in ihrem Schließfach Eyeliner auf. »Du hast ihn beim Pfannkuchenessen darauf angesprochen?«, fragt sie.

»Das waren riesige Pfannkuchen«, sage ich. »Und Rachel meinte, ich sollte es in der Öffentlichkeit tun, daher...«

»Was hat er gesagt?«

Ich lehne mich an den Nebenspind. »Ich weiß nicht, ob ich es weitererzählen darf. Gib ihm einfach eine Chance, okay?«

»Ich lasse dich ohne Anstandswauwau mit ihm ausgehen. Damit gebe ich ihm doch schon eine Chance.« Sie steckt den Deckel auf den Eyeliner. »Als ich gehört habe, dass ihr in der ganzen Stadt Weihnachtsbäume verteilt wie Mr und Mrs Santa Claus, dachte ich mir schon, dass die Gerüchte übertrieben sein müssen.«

»Danke«, sage ich.

Sie schließt ihren Spind. »Und jetzt, wo ihr das geklärt habt, möchte ich dich daran erinnern, warum ich dir einen Urlaubsflirt nahegelegt habe.«

Wir schauen beide den belebten Flur entlang zu Devon, der bei seinen Jungs steht.

»Bist du über die Sache mit der Winterkönigin hinweg?«, frage ich.

»Glaub mir, dafür habe ich ihn zu Kreuze kriechen lassen«, sagt sie. »Und zwar richtig. Trotzdem, schau ihn dir an! Er sollte hier bei mir stehen. Wenn er mich wirklich mögen würde, sollte man meinen, dass er ...«

»Stopp!«, unterbreche ich sie. »Hör dir doch mal zu. Erst willst du Schluss machen, aber würdest ihm das nie über die Feiertage antun. Und wenn er dir dann mal keine Aufmerksamkeit schenkt, bist du verzagt.«

»Ich bin nicht ... Moment, ist das so was wie Schmollen?«

»Ja.«

»Na gut. Ich bin verzagt.«

Jetzt wird mir alles klar. Es ging nie darum, dass Devon langweilig ist. Es geht darum, dass Heather das Gefühl braucht, dass er sie will.

Ich folge ihr durch die Flure zu ihrer nächsten Unterrichtsstunde. Wir werden von Schülern und Lehrern angestarrt, die sich fragen, wer ich bin, oder von Leuten, die mich erkennen und merken, dass schon wieder ein Jahr rum ist.

»Du und Devon, ihr macht viel zusammen«, sage ich, »und ihr macht auch viel herum, aber weiß er, dass du ihn wirklich magst?«

»Das weiß er«, sagt sie. »Ich weiß aber nicht, ob er mich mag. Klar, er sagt es zwar. Und er ruft mich jeden Abend an, aber dann redet er über Fantasie-Football und nicht über wirklich wichtige Dinge, wie zum Beispiel, was ich mir vielleicht zu Weihnachten wünsche.«

Wir verlassen den belebten Flur und betreten Heathers Englischraum.

Der Lehrer nickt mir lächelnd zu, dann deutet er auf einen Stuhl, der neben Heathers Tisch bereitsteht.

Als es klingelt, schlüpft Jeremiah noch schnell in den Raum und setzt sich direkt vor Heather. Mein Herz schlägt schneller. Mir fällt wieder sein trauriger Blick ein, als er bei der Parade an Caleb vorbeiging.

Während der Lehrer den Projektor einschaltet, dreht sich Jeremiah zu mir um. Seine Stimme ist tief. »Du bist also Calebs neue Freundin.«

Ich spüre, wie mein Gesicht warm wird, und erstarre einen Moment. »Wer hat das gesagt?«

»Das hier ist keine große Stadt«, antwortet er. »Und ich kenne ein paar Typen aus dem Baseballteam. Dein Vater hat einen legendären Ruf.«

Ich halte mir die Hände vors Gesicht. »O Gott.«

Er lacht. »Alles gut. Ich freue mich, dass du mit ihm zusammen bist. Das passt irgendwie perfekt.«

Ich lasse die Hände sinken und mustere ihn genau. Der Lehrer sagt etwas über *Ein Sommernachtstraum*, während er mit seinem Computer kämpft, und die Leute um uns herum blättern in ihren Heften. Ich beuge mich vor und flüstere: »Warum passt das perfekt?«

Er dreht sich halb um. »Wegen seinem Tick mit den Weihnachtsbäumen. Und deinem Tick mit den Weihnachtsbäumen. Das ist cool.«

So diskret ich kann, frage ich: »Warum unternimmst du nichts mehr mit ihm?«

Jeremiah senkt den Blick auf seinen Tisch, dreht dann den Kopf und schaut über die Schulter zu mir nach hinten. »Hat er dir erzählt, dass wir befreundet waren?«

»Er hat mir viel erzählt«, sage ich. »Er ist ein echt guter Typ, Jeremiah.«

Er schaut wieder nach vorn. »Es ist kompliziert.«

»Ach ja?«, frage ich. »Oder macht es nur deine Familie kompliziert?«

Er zuckt zusammen und wirft mir einen ungläubigen Blick zu, der sagt: *Wer ist dieses Mädchen?*

Ich stelle mir vor, was meine Eltern sagen würden, wenn sie wüssten, dass Caleb so ausgerastet ist, auch wenn es schon Jahre her ist. Seit ich denken kann, haben sie immer betont, wie wichtig Vergebung ist. Sie haben immer daran geglaubt, dass Menschen sich ändern können. Ich hoffe inständig, dass sie dabei bleiben würden, aber wenn es um mich geht und darum, wen ich mag, bin ich mir nicht sicher, wie sie reagieren würden.

Kurz schaue ich zu Heather hinüber und zucke entschuldigend mit den Schultern, aber das ist vielleicht meine einzige Chance, mich mit Jeremiah zu unterhalten. »Hast du seitdem mit ihnen darüber gesprochen?«, frage ich.

»Sie wollen mich vor Problemen schützen«, sagt er.

Es macht mich so traurig – und wütend –, dass seine

Eltern oder irgendjemand Caleb für ein Problem halten. »Okay, aber wärt ihr denn befreundet, wenn es nach dir ginge?«

Er schaut nach vorn zum Lehrer, der mit seinem Computer herumfuhrwerkt. Dann dreht er sich wieder zu mir um. »Ich war dabei. Ich habe gesehen, wie es abgelaufen ist. Caleb war sauwütend, aber ich glaube nicht, dass er ihr etwas getan hätte.«

»Du glaubst nicht?«, frage ich. »Du *weißt*, dass er das nicht getan hätte.«

Er umklammert den Rand des Tisches. »Ich weiß überhaupt nichts«, sagt er. »Und du warst nicht dabei.«

Die Worte treffen mich. Es war nicht nur Jeremiahs Familie, es ging auch von ihm aus. Und er hat recht, ich war nicht dabei.

»Also ist keiner von euch in der Lage, sich zu ändern, ist es das?«

Heather tippt mir auf den Arm und ich lehne mich in meinem Stuhl zurück. Jeremiah starrt die ganze Stunde auf eine leere Seite in seinem Heft, schreibt aber kein einziges Wort.

Ich sehe Caleb erst nach Schulschluss. Er schlendert mit Luis und Brent aus dem Matheflügel. Sie klopfen einander auf die Schultern und strömen in verschiedene Richtungen davon. Als er mich sieht, lächelt er und kommt auf mich zu.

»Du weißt schon, dass die meisten Leute versuchen, der Schule zu entkommen, oder?«, sagt er. »Wie war dein Tag?«

»Es gab ein paar interessante Momente.« Ich lehne mich an die Wand im Flur. »Wahrscheinlich sagst du mir gleich, dass du das Wort *diffizil* noch nie benutzt hast, aber im Großen und Ganzen war es das.«

»Das habe ich wirklich noch nie benutzt«, sagt er. Er lehnt sich neben mich an die Wand, zieht sein Handy heraus und fängt an zu tippen. »Das schaue ich später nach.«

Ich lache und merke dann, dass Heather auf uns zukommt. Mehrere Schritte hinter ihr spricht Devon in sein Handy.

»Wir gehen in die Stadt«, sagt sie. »Shoppen. Wollt ihr mitkommen?«

Caleb schaut mich an. »Wie du willst. Ich habe frei.«

»Klar«, sage ich zu Heather. Ich wende mich an Caleb. »Lass Devon fahren. Dann kannst du dein Wort des Tages nachschauen.«

»Wenn du mich weiter verkohlst, kaufe ich dir vielleicht keinen Pfefferminz-Mokka«, sagt er. Dann, als wäre es das Selbstverständlichste der Welt, nimmt er meine Hand und wir folgen unseren Freunden nach draußen.

# KAPITEL 14

Caleb lässt meine Hand nur los, damit er mir die hintere Tür von Devons Wagen öffnen kann. Sobald ich sitze, schließt er die Tür und läuft zur anderen Autoseite. Vom Beifahrersitz aus grinst Heather mich vieldeutig an.

Ich gebe ihr die einzig passende Antwort für eine Situation wie diese: »Halt die Klappe!«

Als sie mit den Augenbrauen wackelt, muss ich fast lachen. Aber ich freue mich, dass sie sich entschieden hat, nicht länger an Caleb zu zweifeln. Entweder das oder sie ist wirklich froh, uns bei dem Ausflug mit Devon dabeizuhaben.

Als Caleb einsteigt, fragt er: »Und was gehen wir shoppen?«

»Weihnachtsgeschenke«, sagt Devon. Er startet den Wagen und schaut dann Heather an. »Oder?«

Heather schließt die Augen und lehnt den Kopf ans Fenster.

Devon benötigt dringend ein paar Tipps von mir, wie er mit seiner Freundin umgehen sollte. »Okay, aber für wen besorgst du denn Geschenke, Devon?«

»Wahrscheinlich für meine Familie«, sagt er. »Und du?«

Das ist ein schwererer Fall als ich dachte, also ändere ich meine Taktik. »Heather, wenn du dir etwas zu Weihnachten wünschen dürftest, was wäre das? Egal, was.«

Heather versteht, worauf ich hinauswill, weil sie nicht so unglaublich ahnungslos ist wie Devon. »Das ist eine sehr gute Frage, Sierra. Du weißt ja, ich bin ziemlich anspruchslos, also wäre vielleicht …«

Devon spielt mit dem Radio herum. Es kostet mich meine ganze Selbstbeherrschung, um nicht gegen seinen Sitz zu treten. Caleb schaut aus dem Fenster und bemüht sich, nicht loszulachen. Wenigstens er kapiert, was los ist.

»Was wäre vielleicht?«, frage ich Heather.

Sie durchbohrt Devon mit finsteren Blicken. »Wenn man sich etwas Nettes überlegen würde, wäre das schön, zum Beispiel ein Tag, an dem jemand Dinge mit mir unternimmt, die ich gerne tue: einen Film schauen, eine Wanderung machen, vielleicht ein Picknick auf dem Cardinals Peak. Etwas so Einfaches, dass es selbst ein Vollidiot hinbekommen würde.«

Devon wechselt schon wieder den Radiosender. Jetzt möchte ich ihm am liebsten eins über den dämlichen Schädel ziehen, aber er ist der Fahrer und mir sind die anderen Mitfahrer zu wichtig.

Caleb beugt sich vor. Er legt Devon die Hand auf die Schulter und schaut dabei Heather an. »Das klingt wirklich toll, Heather. Vielleicht organisiert ja jemand den schönsten Tag aller Zeiten für dich.«

Devon schaut Caleb über den Rückspiegel an. »Hast du mich angetippt?«

Heather beugt sich dicht zu seinem Gesicht hinüber. »Wir reden über meine Weihnachtswünsche, Devon!«

Devon lächelt sie an. »Zum Beispiel eine von diesen Duftkerzen? Die liebst du doch!«

»Das ist wirklich aufmerksam.« Sie lehnt sich zurück. »Ich habe ja nur die ganze Kommode und den Schreibtisch damit voll.«

Devon richtet den Blick wieder auf die Straße und tätschelt ihr das Knie.

Caleb und ich kichern erst leise, aber dann können wir uns nicht mehr zurückhalten und brüllen los. Ich lehne mich an seine Schulter und tupfe mir die Tränen aus den Augenwinkeln. Irgendwann lacht Heather mit ... ein bisschen. Sogar Devon fängt an zu lachen, auch wenn ich keine Ahnung habe, warum.

Jeden Winter eröffnet ein Rentner-Ehepaar in der Innenstadt ein saisonales Weihnachtsgeschäft namens *Candle Box*. Jedes Mal ist es woanders untergebracht – meistens in einem Laden, der sonst über die Weihnachtszeit leer stehen würde. Sie haben im selben Zeitraum geöffnet wie unser Verkaufsplatz, aber die Besitzer wohnen das ganze Jahr hier. Die festlichen Regale und Tische des Ladens quellen über von Duft- und Dekokerzen mit Tannenzapfen, Glitzer und anderen in Wachs gegossenen Gegenständen. Was manche Kunden hineinlockt, die sonst vorübergelaufen wären, ist das Kerzenziehen im Schaufenster.

Heute sitzt dort die Ehefrau auf einem Hocker, umgeben von verschiedenfarbigen Röhren mit geschmolzenem Wachs. Immer wieder taucht sie einen Docht in das Wachs, um die Kerze entstehen zu lassen, die mit jedem Eintauchen dicker wird, und wechselt dabei rote und weiße Schichten ab. Die abschließende Schicht wird weiß, dann hängt sie die Kerze mit der Dochtschlaufe an einen Haken. Das Wachs ist noch warm, als sie mit einem Messer über beide Seiten streicht und Streifen abschabt, sodass die roten und weißen Schichten zum Vorschein kommen. Kurz oberhalb des unteren Endes hört sie auf und drückt den Streifen in einem Wellenmuster wieder gegen die Kerze. Das macht sie mehrmals, schabt mit dem Messer, legt das farbige Band in Wellen, immer um die ganze Kerze herum.

Ich könnte ihr stundenlang zuschauen.

Doch Caleb unterbricht mich ständig in meiner Trance.

»Welche findest du besser?«, fragt er und hält mir verschiedene Kerzen vors Gesicht. Erst will er, dass ich an einem Kerzenglas rieche, das mit einem Kokosnussbild beklebt ist, dann an einem mit Cranberrys.

»Keine Ahnung. Ich hab zu viele gerochen«, sage ich. »Inzwischen riechen die alle gleich.«

»Was? Cranberrys und Kokosnuss riechen überhaupt nicht gleich!« Eine nach der anderen hält er mir wieder die Kerzen unter die Nase.

»Such etwas mit Zimt«, sage ich. »Ich liebe Zimtkerzen.«

In gespieltem Schock bleibt sein Mund offen stehen. »Sierra, Zimt ist doch ein Anfängerduft! Jeder mag Zimt! Es geht um etwas Anspruchsvolleres.«

Ich grinse. »Ach ja?«

»Natürlich. Warte hier.«

Bevor ich mich wieder von dem Kerzenziehen bannen lassen kann, ist Caleb schon wieder mit einem neuen Glas zurück. Er hält das Bild mit der Hand zu, aber das Wachs ist tiefrot.

»Augen zu!«, befiehlt er. »Konzentrier dich!«

Ich schließe die Augen.

»Wie riecht das?«, fragt er.

Jetzt lache ich. »Als hätte sich jemand gerade die Zähne geputzt und würde mir ins Gesicht hauchen.«

Er schubst mich am Arm, und ich atme tief ein, die Augen immer noch geschlossen. Dann öffne ich sie und blicke direkt in seine. Er fühlt sich so nah an. Meine Stimme klingt gehaucht, fast ein Flüstern. »Verrat es mir. Es gefällt mir.«

Sein Lächeln ist warm. »Da ist ein bisschen Pfefferminz

drin und Weihnachtsbaum. Und ein bisschen Schokolade, glaube ich.« Auf dem Schild steht mit goldener Schrift *Ein ganz besonderes Weihnachten*. Er drückt den Deckel wieder auf die Kerze. »Es erinnert mich an dich.«

Ich benetze mir die Lippen. »Soll ich sie dir schenken?«

»Das ist schwer zu entscheiden«, murmelt er; unsere Gesichter sind nur Zentimeter voneinander entfernt. »Ich glaube, ich würde verrückt, wenn ich die in meinem Zimmer anzünden würde.«

»Leute!«, unterbricht uns Devon. »Heather und ich gehen auf den Marktplatz, um Fotos mit Santa zu machen. Wollt ihr mit?«

Heather muss gesehen haben, was zwischen mir und Caleb passiert ist. Sie packt Devon bei der Hand und zieht ihn zurück. »Schon gut. Wir können uns später wieder treffen.«

»Nein, wir kommen mit«, entscheidet Caleb.

Er hält mir die Hand hin und ich nehme sie. Eigentlich würde ich viel lieber irgendwohin mit ihm verschwinden, wo wir ungestört sind. Stattdessen ziehen wir los, um uns auf dem Schoß eines Fremden fotografieren zu lassen.

Als wir auf dem Marktplatz eintreffen, windet sich die Schlange von Santa Claus' Lebkuchenhaus einmal über den Platz und um einen Wunschbrunnen mit einem Bären herum, der ins Wasser greift.

Devon schnippt einen Penny und trifft die Bärentatze. »Drei Wünsche!«, sagt er.

Während Devon und Caleb reden, beugt sich Heather zu mir herüber. »Sieht aus, als hättet ihr zwei da gerade ein bisschen Zeit für euch gebrauchen können.«

»Einer der vielen Vorteile zur Weihnachtszeit«, erwidere ich. »Man ist ständig – lückenlos – von Familie und Freunden umgeben.«

Als wir schließlich die Hüttentür erreichen, führt ein pummeliger Typ im Elfenkostüm Devon und Heather zu Santa, der auf einem riesigen, roten, samtbezogenen Thron sitzt. Sie quetschen sich gemeinsam auf seinen Schoß. Der Mann hat einen echten, schneeweißen Bart und legt die Arme um sie, als wären sie kleine Kinder. Es ist albern, aber süß. Ich lehne mich an Calebs Schulter und er legt den Arm um mich.

»Früher habe ich Fotos mit Santa geliebt«, sagt er. »Meine Eltern haben Abby und mich in die gleichen Shirts gesteckt und aus dem Foto die jährliche Weihnachtsgrußkarte gebastelt.«

Ich frage mich, ob solche Erinnerungen heute bittersüß schmecken.

Er schaut mir in die Augen und berührt mit dem Zeigefinger meine Stirn. »Ich sehe richtig, wie sich da oben die Rädchen drehen. Ja, es ist okay, über meine Schwester zu reden.«

Ich lächle und lehne die Stirn an seine Schulter.

»Aber danke«, sagt er. »Ich finde es toll, dass du dir Gedanken über mich machst.«

Devon und Heather gehen zur Kasse, an der ein weiterer Elf steht. Als wir an der Reihe sind, uns auf Santas Schoß zu setzen, sehe ich, wie Caleb den lila Kamm aus der Tasche zieht und sich ein paarmal damit durch die Haare fährt.

Ein Elf mit Kamera räuspert sich. »Sind wir so weit?«

»Entschuldigung.« Ich reiße den Blick von Caleb los.

Der Elf macht mehrere Fotos. Wir fangen mit ein paar Grimassen an, lehnen uns dann aber mit den Armen um Santas Schultern zurück. Der Typ, der Santa spielt, macht alles mit, seine Fröhlichkeit lässt nie nach. Er wirft sogar vor jedem Foto ein »Ho, ho, ho!« ein.

»Tut mir leid, wenn wir schwer sind«, sage ich.

»Ihr habt weder geweint noch gepinkelt«, sagt er. »Damit seid ihr ganz vorn.«

Als wir von seinem Schoß hüpfen, gibt Santa jedem von uns eine kleine, verpackte Zuckerstange. Ich folge Caleb zur Kasse, um unsere Fotos auf dem PC-Bildschirm anzuschauen. Wir wählen das aus, auf dem wir uns an Santa lehnen, und Caleb kauft für uns beide je einen Abzug. Während sie ausgedruckt werden, bittet er auch noch um einen Schlüsselanhänger.

»Ehrlich?«, frage ich. »Du willst mit einem Santa-Foto am Schlüsselbund in deinem männlichen Truck herumfahren?«

»Erstens ist es ein Foto von *uns* mit Santa«, sagt er. »Zweitens ist es ein lila Truck, womit du der erste Mensch bist, der ihn männlich nennt.«

Heather und Devon warten vor der Hütte auf uns; Devon hat ihr den Arm um die Schultern gelegt. Sie wollen sich etwas zu essen holen, also folgen Caleb und ich ihnen, aber ich muss ihn am Arm führen, während er versucht, das Foto an seinem Schlüsselring zu befestigen. Erfolgreich verhindere ich den ersten Beinahe-Zusammenstoß. Doch dann bin ich so abgelenkt von seinem konzentrierten Gesichtsausdruck, während er das Foto an einem Gegenstand befestigt, den er jeden Tag benutzt, dass wir doch mit jemandem zusammenstoßen.

Der andere lässt sein Handy fallen. »Ups. Entschuldige, Caleb.«

Caleb hebt das Handy auf und gibt es zurück. »Kein Problem.«

Als wir weitergehen, flüstert Devon: »Der Typ hat in der Schule ständig das Handy vor der Nase. Ab und zu sollte der mal versuchen, geradeaus zu schauen.«

»Soll das ein Witz sein?«, fragt Heather. »Du bist der Letzte, der ...«

Devon hebt die Hand wie einen Schild. »Das war ein Witz!«

»Er hat mit Danielle telefoniert«, sagt Caleb. »Ich habe ihren Namen auf seinem Bildschirm gesehen.«

»Das läuft noch?« Heather klärt mich auf: »Danielle lebt in Tennessee. Er hat sie im Sommer bei einem Theater-Camp kennengelernt und sich total verliebt.«

»Als würde das halten«, sage ich.

Calebs Augen werden schmal und ich bereue meine Worte sofort. Ich drücke seinen Arm fester, aber er hält den Blick stur geradeaus gerichtet. Ich fühle mich schrecklich, aber er kann doch nicht ernsthaft glauben, eine Beziehung über so eine Entfernung hätte eine Zukunft. Oder?

Das hier – Caleb und ich – kann nur auf eine Art enden, indem wir beide verletzt werden. Das Datum dafür kennen wir auch schon. Je länger wir es laufen lassen, desto schlimmer wird der Schmerz sein.

*Was mache ich dann hier?*

Ich bleibe stehen. »Weißt du was? Ich sollte jetzt wirklich mal langsam wieder an die Arbeit gehen.«

Heather stellt sich vor mich hin. Sie sieht, was los ist. »Sierra...«

Alle bleiben stehen, aber nur Caleb weigert sich, mich anzuschauen.

»Ich habe meinen Eltern bisher zu wenig unter die Arme gegriffen«, sage ich. »Und ich hab sowieso Bauchschmerzen, daher...«

»Möchtest du, dass wir dich zurückfahren?«, fragt Devon.

»Ich begleite sie zu Fuß«, sagt Caleb. »Ich hab auch keinen Appetit mehr.«

Den größten Teil des halbstündigen Spaziergangs verbringen wir schweigend. Ihm scheint klar zu sein, dass meine Bauchschmerzen vorgetäuscht sind, denn er fragt mich gar nicht, wie es mir geht. Als jedoch das Zirkuszelt vor uns auftaucht, tut mir der Bauch wirklich weh. Ich hätte nichts sagen sollen.

»Ich glaube, die ganze Sache mit meiner Schwester macht dir mehr aus, als du zugibst«, sagt er.

»Darum geht es überhaupt nicht«, antworte ich. Ich bleibe stehen und nehme seine Hand. »Caleb, ich bin kein Mensch, der dir deine Vergangenheit anlasten würde.«

Er fährt sich mit der anderen Hand durch die Haare. »Und warum hast du dann vorhin das mit den Fernbeziehungen gesagt?«

Ich hole tief Luft. »Glaubst du wirklich, dass das bei ihnen funktionieren wird? Ich will nicht zynisch klingen, aber zwei Leben, zwei Freundeskreise, zwei verschiedene Bundesstaaten? Die Chancen stehen schlecht für sie.«

»Du meinst, sie stehen schlecht für uns«, sagt er.

Ich lasse seine Hand los und wende den Blick ab.

»Ich kannte den Typen, bevor er Danielle kennengelernt hat, und ich freu mich, dass er mit ihr zusammen ist. Es ist nicht besonders praktisch, und sie können sich nicht jeden Tag sehen oder miteinander tanzen gehen, aber sie reden täglich.« Er schweigt kurz, dann verengen sich seine Augen für einen flüchtigen Moment. »Ich hätte dich wirklich nicht für eine Pessimistin gehalten.«

*Pessimistin?* Ich fühle, wie Ärger in mir aufsteigt. »Das beweist, dass wir uns noch nicht sehr lange kennen.«

»Nein, tun wir nicht«, sagt er, »aber ich kenne dich lange genug.«

»Ach ja?« Der Sarkasmus in meiner Stimme ist nicht zu überhören.

»Zwischen Danielle und ihm liegt ein riesiges Hindernis, aber sie lassen sich nicht davon aufhalten«, sagt Caleb. »Bestimmt kennen sie einander besser als die meisten Leute. Findest du wirklich, sie sollten sich auf die eine Sache konzentrieren, die es schwierig macht?«

Ich blinzle. »Meinst du das ernst? Du gehst den Mädchen hier aus dem Weg, weil du ihnen deine Vergangenheit nicht erklären willst. Das nenne ich mal konzentriert auf das Schwierige.«

Der Frust bricht aus ihm heraus. »Das hab ich nicht gesagt. Ich hab dir gesagt, ich war mit keiner lange genug zusammen, um herauszufinden, ob sie es wert ist. Aber du bist es wert. Das weiß ich.«

Mir wird schwindelig von dem, was er da gerade gesagt hat. »Ehrlich? Du glaubst, wir haben eine Chance?«

Sein Blick ist unerbittlich. »Ja.« Schnell wird er wieder sanft und er schenkt mir ein zartes, ehrliches Lächeln. »Sierra, ich hab meine Haare für dich gekämmt.«

Ich schaue nach unten und lache, dann streiche ich mir die Haare aus dem Gesicht.

Er streicht mir mit dem Daumen über die Wange. Ich hebe das Kinn und halte den Atem an.

»Meine Schwester kommt dieses Wochenende«, sagt er. In seiner Stimme schwingt Nervosität mit. »Ich möchte, dass du sie kennenlernst. Und meine Mom. Bist du dabei?«

Ich schaue ihm tief in die Augen, als ich antworte. »Ja.« Mit diesem einen Wort habe ich das Gefühl, sehr viele weitere Fragen zu beantworten, die er nicht mehr stellen muss.

# KAPITEL 15

Als ich im Wohnwagen ankomme, lasse ich mich aufs Bett fallen. Ich stelle das Foto von Caleb, mir und Santa auf den Tisch und schaue es seitlich an, während ich den Kopf auf das Hässlicher-Pulli-Kissen lege.

Dann springe ich auf die Knie und halte unser Foto vor die Rahmen von zu Hause. Zuerst zeige ich es Elizabeth. Mit meiner besten Elizabeth-Stimme frage ich: »Warum tust du das? Du bist hier, um Bäume zu verkaufen und Zeit mit Heather zu verbringen.«

Ich antworte: »War ich auch, aber ...«

Ich wechsle wieder zu Elizabeth: »Das kann nirgends hinführen, Sierra, egal, was er sagt von wegen auf das Mögliche konzentrieren.«

Ich kneife die Augen zusammen. »Ich weiß nicht, Leute. Vielleicht könnte es gut gehen.«

Dann halte ich es vor das Foto von Rachel. Als Erstes pfeift sie und zeigt auf sein Grübchen.

»Ich weiß«, sage ich. »Glaub mir, das macht es kein bisschen leichter.«

»Was kann denn schlimmstenfalls passieren?«, fragt sie. »Dir wird das Herz gebrochen. Na und? Klingt so, als würde das sowieso passieren.«

Ich lasse mich wieder aufs Bett fallen und drücke das Foto von Caleb an die Brust. »Ich weiß.«

Ich spaziere nach draußen, um zu schauen, ob ich im Zirkuszelt aushelfen kann. Es ist nicht viel los, also bereite ich mir eine heiße Schokolade in meiner Ostereitasse und laufe damit in den Wohnwagen zurück, um Hausaufgaben zu machen. An unseren Fraser-Tannen zieht Andrew einen Gartenschlauch entlang. Nach unserem Krach neulich beschließe ich, im Sinne der guten Zusammenarbeit nett zu sein.

»Danke, dass du sie so regelmäßig wässerst«, sage ich. »Sie sehen gesund aus.«

Andrew ignoriert mich vollständig. Er dreht das Wasser auf und fängt an, die Bäume zu benetzen. So viel zum Thema Herzlichkeit.

Im Wohnwagen ziehe ich meinen Laptop heraus und lese einen Aufsatz durch, den ich spät am Vorabend zusammengeschustert habe. Dann checke ich meine E-Mails und sehe, dass Monsieur Cappeau verärgert ist, weil ich unser letztes Gespräch geschwänzt habe, also mache ich einen neuen Termin aus und fahre den Laptop herunter.

Durch die Vorhänge beobachte ich, wie Dad zu Andrew

hinübergeht und ihm ein Zeichen macht, ihm den Schlauch zu überlassen. Er zeigt ihm, wie er die Bäume gegossen haben will und gibt ihn zurück. Andrew nickt und Dad lächelt und tätschelt ihm die Schulter. Dann verschwindet er in unserem Wald. Statt weiter zu wässern, wirft Andrew einen kurzen Blick zum Wohnwagen herüber.

Hastig ziehe ich mich zurück und lasse die Vorhänge zufallen.

Ich beschließe, das Abendessen für die Familie zu machen, schnipple Gemüse von McGregor's und koche es in einem großen Topf zu Suppe. Während sie köchelt, beobachte ich, wie ein Laster mit Bäumen vorfährt. Onkel Bruce springt aus der Fahrerkabine. Während einige unserer Arbeiter um den Laster ausschwärmen und die Leiter zu den Bäumen hinaufklettern, kommt Onkel Bruce zum Wohnwagen gejoggt und öffnet die Tür.

»Wow, hier riecht es ja gut!« Er schließt mich in die Arme. »Da draußen riecht es nach Harz und Teenagerjungs.«

Er entschuldigt sich und verschwindet im Bad, während ich nach der Suppe schaue. Ich streue ein paar Gewürze aus dem Schrank hinein und rühre mit einem Holzlöffel um. Onkel Bruce kehrt zurück, um sie zu probieren, bevor er wieder zu den Bäumen hinausgeht. Ich lehne mich an die Küchenzeile und starre die Tür an, während sie hinter ihm zufällt. Das sind die Momente, in denen ich mich darauf freue, das hier für den Rest meines Lebens zu machen. Wenn meine Eltern zu alt werden, werde ich über das

Schicksal unserer Farm entscheiden müssen und ob wir weiter Verkaufsstände betreiben.

Als der Laster schließlich abgeladen ist, bleibt Dad draußen, um die Arbeiter zu dirigieren, aber Mom und Onkel Bruce kommen zu mir herein. Sie sind so begeistert von der Suppe, die sie wie hungrige Wölfe runterschlürfen, dass sie nichts dazu sagen, dass ich mich vor der schweren Arbeit gedrückt habe.

Während er sich eine zweite Portion nimmt, erzählt uns Onkel Bruce, wie Tante Penny ihren ganzen Weihnachtsbaum mit Lichtern umwickelt hat, ohne sie vorher anzuschließen. »Wer tut denn so was?«, fragt er. Als sie sie schließlich einschaltete, funktionierte die Hälfte der Lämpchen nicht, deshalb haben sie jetzt einen Baum, der nur halb so hell leuchtet wie er könnte.

Nachdem Onkel Bruce wieder nach draußen gegangen ist, um für Dad zu übernehmen, zieht Mom sich für ein kurzes Nickerchen in das winzige Schlafzimmer zurück, bevor der abendliche Ansturm losbricht. Dad schaut herein und ich halte ihm einen Teller Suppe hin. Er bleibt knapp hinter der Tür stehen. Anscheinend ist er aufgewühlt, als wollte er über etwas mit mir reden. Stattdessen schüttelt er den Kopf und geht ins Schlafzimmer.

Am folgenden Nachmittag, als es ruhiger wird, rufe ich Rachel zurück, die mich angerufen hat.

»Du wirst nicht glauben, was passiert ist!«, sagt sie.

»Irgendein Schauspieler hat deinen Post über den Winterball gelesen und zugesagt?«

»Hey, manchmal machen sie das tatsächlich – so was nennt man gute Werbung –, also habe ich die Hoffnung noch nicht aufgegeben«, gibt sie zurück. »Aber es kommt noch viel besser.«

»Spuck's aus!«

»Das Mädchen aus der Weihnachtsgeschichte, also die, die den Geist der vergangenen Weihnacht spielt, hat Pfeifferisches Drüsenfieber! Natürlich ist das nicht gut. Aber ich springe für sie ein und das ist gut!«

Ich lache. »Wenigstens ist dir bewusst, dass Pfeifferisches Drüsenfieber nicht gut ist.«

Rachel lacht mit mir. »Ich weiß, ich weiß, aber es ist Drüsenfieber, kein Krebs. Jedenfalls – es ist sehr kurzfristig und so, aber Sonntagabend ist die einzige Vorstellung, die noch nicht ausverkauft ist.«

»Du meinst ... morgen?«, frage ich.

»Ich habe schon nachgeschaut, du kannst um Mitternacht in den Zug springen und ...«

»Heute um Mitternacht?«

»Dann bist du total rechtzeitig hier«, sagt sie.

Wahrscheinlich war ich zu lange still, denn Rachel fragt, ob ich noch da bin.

»Ich frag mal«, sage ich, »aber versprechen kann ich es nicht.«

»Nein, natürlich nicht«, sagt sie, »aber versuch's doch mal. Ich will dich sehen. Elizabeth auch. Und du kannst bei mir übernachten. Ich habe meine Eltern schon gefragt. Und dann kannst du uns alles über Caleb erzählen. Zu dem Thema warst du in letzter Zeit sowieso viel zu still...«

»Wir haben über seine Schwester gesprochen«, sage ich. »Ich glaube, er hat mir alles darüber erzählt.«

»Also gehe ich davon aus, dass er kein messerschwingender Psychopath ist?«

»Ich hab noch mit niemandem groß darüber gesprochen, denn es fühlt sich immer noch kompliziert an«, sage ich. »Ich bin mir nicht sicher, was ich empfinde, oder was ich gar empfinden möchte.«

»Das klingt verwirrend«, sagt Rachel. »Bestimmt ist es die Sache auch.«

»Jetzt, wo ich sicher bin, dass es nicht falsch ist, ihn zu mögen«, sage ich, »zerbreche ich mir den Kopf darüber, ob es richtig ist. Ich bin nur noch ein paar Wochen hier.«

»Hmmm...« Ich höre, wie Rachel an die Seite ihres Telefons tippt. »Klingt nicht so, als würdest du davon ausgehen, dass du ihn vergisst, sobald du weg bist.«

»Inzwischen weiß ich nicht mehr, ob das möglich wäre.«

Nachdem wir das Gespräch beendet haben, suche ich Mom im Zirkuszelt auf, wo sie neue Gebinde aufhängt. Über ihrem Arbeitshemd trägt sie eine dunkelgrüne Schürze, auf der steht: *Langsam riecht es sehr nach Weihnachten.*

Die Schürze haben wir Dad letztes Jahr zu Weihnachten geschenkt. Wir kaufen ihm immer etwas Kitschiges, bevor wir nach Hause fahren, wo dann die richtigen Geschenke auf uns warten.

Ich helfe ihr, die Äste der Kränze aufzuschütteln. Irgendwann platze ich heraus: »Darf ich den Zug nehmen und Rachel am Sonntag als Geist der vergangenen Weihnacht sehen?«

Mom hält in ihrer Bewegung inne. »Ich glaube, du hast gerade etwas von Rachel und einem Geist gesagt, aber ...«

»Es ist fürchterliches Timing, ich weiß«, unterbreche ich sie. »Bestimmt ist kommendes Wochenende besonders viel los. Wenn es allen schlecht in den Kram passt, muss ich nicht gehen.« Ich erwähne nicht, dass ich auch gar nicht besonders scharf darauf bin. Ich will nicht zwei meiner verbleibenden Tage mit Caleb für eine einsame Zugfahrt opfern.

Sie geht zu einem verschlossenen Karton auf der Ladentheke und schlitzt das Klebeband mit einem Messer auf. »Ich rede mit deinem Dad darüber«, sagt sie. »Vielleicht bekommen wir es irgendwie hin.«

»Oh ...«

Als der Karton offen ist, reicht sie mir mehrere schmale weiße Schachteln mit Lametta. Ich ordne sie auf einem Regal unter den Gebinden, bevor sie mir weitere anreicht.

»Ein paar der Arbeiter haben um mehr Stunden gebeten«, sagt sie. »Wir könnten für ein paar Tage das Personal aufstocken, während du weg bist.« Sie schiebt den leeren Karton unter den Tresen und wischt sich die Hände an der Schürze ab. »Kannst du bitte kurz auf die Kasse achten?«

Das heißt, sie will mit Dad reden.

»Um ehrlich zu sein«, sage ich und schließe die Augen, »eigentlich will ich gar nicht weg.« Ich lächle sie mit zusammengebissenen Zähnen an.

Mom lacht leise. »Warum fragst du dann?«

Ich reibe mir mit der Hand das Gesicht. »Weil ich dachte, du würdest Nein sagen. Ich dachte, ihr würdet mich hier brauchen. Aber ich habe Rachel gesagt, ich würde fragen.«

Moms Gesichtsausdruck wird weich. »Schatz, was ist los? Du weißt, dein Vater und ich haben dich sehr gern zum Helfen hier, aber wir würden niemals wollen, dass du das Gefühl bekommst, alles für den Familienbetrieb aufzugeben.«

»Aber es *ist* ein Familienbetrieb«, sage ich. »Es könnte sein, dass ich ihn eines Tages übernehme.«

»Das fänden wir natürlich toll«, sagt Mom. Sie zieht mich an sich und beugt sich dann zurück, damit wir einander anschauen können. »Aber wenn ich dich richtig verstanden habe, reden wir hier nicht nur vom Familienbetrieb oder einem Theaterstück.«

Ich wende den Blick ab. »Rachel ist mir wichtig. Das weißt du. Selbst wenn der Geist der vergangenen Weihnacht nicht einmal eine Sprechrolle wäre, würde ich ihr liebend gern zuschauen. Aber ... na ja ... Caleb hat mich gefragt, ob ich dieses Wochenende seine Familie kennenlernen möchte.«

Mom mustert meinen Gesichtsausdruck. »Wenn ich dein Dad wäre, würde ich auf der Stelle ein Zugticket für dich buchen.«

»Ich weiß«, sage ich. »Verhalte ich mich dumm?«

»Deine Gefühle sind nicht dumm«, sagt sie. »Aber ich muss dir sagen, dein Dad hat ernsthafte Bedenken wegen Caleb.«

Ich runzle die Stirn. »Kannst du mir sagen, warum?«

»Ich habe ihm gesagt, dass wir dir vertrauen sollten«, sagt Mom, »aber ich selbst bin zweifellos auch ein bisschen besorgt.«

»Mom, sag es mir!« Ich suche ihren Blick. »Hat Andrew etwas erzählt?«

»Er hat mit deinem Vater gesprochen«, sagt sie. »Und das solltest du auch tun.«

»Aber es ist Charles Dickens' Weihnachtsgeschichte!«, ruft Rachel.

Ich liege mit dem Handy am Ohr und einer Hand auf der Stirn auf meinem Bett. Rachels Foto schaut auf mich herab, während sie so tut, als wollte sie sich vor Paparazzi verstecken. »Natürlich würde ich dich gerne sehen«, erkläre ich ihr. Ich könnte sagen, meine Eltern wollen mich nicht gehen lassen, aber wir waren immer ehrlich zueinander.

»Dann steig in den Zug!«, sagt sie. »Ehrlich, wenn es um diesen Jungen geht...«

»Er heißt Caleb. Und ja, um ihn geht es. Rachel, ich soll dieses Wochenende seine Familie kennenlernen. Danach haben wir nur noch ein paar Tage, bis ich...« Ich höre ein Klicken. »Bist du noch da?«

Ich knalle das Handy auf den Tisch, ziehe das Pulli-Kissen über den Mund und schreie los. Nachdem ich meiner Wut einen Moment lang freien Lauf gelassen habe, beschließe ich, die Energie zu nutzen, um Dad darauf anzusprechen, was Andrew ihm erzählt hat.

Ich erwische Dad, als er gerade einen kleinen Weihnachtsbaum zu einem Auto trägt.

»Nein, heute Abend ist zu viel los«, sagt er. Sein knapper Ton zeigt mir, dass er nicht bereit ist zu reden. »Deine Mom und ich müssen die Verkäufe durchgehen und... Nein, Sierra, jetzt geht es nicht.«

Als Heather anruft und fragt, ob wir heute Abend mit den Jungs Plätzchen backen wollen, frage ich nicht einmal mehr nach. Mom hat schließlich gesagt, sie wolle nicht, dass mich das Familiengeschäft von meinem Leben abhält, deshalb sage ich ihr, als Devon vorfährt, einfach nur, dass ich jetzt weg bin, steige in sein Auto und wir fahren los.

Wir biegen auf den Supermarktparkplatz ein und Caleb beugt sich vor. Er bittet Devon, möglichst weit weg vom

Weihnachtsbaumverkaufsstand der Hoppers zu parken, damit er kein peinliches Gespräch darüber führen muss, weshalb er so lange nicht mehr vorbeigekommen ist.

»Du solltest aber auch mal bei ihnen Weihnachtsbäume besorgen«, sage ich. »Ich liebe die Familie Hopper. Klar, ich müsste dann deinen Rabatt annullieren, aber ...«

Heather lacht. »Sierra, ich glaube, du musst ihm erklären, was *annullieren* bedeutet.«

»Haha. Sehr witzig«, sagt Caleb. »Ich weiß, was das bedeutet ... im Kontext.«

Auf meinem Handy pingt eine Nachricht von Elizabeth, und ich halte den Bildschirm mit der Hand zu, während ich lese. Sie sagt mir, ich solle darüber nachdenken, welche Freunde auch in der Zukunft noch für mich da sein werden. Offensichtlich hat Rachel sie sofort angerufen, nachdem sie bei mir einfach aufgelegt hatte. Eine zweite SMS von Elizabeth drückt ihre Enttäuschung aus, dass ich das wegen eines Jungen mache, den ich kaum kenne.

»Alles in Ordnung?«, fragt Caleb.

Ich schalte mein Handy aus und stecke es in die Tasche. »Nur ein bisschen Drama in Oregon«, sage ich.

Vor allem, weil sie von Elizabeth kommen, fühlen sich die Nachrichten aggressiv an. Glauben sie etwa, ich würde mir diese Entscheidung leicht machen? Oder dass Caleb mir unmöglich wichtig sein kann? Die Entscheidung ist nicht leicht und ich werde bestimmt nicht zu einem dieser Art von Mädchen. Meine Zeit hier ist knapp, und ich will nicht mehrere Tage aus dem Kalender streichen, die ich mit ihm verbringen könnte.

Wir steigen aus dem Auto und Caleb übertreibt es, indem er den Kragen hochstellt und sich duckt, damit ihn Mr Hopper nicht bemerkt. Auch wenn wir zu weit weg sind, als dass er uns sehen könnte, tue ich dasselbe und wir rennen in den Supermarkt.

Heather faltet die Einkaufsliste in der Mitte und trennt sie dann entlang dem Falz. Eine Hälfte gibt sie mir und Caleb, die andere Hälfte behält sie und hakt sich bei Devon ein. Wir verabreden, uns an Kasse acht zu treffen, sobald wir fertig sind. Caleb und ich fangen mit der Abteilung für Milchprodukte hinten im Laden an.

»Du hast irgendwie abwesend gewirkt, als wir dich abgeholt haben«, sagt Caleb. »Ist alles okay?«

Ich kann nur die Achseln zucken. Nichts ist okay. Rachel ist sauer, weil ich nicht zu ihrer Aufführung komme. Dad wäre sauer, wenn er wüsste, dass ich jetzt gerade hier bin.

»Das war's als Antwort? Ein Schulterzucken?«, fragt Caleb. »Vielen Dank auch. Großartige Kommunikation.«

Ich möchte nicht beim Einkaufen darüber sprechen, deshalb ist Caleb jetzt auch sauer auf mich. Er läuft einen ganzen Schritt voraus. Als wir die Wand mit der Kühltheke erreichen, bleibt er abrupt stehen und greift nach meiner Hand.

Ich folge seinem Blick, bis ich Jeremiah entdecke, der gerade eine Packung Milch in einen Einkaufswagen legt.

Als eine Frau, die aussieht wie seine Mutter, den Wagen umdreht, stehen wir einander gegenüber. Ich schaue mir seine Mom genauer an. Ich erkenne sie wieder – sie war vor ein paar Tagen bei uns auf dem Platz. Als ich ihr Hilfe anbot, murmelte sie nur etwas über unsere Preise und marschierte glatt an mir vorbei.

Jeremiah lächelt uns beide höflich an.

Seine Mom beginnt, den Wagen um uns herumzuschieben. »Caleb«, sagt sie, statt »Hallo«. Sie klingt angespannt.

Calebs Stimme ist leise. »Hi, Mrs Moore.« Bevor sie vorbeigehen kann, fügt er hinzu: »Das ist Sierra, meine Freundin.«

Mrs Moore schaut mich an, ohne anzuhalten. »Freut mich, dich kennenzulernen, meine Liebe.«

Ich fange ihren Blick ein. »Meinen Eltern gehört einer der Weihnachtsbaumverkaufsstände«, sage ich. Ich mache einen Schritt in dieselbe Richtung wie sie und sie stoppt den Wagen. »Ich glaube, Sie waren neulich bei uns.«

Ihr Lächeln ist zögernd und sie wirft Jeremiah einen Blick zu. »Da fällt mir ein, wir müssen noch einen Baum kaufen.«

Ich spüre die Anspannung in Calebs Hand, aber ich tu mein Bestes, ihn zu ignorieren und führe das Gespräch fort. Während ich neben ihrem Wagen hergehe, ziehe ich Caleb mit. »Kommen Sie doch noch mal vorbei«, sage ich. »Mein Onkel hat eine neue Ladung gebracht. Die Bäume sind ganz frisch.«

Mrs Moores Blick ist zwar ein wenig wärmer geworden, als sie Caleb anschaut, ihre Antwort richtet sie aber nur an mich. »Vielleicht tun wir das. Es war nett, dich kennenzulernen, Sierra.« Sie schiebt den Wagen davon und Jeremiah folgt ihr den Gang entlang.

Calebs Blick sieht glasig aus. Ich drücke seinen Arm, um zu zeigen, dass ich da bin, aber auch, um mich zu entschuldigen, weil ich ihm diese Begegnung aufgedrängt habe. Aber es ist ganz klar, dass er und Jeremiah weiter befreundet hätten bleiben sollen.

Bevor ich ihm das sagen kann, ertönt eine wütende Stimme hinter uns. »Mein Bruder kann deinen Mist nicht gebrauchen, Caleb. Er ist ein guter Kerl.«

Ich wirble herum. Hinter uns steht Jeremiahs Schwester, die Hände auf die Hüften gestützt, und wartet auf Calebs Reaktion, aber er sagt nichts. Als er den Blick senkt, mache ich einen Schritt auf sie zu.

»Wie heißt du?«, frage ich. »Cassandra, stimmt's? Jetzt hör mal zu, Cassandra, Caleb ist auch ein guter Kerl. Du und dein Bruder solltet das endlich kapieren.«

Sie schaut von mir zu Caleb und fragt sich wahrscheinlich, warum er nicht für sich selbst einsteht. Ich lege den Kopf schief, um ihr dieselbe Frage bezüglich Jeremiah hinzuknallen.

»Du kennst mich überhaupt nicht«, sagt Cassandra zu mir, »und meinen Bruder kennst du auch nicht.«

»Aber ich kenne Caleb«, sage ich.

Sie schüttelt den Kopf. »Er lässt sich nicht mehr da hineinziehen. Nicht noch einmal.« Dann lässt sie uns stehen und läuft den Gang runter.

Wir schauen ihr nach, als sie um die Ecke biegt, und ich drücke Calebs Hand. »Es tut mir so leid«, flüstere ich. »Ich weiß, du kannst für dich selbst sprechen. Ich konnte es mir einfach nicht verkneifen.«

»Die Leute werden immer glauben, was sie wollen«, sagt er. Jetzt, wo die Konfrontation vorüber ist, sehe ich, wie er langsam ruhiger wird. Im Lauf der Jahre hat er offensichtlich gelernt, solche Situationen an sich abperlen zu lassen, und grinst mich nun an. »Hast du dich jetzt abreagiert?«

»Ich wäre sogar bereit gewesen, mich zu prügeln, wenn es so weit gekommen wäre«, sage ich.

»Nun weißt du auch, warum ich deine Hand nicht losgelassen habe.«

Heather und Devon schließen von hinten zu uns auf. Devon trägt einen Korb mit Eiern, Zuckerguss und Streuseln.

»Können wir jetzt bitte Plätzchen backen gehen?«, fragt sie. Sie schaut auf unsere Hände. »Wo sind eure Sachen? So lang war die Liste nicht!«

Nachdem wir unsere Zutaten in den Wagen gelegt haben, gehen wir gemeinsam zur Kasse. Jeremiah, seine Mom und Cassandra stehen zwei Kassen weiter an. Keiner von ihnen scheint uns wahrzunehmen, aber sie schauen überall hin, nur nicht zu uns, und das sagt alles.

»Stört es dich nicht, dass er dich nicht mal anblickt?«, frage ich Caleb.

»Doch, natürlich«, erwidert er. »Aber es ist meine Schuld, also lass es gut sein.«

»Machst du Witze?«, frage ich. »Nicht du, sondern die drei sollten ...«

»Bitte«, sagt er. »Lass es gut sein.«

Caleb, Heather und Devon legen die Einkäufe auf das Fließband, während ich finstere Blicke zu Jeremiahs Familie hinüberwerfe. Mrs Moore sieht herüber, dann wieder weg und noch mal kurz her; offensichtlich ist ihr nicht wohl, weil ich sie beobachte.

»Kommen Sie doch morgen vorbei!«, rufe ich. »Für Freunde und Familie gibt es Rabatt.«

Cassandra schaut mich mit zusammengekniffenen Augen an, hält aber den Mund. Caleb tut so, als wäre er mit dem Kaugummiregal beschäftigt.

Devon blickt verwirrt in die Runde. »Bekomme ich auch Rabatt?«

Am nächsten Morgen bin ich überrascht, als Jeremiah tatsächlich mit Cassandra auf unserem Platz auftaucht. Er sieht aus, als wäre er gerade aus dem Bett gefallen und hätte sich nur eine Jogginghose, einen Kapuzenpulli und eine Baseballkappe übergezogen. Sie dagegen sieht aus, als hätte sie der Wecker geweckt, als hätte sie Kaffee getrunken, gefrühstückt, sich die Haare gemacht, Make-up aufgelegt und ihn dann geweckt.

Jeremiah geht Bäume anschauen, während Cassandra ins Zirkuszelt kommt.

»Ich nehme an, du bist wegen des Rabatts da«, sage ich.

»Meine Mom wollte sich das nicht entgehen lassen«, grummelt sie, aber bestimmt hat Cassandra versucht, es abzuwenden.

»Gern geschehen«, sage ich zu ihr.

Sie senkt den Kopf ein bisschen, schaut mir dabei aber trotzdem noch in die Augen. »Und warum hast du uns den Rabatt überhaupt angeboten?«

»Ehrlich gesagt, hatte ich gehofft, dass eure Eltern vorbeikommen würden, damit ich mit ihnen reden kann.«

Sie verschränkt die Arme. »Was gibt es denn jetzt noch zu sagen?«

»Dass Caleb niemals jemanden verletzen würde«, sage ich. »Darüber wurde wohl noch nicht gesprochen.«

»Das glaubst du wirklich?«

»Voll und ganz.«

Cassandra lacht. »Das ist nicht dein Ernst. Jeremiah hat gesehen, wie er mit einem Messer hinter seiner Schwester hergerannt ist!«

»Das weiß ich. Und ich weiß auch, dass er es täglich bereut«, sage ich. »Jeden Tag lebt er damit. Und seine Familie auch.«

Cassandra senkt den Blick und schüttelt den Kopf. »Meine Eltern würden nie zulassen ...«

»Das habe ich kapiert, aber vielleicht übertreiben sie es mit der Vorsicht«, sage ich. »Mein Dad lässt hier jeden Typen die Toiletten sauber machen, wenn er mich nur komisch anschaut.«

»Hier geht's um ein bisschen mehr, als mit jemandem zu flirten. Das ist dir schon klar, oder?«

Jeremiah betritt hinter ihr das Zirkuszelt. Er hat ein Preisschild in der Hand, hält sich aber fern.

»Außerdem glaube ich nicht, dass es nur deine Eltern sind«, sage ich. »Jeremiah und Caleb waren früher beste Freunde und das sollten sie immer noch sein. Sie hatten nur keine Gelegenheit, alles zu klären, bevor Fronten aufgezogen wurden.«

Ich warte auf ihre Antwort, die nicht kommt. Sie betrachtet ihre Fingernägel, aber zumindest ist sie noch hier.

»Ihr seht euch doch in der Schule«, sage ich. »Alles, was er tut, beweist, wer er jetzt ist. Wusstest du, dass er bedürftigen Familien Weihnachtsbäume schenkt? Weißt du, warum? Weil es sie glücklich macht.«

Endlich schaut sie mich an. »Oder tut er das, weil er seine eigene Familie zerstört hat?«

Das trifft mich.

Sie schaut nach unten und schließt kurz die Augen. »Das hätte ich nicht sagen sollen.«

Ich weiß nicht, was ich darauf erwidern soll. Auf eine

Art hat sie vielleicht recht. Caleb verschenkt die Bäume nicht, weil er Anerkennung dafür bekommen möchte. Er erhofft sich Frieden, will seine Fehler wiedergutmachen.

Jeremiah nähert sich und legt seiner Schwester die Hand auf die Schulter. »Alles in Ordnung hier?«

Sie dreht sich zu ihm um. »Was, wenn es wieder passiert, Jeremiah? Was, wenn ihn jemand in Rage bringt, während du dabei bist und er wieder ausflippt? Glaubst du, du könntest es verhindern, da hineingezogen zu werden?«

»Er hat einen Fehler gemacht und dafür hat er bezahlt«, sage ich. »Es ist so lange her und es macht ihn immer noch fertig. Wollt ihr wirklich daran beteiligt sein?«

Sie schaut Jeremiah an. »Mom würde es nie erlauben.«

Jeremiah schaut mich an. Ohne Vorwurf in der Stimme sagt er: »Du glaubst, du kennst ihn.«

»Ja«, antworte ich. »Ich weiß, wer er jetzt ist.«

»Tut mir leid«, sagt Cassandra. Ihr Blick wandert von mir zu ihrem Bruder. »Ich weiß, du hättest es am liebsten anders, aber mein Bruder kommt für mich immer an erster Stelle.«

Sie dreht sich um und verlässt das Zirkuszelt.

# KAPITEL 16

Ich schaue dabei zu, wie Cassandra und Jeremiah in ihr Auto steigen, auf dessen Dach jetzt ein heruntergesetzter Weihnachtsbaum geschnallt ist. Jeremiah hat das Fenster auf der Beifahrerseite heruntergekurbelt, sein Arm hängt heraus und er winkt mir schwach zu, während sie vom Parkplatz fahren.

Er sieht aus wie ich mich fühle, aber ein Teil von mir klammert sich an die Hoffnung, dass das Gespräch nicht zu Ende ist. Eines Tages wird vielleicht irgendjemand mal zuhören.

»Worum ging es da eben?«, fragt Mom.

»Das ist kompliziert«, antworte ich.

»Wieso? Geht es dabei auch um Caleb?«

»Können wir jetzt bitte nicht darüber reden?«, frage ich.

»Sierra, du musst endlich mit deinem Vater sprechen«, sagt Mom. »Ich bete ihm ständig vor, er soll dir vertrauen, aber wenn du nicht offen zu mir sein kannst, höre ich damit auf. Andrew hat ihm erzählt...«

»Mir ist völlig egal, was Andrew erzählt hat«, erkläre ich ihr. »Und dir sollte es auch egal sein.«

Sie verschränkt die Arme. »Diese Abwehrhaltung macht mir Sorgen, Sierra. Weißt du wirklich, worauf du dich da einlässt?«

Ich schließe die Augen und atme langsam aus. »Mom, worin, würdest du sagen, besteht der Unterschied zwischen Klatsch und relevanten Informationen?«

Sie denkt kurz darüber nach. »Wenn man es Leuten erzählt, die nicht direkt daran beteiligt sind, ist es Klatsch, würde ich sagen.«

Ich beiße mir auf die Unterlippe. »Ich möchte dir deshalb etwas erzählen, weil ich nicht möchte, dass du Caleb auf Grundlage dessen verurteilst, was Andrew gesagt hat. Denn ich garantiere dir, er hat es nicht getan, um euch einen Gefallen zu tun. Sondern, um Caleb zu schaden oder um sich an mir zu rächen, weil ich ihn abgewiesen habe.«

Jetzt sieht sie aus, als hätte ich ihr wirklich Angst eingejagt. »Das klingt wie eine weitere Geschichte, die du mir erzählen solltest.« Sie schickt mich los, Dad zu suchen, während sie jemanden holt, der die Kasse übernimmt.

Auf dem Parkplatz verladen Dad und Andrew gerade einen Baum in den Kofferraum einer Frau. Der halbe Baum schaut heraus, deshalb binden sie den Kofferraumdeckel mit einer Schnur fest, damit er nicht hochfliegt. Die Dame bietet Dad ein Trinkgeld an, aber der bedeutet ihr, es Andrew zu geben. Andrew steckt das Trinkgeld ein und folgt Dad auf den Platz.

»Hallo, Schatz«, sagt Dad. Er bleibt vor mir stehen und Andrew ebenfalls.

Ich starre Andrew an und deute mit dem Daumen über die Schulter. »Du kannst weitermachen.«

Als er geht, grinst Andrew selbstzufrieden. Er weiß, er macht Ärger. Ich schätze, das tut man eben, wenn man jemanden mag, der einen nicht auch mag.

»Sierra, das war nicht nötig«, sagt Dad.

Ich verkneife mir ein höchst berechtigtes Augenverdrehen. »Deshalb müssen wir reden.«

Mom, Dad und ich gehen den Oak Boulevard entlang, der vom Platz wegführt. Autos fahren vorbei und ab und zu ein Radfahrer. Ich hole tief Luft, schwinge die Arme hin und her und nehme meinen Mut zusammen für dieses Gespräch. Als ich erst einmal angefangen habe, sprudelt alles aus mir heraus, und sie lassen mich reden, ohne mich zu unterbrechen. Ich erzähle ihnen alles, was ich über Caleb weiß, über seine Familie und Jeremiah, und was Caleb mit den Bäumen macht. Aus irgendeinem Grund brauche ich länger für die Geschichte als Caleb, als er sie mir erzählt hat. Vielleicht, weil ich das Bedürfnis habe, so viel darüber hinzuzufügen, wie Caleb jetzt ist.

Als ich fertig bin, blickt Dad noch finsterer drein. »Als ich gehört habe, dass Caleb seine Schwester angegriffen hat...«

»Er hat sie doch gar nicht angegriffen!«, sage ich. »Er ist ihr hinterhergerannt, aber er hätte sie nie...«

»Und du erwartest, dass ich das so hinnehme?«, fragt Dad. »Nachdem ich davon gehört hatte, ist es mir sehr schwergefallen, dich mit ihm weg zu lassen, aber ich wollte dir vertrauen. Ich dachte, du bist vernünftig, Sierra, aber jetzt beschleicht mich die Befürchtung, dass du naiv bist und etwas verharmlost, das...«

»Ich bin ehrlich zu euch«, sage ich. »Zählt das gar nichts?«

»Schatz«, sagt Mom, »nicht du hast es uns erzählt. Das war Andrew.«

Dad schaut Mom an. »Unsere Tochter geht mit einem Jungen aus, der...« – er hebt die Hand, damit ich ihn nicht unterbreche – »ein Junge, der mit einem Messer auf seine Schwester losgegangen ist.«

»Es gibt also keine Gnade?«, sage ich. »Tolle Lektion, Dad. Man baut einmal Mist und hat sein ganzes Leben verbockt.«

Dad richtet den Finger auf mich. »Das wollte ich nicht sa...«

Mom schaltet sich ein. »Sierra, wir sind doch nur noch eine Woche hier. Wenn deinem Vater so unwohl bei der Sache ist, musst du es dann wirklich weiterlaufen lassen?«

Ich bleibe stehen. »Darum geht es doch gar nicht! Ich kannte Caleb nicht, als es passiert ist, und ihr auch nicht. Aber ich mag ihn wirklich so, wie er jetzt ist, und das solltet ihr auch.«

Sie sind jetzt auch stehen geblieben, aber Dad schaut mit verschränkten Armen auf die Straße. »Entschuldige bitte, wenn ich nicht möchte, dass mein einziges Kind mit einem Jungen ausgeht, von dem ich weiß, dass er eine gewalttätige Vergangenheit hat.«

»Wenn du gar nicht wüsstest, was da vor Jahren passiert ist, und du ihn nur jetzt kennen würdest«, sage ich, »würdest du mich anflehen, ihn zu heiraten.«

Mom bleibt der Mund offen stehen. Damit bin ich ein bisschen zu weit gegangen, ich weiß, aber mein Frust über dieses Gespräch steigt mit jeder Sekunde.

»Du hast Mom genau hier auf diesem Platz kennengelernt«, sage ich. »Meinst du nicht, ein Teil eurer Reaktion hängt vielleicht damit zusammen, dass ihr Angst habt, dass mir das ebenfalls passiert?«

Mom greift sich ans Herz. »Daran habe ich mit Sicherheit noch nicht gedacht.«

Dad schaut zwar immer noch unverwandt auf die Straße, aber er hat die Augen aufgerissen. »Und mein Herz ist gerade stehen geblieben.«

»Ich finde das einfach schrecklich«, sage ich. »So viele Leute haben ihn seit so langer Zeit zu diesem ... *Ding* ... abgestempelt. Lieber würden sie das Schlimmste von ihm annehmen, als mit ihm darüber zu reden. Oder ihm einfach zu verzeihen.«

»Wenn er das Messer benutzt hätte«, sagt Mom, »würden wir auf gar keinen Fall...«

»Ich weiß«, sage ich. »Ich auch nicht.«

Mit jedem Auto, das vorbeifährt, glaube ich mal, dass ich sie überzeugt habe, mal, dass ich sie komplett verloren habe.

»Aber ihr habt mich auch in dem Glauben erzogen, dass jeder Mensch sich ändern kann«, sage ich.

Dad schaut immer noch in die Ferne, als er sagt: »Und es wäre falsch, das auszuhebeln.«

»Ja.«

Mom nimmt Dads Hand und sie schauen einander an. Wortlos verständigen sie sich, wo sie stehen.

»Ich kenne ihn nicht so gut wie du«, sagt Dad schließlich »aber bestimmt ist dir klar, dass uns bei der Geschichte mit seiner Schwester nicht wohl ist. Ich würde ihm wirklich gern eine Chance geben, aber es ist schwer verständlich warum, wenn wir nicht mal mehr zwei Wochen hier sind...«

Er spricht es nicht aus, aber eigentlich will er wissen, warum ich die Sache nicht einfach fallen lassen kann. Warum muss ich ihnen Sorgen bereiten?

»Es gibt keinen Grund zur Sorge«, sage ich. »Du hast es selbst gesagt, ich *kenne* ihn. Und ihr wisst doch, ihr habt mir beigebracht, vorsichtig zu sein. Ihr müsst ihm ja nicht vertrauen, aber bitte verurteilt ihn nicht. Und vertraut mir.«

Dad seufzt. »Musst du dich denn so weit einlassen?«

»Sieht so aus, als hätte sie das schon«, meint Mom leise.

Dad schaut auf seine Hände hinab, die Moms festhalten. Dann sieht er mich an, hält meinem Blick aber nur kurz stand. Schließlich lässt er Moms Hände los und macht sich auf den Rückweg.

Mom und ich blicken ihm nach.

»Ich glaube, wir haben alle gesagt, was wir empfinden«, sagt sie, drückt meine Hand und lässt nicht los, während wir gemeinsam zurückgehen.

Jedes Mal, wenn ich Caleb einen Vertrauensbonus gebe, erweist er sich dessen würdig. Jedes Mal, wenn ich für ihn eintrete, weiß ich, ich habe recht. Es gab hundert Gründe, warum ich hätte aufgeben können, aber jedes Mal, wenn ich es nicht tue, möchte ich umso mehr für uns kämpfen.

Später brauche ich viel zu lange, um mich für das Abendessen mit Calebs Familie fertig zu machen. Dreimal ziehe ich mich um, am Ende trage ich Jeans und einen cremefarbenen Kaschmirpulli – natürlich genau das Outfit, mit dem ich angefangen habe. Als es an der Tür klopft, puste ich mir die Haare aus dem Gesicht und werfe mir einen letzten Blick zu. Als ich die Tür öffne, lächelt Caleb zu mir herauf. Er trägt dunkelblaue Jeans und einen schwarzen Pulli mit einem grauen Streifen auf der Brust.

Er setzt zum Reden an, unterbricht sich aber und schaut mich von oben bis unten an. Wenn er nicht bald etwas sagt, halte ich das keine Sekunde länger aus. Aber dann flüstert er: »Du bist schön.«

Ich spüre, wie meine Wangen warm werden. »Das wär nicht nötig gewesen.«

»Doch«, sagt er. »Ob du mit Komplimenten umgehen kannst oder nicht: Du bist schön.«

Lächelnd erwidere ich seinen Blick.

»Gern geschehen«, sagt er. Er streckt die Hand aus, um mir hinunterzuhelfen, und dann laufen wir zu seinem Truck. Dad lässt sich nicht blicken, aber Mom berät eine Kundin bei den Bäumen. Als sie herüberschaut, zeige ich auf den Parkplatz, damit sie weiß, dass ich wegfahre.

Andrew füllt die Netze für die Bäume auf, und ich spüre, wie uns sein Blick über den Platz folgt.

»Warte kurz«, sage ich zu Caleb.

Er schaut zu Andrew hinüber, der uns unverhohlen anstarrt. »Gehen wir einfach«, sagt Caleb. »Das ist es nicht wert.«

»Mir ist es das wert«, erwidere ich.

Caleb lässt meine Hand los und läuft zu seinem Wagen. Er steigt ein und schließt die Tür, und ich warte, um sicherzugehen, dass er nicht wegfährt. Ungeduldig macht er mir ein Zeichen, ich solle das hier hinter mich bringen, also drehe ich mich um und marschiere zu Andrew hinüber.

Er konzentriert sich auf die Netze und meidet meinen Blick. »Habt ihr ein Date?«

»Ich hab mit meinen Eltern über Caleb gesprochen«, sage ich. »Leider konnte ich das nicht zu einem selbst gewählten Zeitpunkt, sondern es wurde mir aufgezwungen ... deinetwegen.«

»Und doch lassen sie dich gehen«, sagt er. »Echt verantwortungsvolle Eltern.«

»Weil sie mir vertrauen und nicht dir«, sage ich. »Genauso sollte es sein.«

Er schaut mir in die Augen. In seinem Blick liegt so viel Hass. »Sie hatten ein Recht darauf zu erfahren, dass sich ihre Tochter mit einem ... was auch immer er ist ... herumtreibt.«

Meine Wut steigt. »Das geht dich überhaupt nichts an«, sage ich. »Und ich gehe dich auch nichts an.«

Plötzlich ist Caleb an meiner Seite und nimmt meine Hand. »Sierra, komm.«

Andrew betrachtet uns mit Abscheu. »Egal, wohin ihr geht, ich hoffe, sie servieren euch nichts, das man schneiden muss. Das wär für euch beide besser.«

Caleb lässt meine Hände los. »Damit man kein Messer braucht?«, fragt er. »Sehr witzig.«

Ich sehe, wie Dad zwischen zwei Bäumen hervorkommt und uns beobachtet. Mom geht besorgt auf ihn zu, aber er schüttelt kurz den Kopf.

Caleb beißt die Zähne zusammen und wendet den Blick

ab, als sei er kurz vorm Ausrasten und würde Andrew gleich eine reinhauen. Der wütende Teil von mir möchte genau das, aber wichtiger ist mir, dass Caleb cool bleibt. Er muss mir zeigen, dass er das kann, und meine Eltern sollen es ebenfalls sehen.

Er öffnet und schließt die Hände zu Fäusten und reibt sich dann grob den Nacken. Er schaut Andrew an, aber keiner sagt etwas. Andrew sieht aus, als hätte er Angst; mit einer Hand umklammert er die Netze, als wären sie das Einzige, das ihn vom Zurückweichen abhielte. Als Caleb Andrews Angst sieht, wechselt sein Gesichtsausdruck von wütend zu reumütig. Wieder nimmt er meine Hand, verschränkt die Finger mit meinen und führt mich zu seinem Truck.

Ein paar Minuten lang sitzen wir dort schweigend, bis wir uns ein wenig beruhigt haben. Ich habe das Gefühl, ich sollte etwas sagen, aber ich weiß nicht, wie oder wo ich anfangen soll. Irgendwann startet er den Motor.

Als der Verkaufsplatz langsam im Rückspiegel verschwindet, bricht Caleb das Schweigen, indem er mir erzählt, er habe Abby vor drei Stunden vom Bahnhof abgeholt. Lächelnd schaut er mich an. »Sie kann es nicht erwarten, dich kennenzulernen.«

Mir wird bewusst, dass Caleb mir nicht viel darüber erzählt hat, wie ihr Verhältnis inzwischen ist. Ist es besser, seit sie bei ihrem Dad wohnt? Angespannt, wenn sie wiederkommt?

»Meine Mom will dich auch unbedingt treffen«, sagt er. »Seit ich dich kennengelernt habe, fragt sie mich nach dir aus.«

»Ehrlich?« Ich kann mein Lächeln nicht verbergen. »Seit wir uns kennengelernt haben?«

Er zuckt die Achseln, als wäre das keine große Sache, aber sein Grinsen verrät ihn. »Möglicherweise habe ich ein gewisses Mädchen auf dem Platz erwähnt, nachdem ich unseren Baum nach Hause gebracht hatte.«

Ich wüsste gerne, was er über mich gesagt haben mag, wenn er bei mir doch gar nicht von Grübchen schwärmen konnte.

Sein Haus liegt drei Minuten vom Highway entfernt. Als wir in das Wohngebiet einbiegen, spüre ich, wie er nervös wird. Ich weiß nicht, ob es seine Schwester ist, seine Mom oder ich, aber als wir schließlich vor dem Haus halten, ist er fertig mit den Nerven. Das Haus ist zweistöckig, aber schmal angelegt. Im vorderen Fenster steht ein Weihnachtsbaum mit bunten Lichtern und einem goldenen Stern auf der Spitze.

»Das Ding ist«, sagt er, »ich habe noch nie jemanden so mit nach Hause gebracht.«

»Wie, so?«, frage ich.

Er schaltet den Wagen aus und schaut zum Haus, dann wieder zu mir. »Wie würdest du das denn bezeichnen, was wir tun? Treffen wir uns, sind wir …?«

Seine Nervosität ist bezaubernd.

»Es mag dich erstaunen, weil es von mir kommt«, sage ich, »aber manchmal ist es in Ordnung, nicht alles zu definieren.«

Sein Blick fällt auf den Abstand zwischen uns. Hoffentlich glaubt er nicht, ich würde einen Rückzieher machen.

»Weißt du was? Wir brauchen kein Wort für uns finden«, sage ich. »Wir sind jetzt gemeinsam hier.«

»Gemeinsam ist gut«, sagt er, aber sein Lächeln ist schwach. »Ich mache mir hauptsächlich Sorgen über die Zeit, die uns noch bleibt.«

Unwillkürlich fällt mir die Nachricht ein, die ich Rachel gestern geschickt habe. Darin habe ich ihr Hals- und Beinbruch für die Aufführung heute Abend gewünscht. Sie hat immer noch nicht geantwortet. Elizabeth habe ich sogar angerufen, aber darauf kam auch keine Reaktion. Er hat recht, wenn er sich Sorgen macht. Die mache ich mir ja auch. Wie lange kann man an zwei Orten gleichzeitig sein?

Er öffnet seine Fahrertür. »Also dann.«

Als wir die Eingangstreppe erreichen, fasst er nach meiner Hand. Seine Handflächen sind verschwitzt und seine Finger zucken. Das ist nicht der coole, gelassene Typ, den ich damals kennengelernt habe. Er lässt meine Hand los, um sich die Handflächen an der Jeans abzuwischen. Dann öffnet er die Tür.

»Sie sind da!«, quiekt eine Stimme von oben.

Abby hüpft die Treppe herunter; sie sieht viel selbstsicherer und schöner aus als ich in der neunten Klasse. Furchtbar süß ist, dass sie und Caleb das gleiche Grübchen haben. Ich beiße mir auf die Zunge, um nicht darauf hinzuweisen, denn garantiert haben sie das selbst schon bemerkt. Als sie unten ankommt, streckt sie die Hand aus. Ganz kurz, während sich unsere Hände berühren, blitzt in meinem Kopf alles auf, was in meiner Vorstellung damals zwischen ihr und Caleb geschehen ist.

»Ich freue mich so, dich endlich kennenzulernen«, sagt sie. Ihr Lächeln ist genauso nett und echt wie das ihres Bruders. »Caleb hat mir viel von dir erzählt. Mir kommt es so vor, als dürfte ich gerade eine Berühmtheit kennenlernen!«

»Ich ...« Keine Ahnung, was ich dazu sagen soll. »Oh. Klar. Ich freu mich auch, dich kennenzulernen.«

Calebs Mom kommt mit dem gleichen Lächeln aus der Küche, aber ohne Grübchen. Auf den ersten Blick verrät ihre Körperhaltung, dass sie reservierter als ihre Kinder ist.

»Lass dich von Caleb nicht an der Tür aufhalten«, sagt sie. »Komm doch rein! Ich hoffe, du magst Lasagne.«

Abby hält sich auf dem Weg zur Küche kurz am Treppengeländer fest und schwingt sich herum. »Und hoffentlich verträgst du eine Menge davon«, sagt sie.

Calebs Mom schaut zu, wie Abby in der Küche verschwindet. Auch als ihre Tochter nicht mehr zu sehen ist, bleibt ihr Blick dort hängen. Mehr zu sich selbst sagt sie: »Es ist schön, wenn sie zu Hause ist.«

Bei diesen Worten werde ich von dem Gefühl überwältigt, dass ich fehl am Platz bin. Diese Familie verdient es, den ersten gemeinsamen Abend unter sich zu verbringen, ohne dass eine Fremde die Aufmerksamkeit ablenkt. Ich werfe Caleb einen Blick zu und er spürt wohl, dass ich reden muss.

»Ich zeige Sierra vor dem Abendessen ein bisschen das Haus«, sagt er. »In Ordnung?«

Seine Mom winkt uns mit einer Handbewegung fort. »Wir decken schon mal den Tisch.«

Sie geht in die Küche, wo Abby gerade einen kleinen Tisch von der Wand wegzieht. Im Vorbeigehen streicht ihre Mom ihr über die Haare und mir bricht das Herz.

Ich folge Caleb ins Wohnzimmer. Die dunkelbraunen Vorhänge sind zurückgezogen und rahmen den Christbaum ein.

»Alles okay?«, fragt er.

»Deine Mom hat so wenig Zeit mit euch beiden«, beginne ich.

»Du störst nicht«, sagt er. »Ich möchte, dass du die beiden kennenlernst. Das ist genauso wichtig.«

In der Küche höre ich Calebs Mom und Abby reden. Ihre Stimmen klingen fröhlich. Sie sind so glücklich, dass sie zusammen sind. Als ich Caleb anschaue, starrt er mit unglaublich traurigen Augen auf den Baum.

Ich gehe ganz nah an den Baum heran und betrachte den Weihnachtsschmuck. Man kann daran viel über eine

Familie ablesen. Dieser Christbaumschmuck ist ein zusammengewürfelter Mischmasch aus Bastelarbeiten, die Abby und er wohl als Kinder gemacht haben, und teurem Weihnachtsschmuck aus aller Welt.

Ich berühre einen glitzernden Eiffelturm. »War deine Mom da etwa schon überall?«

Er stupst eine Sphinx mit Nikolausmütze an. »Du weißt ja, wie Sammlungen anfangen. Eine ihrer Freundinnen bringt Baumschmuck aus Ägypten mit, eine andere sieht den an unserem Baum und bringt auch etwas von ihrer Reise mit.«

»Das sind ganz schön weit gereiste Freundinnen«, sage ich. »Verreist sie selbst auch manchmal?«

»Nicht mehr seit der Trennung«, sagt er. »Anfangs lag es daran, dass wir kein Geld hatten.«

»Und danach?«

Er schaut zur Küche. »Wenn das eine Kind beschließt zu gehen, ist es wohl schwerer, das andere zurückzulassen, und sei es nur für kurze Zeit.«

Ich berühre einen Anhänger, von dem ich annehme, dass er den Schiefen Turm von Pisa darstellen soll, an dem Ast baumelt er allerdings senkrecht. »Könntest du nicht mit ihr verreisen?«

Er lacht. »Und damit sind wir wieder beim Geldproblem.«

Caleb führt mich nach oben, um mir sein Zimmer zu zeigen. Er läuft mir den engen Flur entlang voraus zu einer offenen Tür am anderen Ende, aber meine Beine bleiben abrupt vor einer geschlossenen Tür stehen, die weiß gestrichen ist. Ich beuge mich vor und mir stockt der Atem. Auf Augenhöhe häufen sich eine Reihe übermalter Einkerbungen. Instinktiv befühle ich sie mit den Fingerspitzen.

Caleb atmet hörbar aus. Ich schaue zu ihm hinüber und sehe, dass er mich beobachtet.

»Früher war die Tür rot angestrichen«, sagt er. »Meine Mom hat versucht, sie abzuschmirgeln und zu übermalen, damit man es nicht mehr so sieht, aber ... das sind sie.«

Was an diesem Abend damals passiert ist, fühlt sich jetzt so echt an. Jetzt weiß ich, dass er aus der Küche und die Treppe hinaufgerannt ist. Seine Schwester weinte hinter dieser Tür, während Caleb genau hier stand und wieder und wieder mit einem Messer darauf einstach. Caleb – sanftmütiger als alle, die ich kenne – ist mit einem Messer hinter Abby hergerannt. Und er tat es unter den Augen seines besten Freundes. Ich schaffe es nicht, diese Version von ihm mit dem Caleb in Verbindung zu bringen, der mich jetzt von der Schwelle seines Zimmers aus beobachtet. Sein Gesichtsausdruck steckt irgendwo zwischen Sorge und Scham fest. Gerne würde ich ihm sagen, dass ich keine Angst habe, ihn festhalten und beruhigen. Aber ich kann nicht.

Seine Mom ruft von unten: »Das Essen ist fertig. Kommt ihr?«

Unsere Blicke lösen sich nicht voneinander. Die Tür zu seinem Zimmer steht offen, aber da werde ich nicht reingehen. Nicht jetzt. Jetzt müssen wir für seine Mom und Abby wieder zur Normalität zurückkehren, so gut es eben geht. Er läuft an mir vorbei, streift mit den Fingern meine Hand, aber er nimmt sie nicht in seine. Ich werfe noch einen Blick auf die Tür seiner Schwester und folge ihm dann die Treppe hinunter.

An den Küchenwänden hängen bunte Keramikteller. Ein kleiner Tisch in der Mitte ist für uns vier gedeckt. Unsere Küche zu Hause ist größer, aber ihre ist gemütlicher.

»Der Tisch befindet sich normalerweise nicht in der Mitte«, sagt seine Mom, die neben ihrem Stuhl steht. »Aber normalerweise sind wir auch nicht so viele.«

»Ihre Küche ist viel größer als der Wohnwagen, in dem ich hause.« Ich breite die Arme aus. »Wenn ich das hier machen würde, wäre ich gleichzeitig im Bad und in der Mikrowelle.«

Seine Mom lacht und geht dann zum Ofen. Als sie die Klappe öffnet, füllt sich der Raum mit einem köstlichen Duft nach geschmolzenem Käse, Tomatensoße und Knoblauch.

Caleb rückt mir einen Stuhl heran, und ich danke ihm, während ich mich setze. Er gleitet auf den Stuhl zu meiner Rechten, springt dann aber auf und zieht auch für seine Schwester einen Stuhl vor. Abby lacht und gibt ihm einen Klaps, und an der ungezwungenen Art, wie sie mit ihm umgeht, kann ich erkennen, dass sie die Vergangenheit wirklich hinter sich gelassen hat.

Calebs Mom trägt eine Auflaufform mit Lasagne zum Tisch und stellt sie in der Mitte ab. Nachdem sie sich gesetzt hat, legt sie sich eine Serviette auf den Schoß. »Wir machen es ganz familiär, Sierra. Bedien dich bitte.«

Caleb greift nach dem Pfannenheber. »Ich mach das.« Er lädt mir ein riesiges Stück Lasagne auf, von dem der Käse tropft, dann tut er dasselbe für Abby und seine Mom.

»Du hast dich selbst vergessen«, sage ich.

Caleb schaut auf seinen leeren Teller und teilt sich dann selbst ein Stück zu. Abby stützt den Ellbogen auf den Tisch und verbirgt ein Lächeln, während sie ihren Bruder beobachtet.

»Du bist also in der neunten Klasse?«, frage ich. »Wie gefällt es dir denn bisher an der Highschool?«

»Sie macht das super«, sagt Caleb. »Ich meine, das stimmt doch, oder?«

Ich lege den Kopf schief und schaue ihn an. Vielleicht hat er nach unserem Moment an der Tür oben das Gefühl, er müsse beweisen, dass alles gut ist.

Abby schaut ihn kopfschüttelnd an. »Ja, lieber Bruder. Ich mache das fantastisch. Ich bin glücklich und es ist eine gute Schule.«

Lächelnd wende ich mich ihr zu. »Ist Caleb ein bisschen überbehütend?«

Sie verdreht die Augen. »Er ist so was wie die Glückspolizei, ständig ruft er mich an, um sicherzugehen, dass mein Leben gut läuft.«

»Abby«, sagt Calebs Mom, »lass uns einfach nett essen, ja?«

»Das hab ich doch versucht«, gibt Abby zurück.

Calebs Mom schaut mich an, aber ihr Lächeln sieht besorgt aus. Sie wendet sich an Abby: »Ich glaube, über gewisse Dinge müssen wir nicht sprechen, wenn wir Gäste haben.«

Caleb legt seine Hand auf meine. »Mom, sie hat doch nur eine Frage beantwortet.«

Ich drücke Calebs Hand und schaue dann zu Abby hinüber. Sie hat den Blick gesenkt.

Nachdem wir eine ganze Weile schweigend gegessen haben, fängt seine Mom an, Fragen zu stellen, wie es ist, auf einer Weihnachtsbaumfarm zu leben. Abby ist beeindruckt, wie viel Land wir besitzen, während ich zu beschreiben versuche, wie es dort aussieht. Fast hätte ich gesagt, sie solle mal zu Besuch kommen, aber ihre Antwort, egal, wie sie ausgefallen wäre, hätte bestimmt zu noch mehr unbehaglichem Schweigen geführt. Die ganze Familie sieht erschrocken aus, als ich ihnen von Onkel Bruces Hubschrauber erzähle und wie ich Bäume daran befestige, während er in der Luft schwebt.

Calebs Mom schaut zwischen ihm und Abby hin und her. »Unvorstellbar, dass ich einem von euch das erlauben würde.«

Endlich scheint Caleb sich zu entspannen. Wir geben ein paar Geschichten zum Besten, wie wir gemeinsam

Bäume ausgeliefert haben, und er erzählt ein paar Anekdoten von den Malen, als er allein unterwegs war. Jedes Mal, wenn Caleb spricht, schaut seine Mom Abby an. Fragt sie sich, während Abby den Geschichten lauscht, wie es wohl wäre, wenn beide immer noch gemeinsam aufwachsen würden? Als ich ihnen erzähle, dass es meine Idee war, den Familien selbst gemachte Plätzchen mitzubringen, ertappe ich Calebs Mom dabei, wie sie ihm zuzwinkert, und mein Herz schlägt ein bisschen schneller. Als wir mit dem Essen fertig sind, macht keiner Anstalten aufzustehen.

Doch dann erzählt Abby, dass sie mit ihrem Dad einen Baum kaufen gehen möchte. Ihre Mom läuft herum und sammelt Teller ein, und Abby fängt an, direkt mit mir zu reden. Ich halte ihren Blick, aber sehe dabei trotzdem, dass Caleb auf seine Hände auf dem Tisch starrt, während seine Mom die Teller in den Geschirrspüler räumt.

Ihre Mom kehrt nicht an den Tisch zurück, bevor Abby mit ihrer Geschichte fertig ist. Dann bringt sie einen Teller voller *Rice Krispies* mit eingebackenen roten und grünen Streuseln. Abby fragt mich, ob es nicht schwer sei, jedes Jahr einen ganzen Monat mein Zuhause und alle meine Freunde zurückzulassen. Wir nehmen uns alle eine Reiswaffel und ich denke über ihre Frage nach.

»Klar vermisse ich meine Freundinnen«, sage ich dann, »aber so ist es schon, seit ich klein bin. Ich glaube, wenn man mit etwas aufgewachsen ist, kennt man es nicht anders und weiß gar nicht genau, was man verpasst.«

»Leider wissen wir in Abbys Fall, wie es anders sein könnte«, sagt Caleb.

Ich lege ihm die Hand auf den Arm. »Das meinte ich nicht.«

Caleb stellt seinen Nachtisch hin. »Weißt du was, ich bin echt müde.« Er schaut mich an, kurz blitzt Schmerz in seinen Augen auf. »Wir sollten deinen Eltern keine Sorgen machen.«

Es fühlt sich an, als hätte jemand einen Eimer Eiswasser über mir ausgekippt.

Caleb steht auf, schaut niemandem in die Augen und schiebt seinen Stuhl an den Tisch. Wie betäubt erhebe ich mich ebenfalls. Ich danke seiner Mom und Abby für das nette Abendessen und seine Mom senkt den Blick auf ihren Teller. Abby schaut Caleb kopfschüttelnd an, aber es sind keine Worte nötig. Er läuft zur Haustür und ich folge ihm.

Wir treten in die kühle Nacht hinaus. Auf halbem Weg zu seinem Truck packe ich Caleb am Arm und halte ihn auf. »Bis eben hatte ich einen schönen Abend.«

Er meidet meinen Blick. »Ich hab gesehen, wohin das Ganze führt.«

Ich möchte, dass er mich anschaut, aber er kann nicht. Er steht mit geschlossenen Augen da und reibt sich mit der Hand in den Haaren. Dann geht er zu seinem Wagen und steigt ein. Ich steige auf der Beifahrerseite ein und schließe die Tür. Der Schlüssel steckt im Zündschloss, er hat ihn aber noch nicht umgedreht, sein Blick ist starr auf das Lenkrad gerichtet.

»Ich habe das Gefühl, mit Abby ist alles in Ordnung«, sage ich. »Natürlich vermisst deine Mom sie, aber derjenige, der sich dort drin am unwohlsten gefühlt hat, warst du.«

Er startet den Wagen. »Abby hat mir vergeben und das hilft. Aber ich kann mir selbst nicht dafür vergeben, was ich meiner Mom alles weggenommen habe. Das ging meinetwegen verloren, was schwer zu vergessen ist, wenn mir Abby genau gegenüber sitzt und du von zu Hause sprichst.«

Er legt den ersten Gang ein, wendet und wir schweigen den ganzen Weg bis zum Platz. Der Verkauf läuft noch, als wir auf den Parkplatz einbiegen. Mehrere Kunden stöbern herum und Dad trägt einen frisch besprühten Baum zum Zirkuszelt. Wenn dieser Abend wie erhofft verlaufen wäre, hätten sie, bis wir wieder hier gewesen wären, schon zugemacht. Wir hätten in seinem Wagen gesessen und darüber geplaudert, was für ein schöner Abend es war, und dann hätten wir uns vielleicht endlich geküsst.

Stattdessen steuert er den schwach beleuchteten Teil des Parkplatzes an und ich steige aus. Caleb bleibt auf dem Fahrersitz, ohne die Hände vom Lenkrad zu nehmen. Ich stehe vor meiner offenen Tür und starre ihn an.

Er kann mir immer noch nicht in die Augen schauen. »Es tut mir leid, Sierra. Das hast du nicht verdient. Wenn ich dich hier treffe, ist Andrew im Weg. Und wie es bei mir zu Hause läuft, hast du ja gesehen. Wir können doch nicht mal ohne Drama im Supermarkt einkaufen gehen. Das wird sich in der Zeit, die uns noch bleibt, auch nicht ändern.«

Ich kann nicht fassen, was er mir da gerade sagt. Er kann mich dabei nicht einmal ansehen. »Dennoch bin ich immer noch da«, sage ich.

»Es ist zu viel.« Jetzt schaut er mir doch in die Augen. »Ich finde es schrecklich, dass du das alles mitbekommst.«

Mir wird ganz schwach und ich halte mich an der Tür fest. »Du hast gesagt, ich sei es wert. Ich hab dir geglaubt.«

Er antwortet nicht.

»Was mir am meisten dabei wehtut – «, spreche ich weiter, »auch du bist es wert. Bis dir klar wird, dass nur das allein zählt, wird immer alles zu viel sein.«

Wieder starrt er auf sein Lenkrad. »Ich schaff das nicht mehr«, sagt er leise.

Ich warte darauf, dass er das zurücknimmt. Er weiß nicht, was ich alles unternommen habe, um für ihn einzutreten. Bei Heather. Meinen Eltern. Jeremiah. Sogar meine Freundinnen zu Hause habe ich verärgert, damit wir zusammen sein konnten. Es würde ihm aber nur noch mehr wehtun, wenn er das wüsste.

Ich wende mich ab, ohne die Tür zu schließen, und laufe zum Wohnwagen, ohne zurückzuschauen. Drinnen lasse ich das Licht aus, sinke auf mein Bett und dämpfe mein Weinen mit dem Kissen. Am liebsten würde ich mit jemandem reden, aber Heather ist unterwegs mit Devon.

Und zum ersten Mal kann ich weder Rachel noch Elizabeth zu Hause anrufen.

Ich ziehe den Vorhang über meinem Bett zur Seite und schaue hinaus. Sein Truck steht noch da. Die Beifahrertür ist immer noch offen. In die Fahrerkabine fällt genug Licht, dass ich erkennen kann, dass er den Kopf gesenkt hat und seine Schultern heftig beben.

Am liebsten würde ich jetzt nach draußen laufen und mich zu ihm in den Truck setzen. Aber zum ersten Mal, seit ich ihn kennengelernt habe, vertraue ich meinem Instinkt nicht. Als ich höre, wie sein Wagen davonfährt, spiele ich im Geist noch einmal alles durch, das zu diesem Moment geführt hat.

Dann reiße ich mich zusammen und stehe auf. Ich gehe hinaus auf den Platz und zwinge mich, überall zu sein, nur nicht gefangen in meinen Gedanken. Ich helfe mehreren Familien und weiß, meine Fröhlichkeit kommt gespielt herüber, aber ich gebe mir Mühe. Irgendwann kann ich das nicht mehr und kehre in den Wohnwagen zurück.

Auf meiner Mailbox sind zwei Nachrichten. Die erste ist von Heather.

»Devon hat mir meinen perfekten Tag geschenkt!«, sagt sie, fast zu fröhlich, als dass ich es jetzt ertragen könnte. »Dabei ist noch nicht mal Weihnachten! Er ist mit mir zum Abendessen auf den Cardinals Peak gefahren, ist es zu fassen? Er hat doch zugehört!«

Gern würde ich mich für sie freuen können. Sie hätte

das verdient. Stattdessen bin ich neidisch, wie leicht alles für sie ist.

»Übrigens«, sagt sie noch, »deinen Bäumen geht es super da oben. Wir haben nachgeschaut.«

Ich schicke ihr eine Nachricht: Ich freue mich, dass du Devon noch eine Weile behältst.

Sie schreibt zurück: Er hat es sich bis Neujahr verdient. Aber er muss mit dem Gerede vom Fantasie-Football aufhören, wenn er will, dass ich bis zum Super Bowl durchhalte. Wie war das Abendessen?

Ich antworte nicht.

Als ich anfange, die Nachricht von Caleb abzuspielen, herrscht erst einmal eine lange Pause, bevor er etwas sagt. »Es tut mir leid«, sagt er. Es folgt noch eine längere Pause und das Schweigen ist voller Schmerz. Er leidet schon sehr lange. »Bitte verzeih mir. Ich hab das auf eine Art versaut, wie ich es nie gedacht hätte. Du bist es wert, Sierra. Erlaubst du mir, morgen auf dem Weg zur Kirche vorbeizukommen?« Ich halte das Handy dicht ans Ohr und horche eine erneute Pause hindurch. »Ich rufe dich morgen an.«

Es gibt so viele Gründe, warum die nächste Woche nicht leicht für uns wird. Wahrscheinlich wird es mit jedem Tag schlimmer, den Weihnachten näher rückt – und meine Abreise.

Ich schicke ihm eine Nachricht: Du musst nicht anrufen. Komm einfach vorbei.

# KAPITEL 17

Am nächsten Morgen klopft es an unserer Wohnwagentür. Ich öffne, als Caleb gerade noch einmal klopfen will; mit der anderen Hand hält er mir einen Kaffeebecher mit Deckel hin. Das ist eine liebe Geste von einem Typ, dessen Augen so traurig aussehen und dessen Haare ungekämmt sind.

Statt Hallo sagt er: »Ich war furchtbar.«

Ich mache einen Schritt nach unten, sodass wir auf gleicher Höhe stehen und nehme den Becher an. »Du warst nicht furchtbar«, sage ich. »Vielleicht ein bisschen grob zu Abby und deiner Mom ...«

»Ich weiß«, erwidert er. »Und als ich nach Hause kam, haben Abby und ich lange geredet. Du hattest recht. Sie ist mit allem viel mehr im Reinen als ich. Wir haben über unsere Mom geredet und wie wir es auch ihr leichter machen könnten.«

Ich nehme einen ersten Schluck vom Pfefferminz-Mokka.

Er tritt näher. »Nachdem wir geredet hatten, habe ich den Rest der Nacht wach gelegen und nachgedacht. Mein Problem ist nicht mehr, die Sache mit Abby zu lösen oder mit meiner Mom.«

»Es geht um dich selbst«, stelle ich fest.

»Ich konnte nicht schlafen, während ich mir den Kopf darüber zerbrochen habe«, sagt er.

»So wie deine Haare aussehen, glaube ich dir das«, erwidere ich.

»Immerhin habe ich ein frisches Hemd angezogen.«

Ich mustere ihn von oben bis unten. Die Jeans ist zerknittert, aber das braune Hemd hat was. »Ich kann mir nicht den ganzen Morgen freinehmen«, sage ich, »aber darf ich dich bis zur Kirche begleiten?«

Seine Kirche ist nicht weit entfernt, aber der Weg dorthin steigt fast die ganze Strecke über leicht an. Die letzte Schwere vom Vorabend schwindet mit jeder Ecke, um die wir biegen. Wir halten uns die ganze Zeit an den Händen, um uns nahe zu sein, während wir reden. Ab und zu streicht er mit dem Daumen über meinen und ich erwidere die Geste.

»Wir waren ein paarmal in der Kirche, als ich klein war«, erzähle ich. »Hauptsächlich an den Feiertagen mit meinen Großeltern. Aber meine Mom ist in ihrer Jugend ständig hingegangen.«

»Ich versuche, es jede Woche zu schaffen«, sagt er. »Langsam kommt meine Mutter auch wieder mit.«

»Also gehst du auch manchmal allein?«, frage ich. »Hat es dich gestört, als ich gesagt habe, dass ich nicht gehe?«

Er lacht. »Vielleicht wenn du gesagt hättest, dass du ständig hingehst, um besser dazustehen. *Das* hätte mich vielleicht gestört.«

Selbst mit meinen Freundinnen habe ich nie über die Kirche geredet. Eigentlich sollte es mir unangenehm sein, mit jemandem darüber zu sprechen, den ich so gern mag und von dem ich möchte, dass er mich mag – ist es aber nicht.

»Du bist also gläubig«, sage ich. »Warst du das schon immer?«

»Irgendwie schon. Ich hatte aber auch immer viele Fragen, das trauen sich manche Leute nicht zuzugeben. Aber es gibt mir etwas, worüber ich nachts nachdenken kann. Über etwas anderes als an das Mädchen, von dem ich besessen bin.«

Ich lächle ihn an. »Das ist eine sehr ehrliche Antwort.«

Wir biegen in eine Seitenstraße ein, da sehe ich die Kirche mit dem weißen Turm. Der Anblick gibt mir das Gefühl, einen kleinen Einblick in eine sehr persönliche Seite von ihm zu kriegen. Der Junge, den ich vor ein paar Wochen kennengelernt habe, kommt jeden Sonntag hierher und jetzt gehe ich händchenhaltend mit ihm dorthin.

Wir bleiben stehen, um ein Auto auf den Parkplatz zu lassen, der sich schnell füllt. Ein paar Männer mittleren Alters in orangefarbenen Reflektorwesten leiten die Autos auf die verbleibenden leeren Parkplätze. Caleb und ich gehen auf zwei mattierte Glastüren mit einem großen Holzkreuz darüber zu. Eine Reihe Männer und Frauen, junge und alte, stehen vor der Tür und begrüßen die Leute, wenn sie den Vorraum betreten. Etwas abseits davon stehen Calebs Mom und Abby. Wahrscheinlich warten sie auf ihn.

»Sierra!« Abby stürzt auf uns zu. »Ich bin so erleichtert, dich zu sehen. Ich hatte schon Angst, mein dickköpfiger Bruder hätte dich gestern Abend vergrault.«

Caleb wirft ihr ein sarkastisches Grinsen zu.

»Er hat mich mit einem Pfefferminz-Mokka bestochen«, sage ich. »Da fällt es schwer, Nein zu sagen.«

Ein Mann aus der Begrüßungsgruppe schaut auf sein Handy, kurz darauf gehen alle hinein und schließen die Glastüren hinter sich.

»Sieht aus, als müssten wir rein«, meint Calebs Mom.

»Eigentlich muss Sierra wieder zurück«, erwidert Caleb.

»Lieber würde ich bleiben«, sage ich. »Aber an den Sonntagen ist immer viel los, vor allem in der Woche vor Weihnachten.«

Calebs Mom zeigt mit dem Finger auf ihn. »Fast hätte ich es vergessen. Meinst du, du könntest dich heute Nachmittag rar machen?«

Caleb schaut mich verwirrt an, dann wieder seine Mom.

»Ich bekomme eine Lieferung und versuche, sie vor dir geheim zu halten. Und dieses Jahr bin ich wild entschlossen, es mir nicht von dir verderben zu lassen.« Sie wendet sich an mich. »Als er klein war, musste ich seine Geschenke bei der Arbeit aufbewahren, weil er zu Hause jedes Versteck aufgespürt hat.«

»Das ist ja schrecklich!«, sage ich. »Meine Eltern konnten meine ohne Weiteres in ihrem Schlafzimmer aufbewahren und ich wäre nie hineingegangen. Ich wollte nicht zufällig sehen, was ich bekomme.«

Caleb ignoriert meine kindliche Seele und fordert seine Mom heraus. »Und du glaubst wirklich nicht, dass ich diese Lieferung trotzdem finde?«

»Schatz…« Sie tätschelt ihm den Arm. »Deshalb habe ich es vor Sierra erwähnt. Ich hoffe, sie kann dir den Wert der Vorfreude beibringen.«

Oh, ich hatte schon einiges an freudiger Erwartung mit diesem Jungen. »Ich behalte dich im Auge«, sage ich zu Caleb.

»Beschäftige dich bis zum Abendessen«, sagt seine Mom.

Caleb schaut seine Schwester an. »Anscheinend soll ich mich heute Nachmittag rarmachen. Was schlägst du vor, Abby-Mädchen?«

»Überlegt euch jetzt was oder später«, sagt ihre Mutter, »aber ich gehe mal rein. Ich will nicht wieder wie letztes Mal auf der Empore sitzen.« Sie umarmt mich und verschwindet in der Kirche.

Abby sagt Caleb, er solle mir einen Flyer für den Lichter-Gottesdienst an Heiligabend holen. »Du musst unbedingt mit uns hingehen. Es ist so schön!«, sagt sie.

Caleb bittet mich, hier zu warten, und ich schaue ihm nach, während er zur Glastür joggt.

Abby sieht mir direkt in die Augen. »Mein Bruder mag dich«, sagt sie schnell. »Also so *richtig*.«

Mein ganzer Körper fängt an zu kribbeln.

»Ich weiß, du bist nicht mehr lange hier«, fährt sie fort, »daher wollte ich dir das sagen, für den Fall, dass er sich bei seinen Gefühlen wie ein typischer Junge verhält.«

Ich weiß nicht, wie ich reagieren soll, und Abby lacht über mein Schweigen.

Caleb kehrt mit einem roten Flyer zurück. Er reicht ihn mir, aber ich brauche einen Moment, um den Blick von seinen Augen loszureißen. Auf der bedruckten Seite ist eine brennende Kerze abgebildet, rundherum ein Adventsgebinde und Informationen über den Gottesdienst.

»Wir sollten reingehen«, sagt Abby. Sie hakt sich bei Caleb unter und die beiden gehen los.

*Ja*, sage ich zu mir selbst, *ich mag deinen Bruder auch. Also so richtig.*

# KAPITEL 18

Am Montagmorgen rufe ich Elizabeth an, um zu erfahren, wie Rachels Aufführung gelaufen ist.

»Sie hat es gut gemacht«, sagt Elizabeth. »Du solltest sie aber wirklich selbst fragen.«

»Hab ich doch versucht!«, sage ich. »Ich hab angerufen; ich hab geschrieben. Aber ihr zeigt mir ja die kalte Schulter.«

»Weil dir ein Junge wichtiger ist als sie, Sierra. Wir haben kapiert, dass du ihn magst. Super. Aber ehrlich gesagt, wirst du nicht ewig da runterfahren. Stimmt also, Rachel ist sauer auf dich. Aber sie will auch nicht, dass dir das Herz gebrochen wird.«

Ich schließe die Augen, als ich das höre. Selbst wenn sie sauer auf mich sind, bin ich ihnen trotzdem nicht egal. Stöhnend lasse ich mich auf mein winziges Bett plumpsen. »Es ist völlig lächerlich. Im Ernst. Eine Beziehung, die keine Aussicht hat. Wir haben uns noch nicht mal geküsst!«

»Sierra, es ist Advent. Häng einfach einen Mistelzweig über seinen Kopf und küss ihn schon endlich!«

»Tust du mir einen Gefallen?«, frage ich. »Kannst du bei mir zu Hause vorbeifahren? Auf meiner Kommode liegt die Scheibe von meinem ersten Christbaum. Könntest du mir die schicken?«

Elizabeth seufzt.

»Ich möchte sie ihm nur zeigen«, sage ich. »Er ist so ein Traditionalist, bestimmt würde er sie gern sehen, bevor ...«

Ich breche ab. Wenn ich es ausspreche, werde ich den Rest des Tages darüber nachgrübeln.

»Bevor du gehst«, beendet Elizabeth meinen Satz. »Das ist unausweichlich, Sierra.«

»Ich weiß. Du kannst mir gern sagen, dass ich mich dumm verhalte.«

Lange antwortet sie nicht. »Es ist dein Herz. Da hat sonst keiner mitzureden.«

Manchmal habe ich das Gefühl, dass selbst die Besitzerin des Herzens nicht dabei mitzureden hat.

»Wahrscheinlich solltest du ihn aber küssen, bevor du irgendwelche größeren Entscheidungen triffst«, sagt sie. »Falls er schlecht küsst, wird es dir viel leichter fallen, ihn gehen zu lassen.«

Ich lache los. »Ich hab euch so vermisst.«

»Wir vermissen dich auch, Sierra. Alle beide. Ich versuche mal, bei Rachel die Wogen zu glätten. Sie ist einfach nur gefrustet.«

Ich lasse mich wieder auf mein Bett fallen. »Ich bin eine Verräterin am Mädchenkodex.«

»Mach dich nicht selbst fertig«, sagt Elizabeth. »Das ist schon in Ordnung. Wir wollen dich nur aus reinem Eigennutz nicht teilen, das ist alles.«

Bevor ich zu arbeiten anfange, setze ich mich an meinen Laptop und nehme mich selbst auf Video auf, während ich – auf Französisch – alles beschreibe, was passiert ist, seit ich von zu Hause losgefahren bin, angefangen beim Baumpflanzen auf dem Cardinals Peak bis zu meinem Spaziergang mit Caleb zur Kirche. Das Video schicke ich an Monsieur Cappeau, als Wiedergutmachung für die ganzen Telefonate, die ich verpasst habe.

Dann schnappe ich mir einen Apfel und gehe zum Zirkuszelt, um Mom zu helfen. Die meisten Schulen haben jetzt Winterferien, und weil den Säumigen für den Weihnachtsbaumkauf langsam die Zeit ausgeht, wird es heute wahrscheinlich ziemlich voll werden. In den Vorjahren habe ich in dieser Woche Zehn-Stunden-Tage gearbeitet, aber Mom sagt mir, sie hätten für diese Woche ein paar zusätzliche Schüler eingestellt, damit ich mehr Zeit für mich hätte.

Seite an Seite füllen wir das Zubehör auf, wenn wir nicht gerade Kunden helfen. Dad rollt noch zwei mit Kunstschnee besprühte Bäume herein. Als grad kein Kunde da ist, versammeln wir uns alle drei um die Getränkestation. Ich mixe mir selbst einen billigen Pfefferminz-Mokka und erwähne, dass ich noch mehr Plätzchen für Calebs nächste Baumlieferungen backen wolle.

»Das ist schön, Schatz«, sagt Dad, aber statt mich dabei anzusehen, starrt er nach draußen. »Ich muss mich mal um die Jungs kümmern.«

Mom und ich schauen ihm nach.

»Zumindest ist das besser, als wenn er sich querstellen würde«, sage ich. Dad verfolgt jetzt die Abwarte-Taktik bezüglich meiner Beziehung mit Caleb. Immerhin hat er meinen Streit mit Andrew mitbekommen und ihn gebeten, sich bei mir zu entschuldigen. Stattdessen hat Andrew gekündigt.

Mom prostet mir mit ihrer Tasse zu. »Vielleicht kauft Caleb von seinem Trinkgeld auch dir ein Weihnachtsgeschenk.«

Während Mom an ihrem Kaffee nippt, erzähle ich ihr: »Ich überlege, ob ich ihm den Abschnitt von meinem ersten Christbaum schenke.«

Ihr Schweigen ist ohrenbetäubend, deshalb hebe ich meine Ostereitasse an den Mund, um die Zeit zu überbrücken. Draußen vor dem Zirkuszelt sehe ich, wie Luis einen Baum zum Parkplatz trägt. Ich nehme noch einen Schluck und überlege, was er hier wohl tut, denn er hat ja schon einen Baum.

Als ich mich wieder zu Mom wende, meint sie: »Das ist ein perfektes Geschenk für jemanden wie Caleb.«

Ich stelle meine Tasse ab und umarme sie, während sie versucht, uns nicht mit Kaffee zu bekleckern. »Danke, dass du wegen ihm nicht komisch wirst, Mom.«

»Ich vertraue auf dein Urteilsvermögen.« Sie stellt ihre Tasse ab, nimmt mich bei den Schultern und schaut mir in die Augen. »Dein Vater auch. Ich glaube, er hat nur beschlossen, nichts zu sagen, bis wir wieder gehen.«

Über ihre Schulter sehe ich Luis mit Arbeitshandschuhen auf den Platz zurückkehren. Ich zeige ihn Mom. »Das ist Luis«, sage ich. »Den kenne ich.«

»Er gehört zu den Schülern, die wir eingestellt haben. Dein Dad meint, er würde gute Arbeit verrichten.«

Bei der nächsten Flaute wärme ich den Mokka mit ein bisschen normalem Kaffee wieder auf. Eine Stimme hinter mir sagt: »Würdest du mir auch einen machen, wenn du schon dabei bist?«

»Das kommt darauf an.« Ich drehe mich zu Caleb um. »Was bekomme ich dafür?«

Er greift in seine Jackentasche und zieht eine grüne Weihnachtsbaum-Strickmütze mit Filzschmuck und einem bauschigen gelben Stern darauf heraus. Er setzt sie sich auf den Kopf. »Das wollte ich mir eigentlich für später aufheben, aber wenn es um Mokka geht, setze ich sie jetzt schon auf.«

»Warum?«, frage ich lachend.

»Ich hab sie heute Morgen in einem Second-Hand-Laden

erstanden«, sagt er. »Ich bin, was Charis angeht, voll in Feiertagslaune.«

Mir bleibt der Mund offen stehen. »Nicht einmal ich weiß, was das bedeutet.«

Er lächelt sein Grübchenlächeln und zieht eine Augenbraue hoch. »Du meinst *Charis*? Ich bin entsetzt. Vielleicht solltest du dir auch eine Vokabel-App anschaffen, so wie ich. Man lernt jeden Tag ein neues Wort und vergibt sich jedes Mal Punkte dafür, wenn man es benutzt.«

»Aber hast du es denn auch richtig benutzt?«, frage ich.

»Ich glaube schon«, antwortet er. »Es ist ein Substantiv. Irgendwas mit Eleganz.«

Ich schüttle den Kopf; ich kann mich nicht entscheiden, ob ich lachen oder ihm das fürchterliche Ding vom Kopf reißen soll. »Mit *Charis* hast du dir gerade die doppelte Portion Zuckerstangen verdient.«

Caleb bietet an, dass wir die Plätzchen gemeinsam bei ihm zu Hause backen, und Mom wünscht uns viel Spaß. Genauer gesagt, meint sie, ich solle mich amüsieren gehen, ohne Dad davon zu erzählen. Diesen mütterlichen Rat nehme ich gerne an.

»Abby würde auch gerne mitmachen«, sagt Caleb, als wir in seinen Truck steigen. »Willst du nicht noch Heather dazu einladen?«

»Heather, ob du's glaubst oder nicht, bastelt gerade hektisch an ihrem Geschenk für Devon«, sage ich. »Ich vermute, es wird ein Weihnachtspulli.«

Caleb reißt in gespieltem Entsetzen den Mund auf. »Würde sie das wirklich tun?«

»Garantiert! Sie schenkt ihm auch noch etwas Schönes, aber so, wie ich Heather kenne, wird sie ihm zuerst den Pulli überreichen, um zu sehen, wie er reagiert.«

Nachdem wir die Zutaten eingekauft haben, lässt mich Caleb in sein Haus; jeder von uns schleppt eine Tüte Lebensmittel. Abby sitzt auf der Couch und tippt rasend schnell auf ihrem Handy herum.

Ohne aufzublicken meint sie: »Ich bin gleich da. Ich muss nur sicherstellen, dass meine Freunde nicht glauben, ich wäre vom Erdboden verschwunden. Und nimm diese lächerliche Mütze ab, Caleb!«

Caleb legt die Strickmütze auf den Küchentisch. Er hat schon Backbleche, Messlöffel, Tassen und eine Rührschüssel aus Keramik bereitgestellt. »Bekomme ich dann auch solche Nachrichten von dir aus Oregon«, fragt er, »damit ich weiß, dass du nicht vom Erdboden verschwunden bist?«

Mein Lachen klingt gezwungen und das ist es auch. In weniger als einer Woche muss ich mich irgendwie verabschieden.

Ich packe die Einkaufstüten aus und lege alles auf die Arbeitsplatte.

Jemand läutet an der Tür und Caleb ruft in den Nebenraum: »Wartest du auf jemanden?«

Abby antwortet nicht, wahrscheinlich schreibt sie immer noch. Caleb verdreht die Augen und verlässt die Küche, um aufzumachen. Ich höre, wie die Tür aufgeht, dann ein Schweigen.

Schließlich Calebs Stimme: »Hi. Was machst du denn hier?«

Die andere Stimme – vertraut und tief – dringt bis zu mir in die Küche. »So redest du mit deinem früheren besten Freund?«

Ich lasse beinahe eine Packung Eier fallen. Keine Ahnung, was Jeremiah hier tut, aber am liebsten würde ich mit erhobenen Armen eine Siegerrunde in der Küche drehen.

Die beiden Jungs kommen herein und ich setze mein ruhiges Gesicht auf. »Hi, Jeremiah.«

»Hallo Weihnachtsbaummädchen«, antwortet er.

»Du weißt schon, dass ich noch andere Dinge tue.«

»Und ob«, sagt er. »Wenn du nicht so hartnäckig gewesen wärst, wäre ich jetzt wahrscheinlich nicht hier.«

Caleb blickt lächelnd zwischen uns hin und her. Ich habe ihm gar nicht erzählt, dass Jeremiah und Cassandra auf dem Verkaufsplatz waren.

»Noch ist zwar nicht alles geklärt«, sagt Jeremiah, »aber ich habe mich gegen Cassandra und Mom durchgesetzt und jetzt... bin ich da.«

Caleb wendet sich mir zu, die Augen voller Fragen und unausgesprochener Dankbarkeit. Er reibt sich die Stirn und dreht sich zum Küchenfenster.

Ich verstaue die Lebensmittel wieder in den Tüten. Dieser Moment dreht sich nicht um mich und das sollte er auch nicht. »Redet ihr Jungs mal. Ich bring das hier zu Heather.«

Immer noch mit dem Gesicht zum Fenster setzt Caleb dazu an, mir zu sagen, dass ich nicht gehen muss, aber ich unterbreche ihn.

»Sprich mit deinem Freund«, sage ich und versuche nicht einmal, mein Lächeln zu verbergen. »Es ist lange her.«

Als ich mich wieder mit den Einkaufstüten in der Hand umdrehe, drückt Calebs Blick reine Liebe aus.

»Wir sehen uns später«, sage ich.

»Passt dir sieben Uhr?«, fragt er. »Ich möchte dir noch etwas zeigen.«

Ich lächle. »Ich freue mich schon drauf.«

Als ich an der Haustür bin, höre ich Jeremiah sagen: »Ich hab dich vermisst, Mann.«

Mein Herz schwillt an und ich hole tief Luft, bevor ich die Tür öffne.

Nachdem wir unseren letzten Baum samt einer Dose Weihnachtsplätzchen abgegeben haben, fahren Caleb und ich herum, während er mir von seinem Wiedersehen mit Jeremiah erzählt.

»Wir wissen noch nicht, wann wir mal was zusammen unternehmen«, sagt Caleb, »denn er hat jetzt seine Freunde und ich habe meine. Aber das werden wir, was ziemlich toll ist. Nie hätte ich geglaubt, dass das noch mal passiert.«

»Das ist wirklich toll«, sage ich.

Wir parken vor Calebs Haus und er dreht sich zu mir um. »Das haben wir dir zu verdanken«, sagt er. »*Du* bist toll.«

Ich will, dass dieser Augenblick ewig dauert: wir beide in seinem Truck und dankbar füreinander. Stattdessen öffnet er die Tür und lässt die kalte Luft herein.

»Komm«, sagt er und dann steigt er aus.

Er läuft um den Wagen herum auf den Bürgersteig und ich schüttle die Nervosität aus meinen Fingerspitzen, bevor ich meine Tür öffne. Als ich aussteige, reibe ich die Hände aneinander, um sie zu wärmen, und dann nimmt er meine Hand und wir gehen spazieren.

Er führt mich an vier Nachbaranwesen vorbei und dann um die Ecke in eine Gasse. Der Durchgang zur Gasse wird von einer einzelnen Straßenlaterne beleuchtet. Der Boden besteht aus rauem Asphalt, in dessen Mitte eine glatte Betonrinne verläuft.

»Wir nennen es die Garagengasse«, sagt er.

Je weiter wir in die Gasse vordringen, desto schwächer wird das Licht der Laterne. Links und rechts führen kurze Einfahrten zu den Garagen. Hohe Holzzäune um die Gärten halten das Licht der Häuser größtenteils fern. Fast verliere ich in der Rinne das Gleichgewicht, aber Caleb hält mich am Arm fest.

»Irgendwie gruselig hier hinten«, sage ich.

»Hoffentlich bist du bereit«, gibt er zurück, »denn ich werde dich gleich ziemlich enttäuschen.« Er versucht, sein Gesicht, das im Schatten liegt, ernst wirken zu lassen, aber ich kann ein leichtes Lächeln ausmachen.

Dort, wo die Gasse auf seine Einfahrt trifft, bleiben wir stehen und er dreht mich an den Schultern in Richtung Garage. Die breite Metalltür liegt größtenteils im Schatten des Vordachs. Er nimmt mich an der Hand und zieht mich nach vorn. Ein Bewegungssensor über der Tür schaltet klickend ein Licht ein.

»Meine Mom hat dich gewarnt, dass ich furchtbar bin, was Überraschungen angeht«, sagt er.

Ich schubse ihn an der Schulter. »Das hast du nicht wirklich gemacht!«

Er lacht. »Nicht absichtlich! Diesmal nicht. Ich musste Bungee-Seile aus der Garage holen und da stand mein Geschenk.«

»Du hast deiner Mutter die Überraschung verdorben?«

»Sie ist schuld!«, sagt er. »Es stand direkt vor meiner Nase! Aber gleich wirst du froh sein, denn so kann ich es mit dir teilen. Verrat es ihr also nicht, ja?«

Nicht zu fassen. Er benimmt sich wie ein kleines Kind, was viel zu süß ist, um mich darüber zu ärgern. »Zeig es mir einfach«, sage ich.

# KAPITEL 19

Das Licht des Bewegungsmelders bleibt an und Caleb geht zu einem Schaltkästchen neben der Garagentür. Er hebt eine Plastikklappe über einer Tastatur an.

»Als wir klein waren«, sagt er und sein Finger schwebt über der ersten Zahl, »habe ich mir von Santa jedes Jahr dasselbe Geschenk gewünscht. Ein paar meiner Freunde hatten eins und ich war so neidisch, aber ich habe nie eins bekommen. Nach einer Weile habe ich aufgegeben und nicht mehr danach gefragt, und ich schätze, alle dachten, ich wäre darüber hinweg. Bin ich aber kein bisschen.«

Sein Lächeln ist strahlend.

»Zeig es mir!«, sage ich.

Caleb gibt einen vierstelligen Code ein, dann schließt er die Klappe. Er macht einen Schritt zurück und die Garagentür rollt langsam hoch. Als Kind wird er sich wohl kein Cabrio gewünscht haben, auch wenn uns damit ein unterhaltsamer Abend bevorstünde. Als die Tür halb offen steht, ducke ich mich, um hineinzuspähen. Jetzt fällt genügend Licht hinein und ich entdecke ... *ein Trampolin?* Vor lauter Lachen sinke ich auf die Knie.

»Was ist daran denn so lustig?«, fragt Caleb. »Hüpfen macht Spaß!«

Ich schaue zu ihm auf, aber er weiß genau, warum es zum Totlachen ist. »Bitte was? ›Hüpfen macht Spaß‹? Wie alt bist du noch mal?«

»Reif genug, dass es mir egal ist«, sagt er. Als die Tür vollends nach oben gefahren ist, betritt er die Garage. »Los!«

Ich schaue zu den Holzbalken an der Decke hinauf. »Hier drin können wir nicht springen«, sage ich.

»Natürlich nicht. Wie alt bist denn du?« Er umfasst eine Seite des Trampolins und beugt die Knie. »Hilf mir mal.«

Schrittweise tragen wir das Trampolin in die Einfahrt.

»Könnte deine Mom nicht was hören?«, frage ich. Für mich ist die Sorglosigkeit in seinem Gesicht das Risiko wert. So viel dazu, dass ich ihm den Sinn der Vorfreude beibringe.

»Heute ist ihre Weihnachtsfeier im Büro«, sagt er. »Sie kommt erst spät nach Hause.«

»Und Abby?«

»Die ist mit einer Freundin im Kino.« Er streift sich die Schuhe von den Füßen und springt dann auf das Trampolin. Bevor ich den ersten Schuh ausgezogen habe, hüpft er schon herum wie eine alberne Gazelle. »Hör schon auf, Zeit zu schinden und komm hier rauf!«

Ich streife den zweiten Schuh ab, ziehe mich auf die Kante hoch und schwinge dann meine Füße herum. Nach kurzer Zeit entwickeln wir einen gemeinsamen Rhythmus, drehen uns im Kreis umeinander und lachen. Der eine hüpft in die Luft, während der andere landet. Er springt immer höher, damit ich mehr Schwung bekomme und bald springen wir hoch genug, dass Caleb übermütig wird und einen Rückwärtssalto macht.

Es ist toll, ihn so frei und unbeschwert zu erleben. Nicht, dass er immer ernst wäre, aber ich habe den Eindruck, er erobert sich etwas zurück, das er vor langer Zeit verloren hat.

Obwohl er mich anfleht, weigere ich mich, einen Salto zu probieren, und irgendwann sind wir beide müde genug für eine Pause. Wir lassen uns auf den Rücken fallen. Am Nachthimmel funkeln die Sterne. Wir atmen beide schwer, unsere Brust hebt und senkt sich immer langsamer. Nach einer Minute, in der wir uns fast nicht gerührt haben, geht das Garagenlicht aus.

»Schau dir diese Sterne an«, sagt Caleb.

Die Einfahrt ist dunkel und die Nacht so ruhig. Ich höre nur unseren Atem, ein paar leise Grillen im Efeu und in der Ferne einen Vogel, irgendwo auf dem Baum eines Nachbarn. Dann höre ich auf Calebs Seite eine Metallfeder quietschen.

Ohne mich zu bewegen, damit das Licht nicht angeht, frage ich: »Was tust du?«

»Mich sehr, sehr langsam bewegen«, antwortet er. »Ich möchte deine Hand in der Dunkelheit halten.«

Ich bewege den Kopf so langsam wie möglich, damit ich meine Hand sehen kann. Unsere Silhouetten zeichnen sich dunkel vor der noch dunkleren Fläche des Trampolins ab. Seine Finger schieben sich näher an meine. Immer noch etwas außer Atem warte ich auf seine Berührung.

Ein blauer Funke schießt von ihm zu mir. Ich zucke zur Seite. »*Au!*«

Das Licht schaltet sich ein und Caleb lacht sich halb kaputt. »Es tut mir so leid!«

»Das will ich auch hoffen«, sage ich. »Das war überhaupt nicht romantisch.«

»Du darfst mich auch elektrisieren«, sagt er. »Das ist doch romantisch, oder?«

Immer noch auf dem Rücken liegend rubble ich mit den Füßen fest über das Trampolin, dann strecke ich den Finger nach seinem Ohrläppchen aus. *Bzzt!*

»*Aua!*« Lachend hält er sich das Ohr. »Das hat wirklich wehgetan!«

Er stemmt sich hoch und schlurft auf Socken in einem großen Kreis über die Trampolinfläche. Ich stehe ebenfalls auf, tue es ihm nach und wir starren einander an.

»Was jetzt, wird das hier ein Kampf?«, frage ich. »Trau dich doch!«

»Darauf kannst du wetten.« Er streckt den Finger vor und stürzt sich auf mich.

Ich ducke mich zur Seite und zappe seine Schulter. »Zwei Mal! Ich hab dich zwei Mal erwischt!«

»Okay, ab jetzt keine Gnade mehr.«

Hüpfend gelange ich auf die andere Seite des Trampolins, doch er ist mir auf den Fersen und greift nach mir. Ich behalte seine Füße im Auge und springe nach vorn, sodass ich genau in dem Moment lande, als er auftritt, was ihn völlig aus dem Gleichgewicht bringt. Er fällt nach vorn und ich versetze ihm einen Stromschlag am Hals.

Dann reiße ich die Arme hoch. »Gewonnen!«

Vor mir ausgestreckt, schaut er mit einem boshaften Grinsen zu mir hoch. Ich sehe mich um, aber es gibt kein Entkommen auf dem Trampolin. Elegant hüpft er erst auf die Knie, dann auf die Füße und packt mich dann. Wir schnellen einmal nach oben, und er dreht sich so, dass ich auf ihn falle, als wir wieder landen. Alle Luft weicht aus meinem Körper. Er verschränkt die Hände hinter meinem Rücken und hält mich fest an sich gedrückt. Ich hebe den Kopf so weit hoch, dass ich seine Augen sehen und ihm meine Haare aus dem Gesicht pusten kann. Wir müssen beide lachen. Langsam verebbt unser Lachen. Wir atmen schnell, rhythmisch hebt und senkt sich meine Brust und mein Bauch an seinem.

Sanft berührt er meine Wange mit der Hand und zieht mich an sich. Seine Lippen sind so weich und süß vom Pfefferminz-Mokka. Ich dränge mich an ihn und verliere mich in seinem Kuss. Als ich von ihm hinunter auf die Matte gleite, rollt er sich auf mich. Ich schlinge die Arme um ihn und wir küssen uns heftiger. Irgendwann lösen wir uns voneinander, um wieder zu Atem zu kommen, und schauen einander in die Augen.

In meinem Kopf kribbeln so viele Themen und drohen, mich aus diesem Moment zu reißen. Aber statt mir Sorgen zu machen, schließe ich die Augen, hebe mein Gesicht zu seinem und erlaube mir, an uns zu glauben.

Auf der Fahrt zurück zu unserem Wohnwagen schweigen wir fast die ganze Zeit. Ich ertappe mich dabei, wie ich von Calebs hin und her schwingendem Schlüsselanhänger fast hypnotisiert werde – der mit dem Foto von uns auf Santas Schoß. Wenn diese Woche doch niemals enden würde!

Als er auf den Platz steuert und parkt, nimmt er meine Hand. Ich blicke zum Wohnwagen hinüber; im Zimmer meiner Eltern schwingt ein Vorhang zu.

Caleb hält meine Hand fester. »Danke, Sierra.«

»Wofür?«

Er lächelt. »Dass du mit mir Trampolin gesprungen bist.«

»Oh, ganz meinerseits«, sage ich.

»Und weil dank dir die letzten Wochen die besten waren, die ich je hatte.«

Er beugt sich herüber, um mich zu küssen, und wieder

verliere ich mich in seinem Kuss. Ich streiche mit den Lippen von seinem Kiefer zu seinem Ohr und flüstere: »Für mich auch.«

Wir rühren uns nicht, lassen die Wangen aneinandergedrückt und horchen auf unseren Atem. Ab übernächster Woche wird es nie wieder so sein. Am liebsten würde ich diesen Augenblick festhalten und in mein Herz einprägen, damit er niemals verblasst.

Als ich schließlich aussteige, schaue ich den Rücklichtern seines Trucks nach, selbst, als sie schon längst verschwunden sind.

Dad tritt von hinten auf mich zu. »Das muss das letzte Mal gewesen sein, Sierra. Ich möchte nicht, dass du ihn wiedersiehst.«

Ich wirble zu ihm herum.

Er schüttelt den Kopf. »Es geht nicht um die Sache mit seiner Schwester. Nicht nur darum. Alles andere stimmt auch nicht.«

Das warme und schöne Gefühl, das ich den ganzen Abend hatte, wird verdrängt von einer großen Furcht. »Ich dachte, du würdest dich da raushalten.«

»Wir fahren bald wieder nach Hause«, sagt er, »das weißt du. Und dir sollte eigentlich klar sein, dass du dich bereits viel zu eng gebunden hast.«

Ich kann meine Stimme nicht finden oder die Worte, um ihn anzuschreien. Endlich war alles im Lot und er muss das zerstören? Nein. Das werde ich nicht zulassen.

»Was sagt Mom dazu?«, frage ich.

Er dreht sich halb in Richtung Wohnwagen. »Auch sie will nicht, dass dir wehgetan wird.« Als ich nicht antworte, dreht er sich vollends um und läuft zurück zu dem beengten Wohnwagen, der mal mein Zuhause war.

Ich starre die Weihnachtsbäume an. Hinter mir höre ich, wie Dads Stiefel die Metallstufen hinaufschlurfen und die Tür sich hinter ihm schließt. Da kann ich jetzt nicht reingehen. Noch nicht. Also laufe ich zwischen den Bäumen entlang, die Nadeln kratzen an meinen Ärmeln und Hosenbeinen. Ich setze mich auf einen Flecken kühle Erde, wo mich die Außenbeleuchtung nicht erreicht.

Dann versuche ich, mir vorzustellen, ich wäre wieder zu Hause, wo diese Bäume aufgewachsen sind, und würde zu denselben Sternen aufblicken.

Zurück im Wohnwagen mache ich die ganze Nacht kein Auge zu. Die Sonne ist noch nicht aufgegangen, als ich die Vorhänge beiseiteschiebe. Ich liege auf dem Bett, schaue hinaus und sehe dabei zu, wie die Sterne langsam verblassen. Je mehr sie verschwinden, desto verlorener fühle ich mich.

Ich beschließe, Rachel zu kontaktieren. Wir haben nicht mehr miteinander gesprochen, seit ich ihre Aufführung verpasst habe, aber sie kennt mich besser als alle anderen, und ich muss ihr einfach erzählen, wie es mir geht. Ich schicke ihr eine Entschuldigungs-SMS. Ich schreibe, dass ich sie vermisse. Dass sie Caleb gern haben würde, aber dass meine Eltern meinen, ich hätte mich zu sehr auf ihn eingelassen.

Schließlich antwortet sie: Was kann ich tun?

Ich atme langsam aus, schließe die Augen und bin einfach dankbar, dass ich Rachel wiederhabe.

Ich schreibe ihr: Ich brauche ein Weihnachtswunder.

In der langen Pause, die darauf folgt, schaue ich zu, wie die Sonne aufgeht.

Sie antwortet: Gib mir zwei Tage.

Caleb taucht am nächsten Tag mit einem breiten Lächeln und einem Päckchen auf, das in Comicpapier und viel zu viel Tesafilm eingewickelt ist. Hinter ihm sehe ich meine Mom, die uns beobachtet. Offensichtlich ist sie nicht begeistert, bleibt aber bei ihrem Kunden.

»Was ist das?«, frage ich, während ich meine Angst hinunterschlucke, dass mein Dad von seiner Mittagspause zurückkommt. »Also abgesehen davon, dass ich dir offensichtlich beibringen muss, wie man Geschenke einpackt.«

Er reicht mir das Päckchen. »Schau selbst.«

Das Geschenk fühlt sich irgendwie weich an, und als ich das Papier aufreiße, sehe ich, warum. Es ist die alberne Weihnachtsbaummütze, die er gestern getragen hat. »Nein, ich glaube, die gehört dir.«

»Ich weiß, aber ich habe gesehen, wie neidisch du warst.« Er kann sein Lächeln nicht verbergen. »Ich dachte mir, bei dir sind die Winter viel kälter als hier.«

Bestimmt rechnet er nicht damit, dass ich die Mütze tragen werde, deshalb setze ich sie sofort auf.

Er klappt mir die Seiten über die Ohren, dann lässt er die Hände dort und beugt sich vor, um mich zu küssen. Ich lasse den Kuss zu, aber mit geschlossenen Lippen. Als er nicht aufhört, muss ich es tun.

»Tut mir leid«, sagt er. »Hier ist wohl nicht der richtige Ort dafür.«

Hinter ihm ertönt ein Räuspern und ich blicke über seine Schulter.

»Du wirst bei der Arbeit gebraucht, Sierra«, sagt Mom.

Caleb schaut deutlich verlegen zu den Bäumen hinüber. »Werde ich jetzt zum Toilettendienst verdonnert?«

Niemand lacht.

Er schaut mich an. »Was ist los?«

Ich senke den Blick und sehe Moms Schuhe näher kommen.

»Caleb«, sagt sie, »Sierra hat uns tolle Sachen von dir erzählt.«

Ich blicke zu ihr auf, meine Augen flehen sie an, nett zu sein.

»Und ich weiß, was sie für dich empfindet«, sagt Mom. Sie schaut mich an, versucht jedoch nicht mal zu lächeln. »In einer Woche reisen wir aber wieder ab, und es ist mehr als wahrscheinlich, dass wir nächstes Jahr nicht wiederkommen.«

Ich wende den Blick nicht von ihr, doch ich merke, wie Caleb sich zu mir dreht, und mir bricht das Herz. Das hätte *ich* ihm sagen sollen, aber nur, falls nötig – und da es bisher noch nicht feststand, war es das auch noch nicht.

»Ihrem Vater und mir ist nicht wohl dabei, wie sich diese Beziehung entwickelt, ohne dass irgendwer weiß, wie es weitergehen wird.« Sie schaut mich an. »Dein Dad kommt gleich wieder. Macht das vorher klar.«

Sie geht davon, und ich bleibe mit Caleb zurück, dessen Gesicht eine Mischung aus Verrat und Kapitulation widerspiegelt.

»Soll mich dein Dad nicht entdecken?«, fragt er.

»Er findet, das mit uns wird zu ernst«, antworte ich. »Du musst keine Angst haben, er glaubt nur, er müsse mich beschützen.«

»Weil ihr nicht wiederkommt?«

»Das ist immer noch nicht sicher«, sage ich. Ich kann ihm nicht mehr in die Augen schauen. »Ich hätte es dir sagen müssen.«

»Tja, jetzt wär die Gelegenheit«, gibt er zurück. »Was hast du mir sonst noch verschwiegen?«

Eine Träne tropft von meiner Wange. Ich habe nicht mal bemerkt, dass ich weine, aber das ist mir auch egal. »Andrew hat mit ihm gesprochen«, sage ich, »aber es ist okay.«

Seine Stimme ist unnachgiebig. »Was soll daran okay sein?«

»Ich habe danach mit ihnen geredet und ihnen gesagt ...«

»Was hast du ihnen gesagt? Denn es ist eindeutig nicht alles okay.«

Ich schaue ihn an und wische mir die Tränen von den Wangen. »Caleb ...«

»Daran wird sich nichts ändern, Sierra. Egal, wie viel Zeit deine Familie noch hat oder nicht. Warum machst du dir also die Mühe mit mir?«

Ich greife nach seiner Hand. »Caleb ...«

Er macht einen Schritt rückwärts, schafft Abstand zwischen uns.

»Tu das nicht«, flüstere ich.

»Ich habe gesagt, du bist es wert, Sierra, und das bist du auch. Aber ich weiß nicht, ob der ganze Rest es ist. Und ich weiß definitiv, dass ich es nicht bin.«

»Doch«, sage ich. »Caleb, du ...«

Er dreht sich um und verlässt das Zirkuszelt, geht schnurstracks zu seinem Wagen und fährt davon.

Am nächsten Tag kehrt Dad von der Post zurück und lässt einen dicken Expressumschlag neben mir an der Kasse fallen. Seit vierundzwanzig Stunden haben Dad und ich kein Wort miteinander gewechselt. Das kam noch nie vor, aber ich kann ihm nicht verzeihen. Oben auf dem Umschlag steht als Absender *Elizabeth Campbell* mit einem gemalten Herz darum. Nachdem ich zwei Kunden abgefertigt habe, reiße ich den Umschlag auf.

Darin finde ich einen Briefumschlag und eine glitzernde, rote Schachtel von der Größe eines Hockeypucks. Ich nehme den Deckel ab, ziehe ein viereckiges Stück Watte heraus und da ist der drei Zentimeter dicke Abschnitt von meinem ersten Baum. Um den Rand befindet sich noch eine dünne Schicht raue Rinde. In der Mitte ist der Weihnachtsbaum, den ich draufgemalt habe, als ich elf Jahre alt war. Vor zwei Tagen wäre ich bei diesem Anblick noch nervös darüber geworden, wie Caleb wohl reagieren würde, wenn ich ihm den schenke. Jetzt fühle ich gar nichts.

Eine Kundin kommt an den Tresen und ich mache die Schachtel wieder zu. Als sie weg ist, öffne ich den Brief. Elizabeth hat mir zwar den Baumabschnitt geschickt, aber die Nachricht ist in Rachels Handschrift verfasst: *Ich hoffe, das hier hilft beim Weihnachtswunder, um das du gebeten hast.*

Dem Brief liegen zwei Karten für den Winterball bei. In schicker roter Schrift ist *Schneekugel der Liebe* darauf gedruckt. Auf der linken Seite sieht man ein Paar, das in einer Schneekugel tanzt, silberner Glitzer fällt um die beiden herum.

Ich schließe die Augen.

# KAPITEL 20

In meiner Mittagspause laufe ich zum Wohnwagen und verstecke die rote Schachtel unter einem Kissen auf meinem Bett. Ich nehme das Foto von Caleb und mir und stecke die Tickets zwischen das Foto und die Papprückseite.

Bevor mich der Mut verlässt, gehe ich Dad suchen und bitte ihn, noch einmal mit mir spazieren zu gehen. Ich habe mich jetzt lange genug still vor mich hin aufgeregt. Ich helfe ihm dabei, einen Baum auf dem Auto eines Kunden festzuschnallen, und dann gehen wir gemeinsam los.

»Bitte hab doch ein Einsehen«, erkläre ich ihm. »Du sagst, es geht nicht um Calebs Vergangenheit, und das glaube ich dir.«

»Schön, denn ...«

Ich unterbreche ihn: »Du meinst, es läge daran, dass wir nur noch eine knappe Woche haben und wir uns immer näher kommen. Und du hast recht, das tun wir«, sage ich. »Ich weiß, dir ist aus allerlei Gründen nicht wohl dabei, aber du würdest bestimmt nichts dazu sagen, wenn du nicht seine Vergangenheit vorschieben könntest.«

»Keine Ahnung, vielleicht, aber trotzdem ...«

»Und auch wenn mich das echt wütend macht, weil es Caleb gegenüber so unfair ist, lässt du dabei die eine Person außer Acht, die in dieser Sache am wichtigsten für dich sein sollte.«

»Sierra, ich denke dabei nur an dich«, sagt er. »Ja, es ist schwer, dabei zuzusehen, wie sich mein kleines Mädchen verliebt. Und ja, es ist schwer, Calebs Vergangenheit zu ignorieren. Aber hauptsächlich kann ich nicht tatenlos dabei zusehen, wie dir das Herz gebrochen wird, Schatz.«

»Ist das nicht meine Entscheidung?«, frage ich.

»Schon, falls du dabei alle Umstände berücksichtigst.« Er bleibt stehen und blickt auf die Straße hinaus. »Deine Mutter und ich haben es noch nicht laut gesagt, aber es ist uns beiden klar. Mit ziemlicher Sicherheit kommen wir nächstes Jahr nicht wieder.«

Ich berühre ihn am Arm. »Das tut mir so leid, Dad.«

Immer noch mit Blick auf die Straße legt er den Arm um mich und ich lehne den Kopf an seine Brust. »Mir auch«, sagt er.

»Also machst du dir hauptsächlich Sorgen, wie es mir dabei gehen wird, wenn ich weg muss«, sage ich.

Er schaut auf mich herab, und ich weiß, ich bin ihm bei alledem am wichtigsten. »Du kannst dir nicht vorstellen, wie schwer das wird«, sagt er.

»Dann erzähl mir davon«, erwidere ich. »Denn du hast es selbst erlebt. Wie hast du dich gefühlt, als du Mom kennengelernt hast und dann gehen musstest?«

»Es war furchtbar«, sagt er. »Ein paarmal dachte ich, wir würden es nicht schaffen. Wir haben uns sogar kurz getrennt und uns mit anderen Leuten getroffen. Das hätte mich fast umgebracht.«

Meine nächste Frage ist die, auf die ich eigentlich hinauswill: »Und, war es das wert?«

Er lächelt mich an und dreht sich dann zu unserem Platz um. »Natürlich.«

»Also dann ...«, sage ich.

»Sierra, deine Mom und ich hatten beide schon davor ernsthafte Beziehungen. Du bist zum ersten Mal verliebt.«

»Ich habe nie behauptet, dass ich verliebt bin!«

Er lacht auf. »Das brauchst du auch gar nicht.«

Jetzt schauen wir beide den Autos zu und ich ziehe seinen Arm fester um mich.

Er blickt auf mich herab und seufzt. »In ein paar Tagen wird dir das Herz brechen«, sagt er. »Das ist so. Aber ich werde dir nicht noch mehr wehtun, indem ich dir die nächsten paar Tage mit ihm wegnehme.«

Daraufhin schlinge ich die Arme um ihn und sage ihm, dass ich ihn liebe.

»Ich weiß«, flüstert er. »Und du weißt auch, dass deine Mom und ich da sein werden und dir helfen, dein Herz wieder zusammenzusetzen.«

Arm in Arm gehen wir zum Platz zurück.

»Eins musst du aber bedenken«, sagt er. »Überleg, wie diese Saison für euch beide enden soll. Denn enden wird sie. Also ignorier das nicht.«

Während er zu Mom ins Zirkuszelt zurückkehrt, laufe ich zum Wohnwagen und rufe Caleb an.

»Komm sofort hierher und kauf einen Baum«, sage ich. »Du musst doch noch Lieferungen machen.«

Als Caleb auf den Parkplatz einbiegt, ist es schon dunkel. Luis und ich schleppen einen großen, schweren Baum zu seinem Truck.

»Keine Ahnung, wen du heute belieferst, aber ich hoffe, er passt in die Wohnung rein«, sagt Luis.

Caleb springt heraus und läuft nach hinten, um die Heckklappe zu öffnen. »Der sprengt wahrscheinlich mein Budget«, sagt er, »sogar mit Rabatt.«

»Tut er nicht«, sage ich, »denn der ist kostenlos.«

»Das ist ein Geschenk von Sierras Eltern«, sagt Luis. »Sie machen gerade einen Mittagsschlaf, aber ...«

»Ich bin auch anwesend, Luis«, sage ich. »Ich kann es ihm selbst erzählen.«

Luis wird rot und verdrückt sich dann zum Verkaufsplatz, wo ein Kunde darauf wartet, dass sein Baum verpackt wird. Caleb sieht verwirrt aus.

»Ich hab mal mit meinem Dad geredet«, sage ich.

»Und?«

»Und sie vertrauen mir«, erzähle ich ihm. »Außerdem finden sie toll, was du mit ihren Bäumen machst, deshalb wollen sie den hier für deinen guten Zweck spenden.«

Er schaut zum Wohnwagen hinüber und ein leichtes Lächeln erscheint. »Wenn wir zurückkommen, kannst du ihnen sagen, ob ihre Spende ankam.«

Nachdem wir den Baum abgeliefert haben, der gerade so ins Zimmer gepasst hat – und der Fünfjährige vor Freude ausgeflippt ist –, fährt Caleb mit mir zum Cardinals Peak. Er hält vor dem Metalltor und entriegelt seine Tür.

»Warte hier, ich mache auf«, sagt er. »Wir können hinauffahren, und wenn es dir nichts ausmacht, würde ich sehr gern endlich deine Bäume sehen.«

»Dann schalte den Motor ab«, sage ich. »Wir laufen zu Fuß.«

Er beugt sich vor, um den Hügel zu betrachten.

»Was, hast du etwa Angst vor einer kleinen Nachtwanderung?«, necke ich ihn. »Du hast doch bestimmt eine Taschenlampe, oder? Bitte sag mir nicht, dass du einen Truck fährst, aber keine Taschenlampe hast!«

»Doch«, sagt er, »ich habe tatsächlich eine.«

»Perfekt.«

Er lenkt den Truck rückwärts auf einen Seitenstreifen und holt eine Taschenlampe aus dem Handschuhfach. »Ich habe nur eine dabei«, sagt er. »Hoffentlich hast du nichts dagegen, in meiner Nähe zu bleiben.«

»Ach, wenn es sein muss«, erwidere ich.

Er springt aus dem Wagen, kommt auf meine Seite und öffnet mir die Tür. Wir ziehen beide die Reißverschlüsse unserer Jacken hoch, während wir zu der hohen Silhouette des Cardinals Peak hinaufschauen.

»Ich komme so gern hier heraus«, sage ich. »Jedes Mal, wenn ich diesen Hügel hinaufwandere, denke ich ... habe ich das Gefühl ... dass meine Bäume eine profunde persönliche Metapher sind.«

»Wow«, sagt Caleb. »Das war vielleicht das Tiefschürfendste, was ich dich je habe sagen hören.«

»Ach, halt die Klappe«, gebe ich zurück. »Jetzt gib mir schon die Taschenlampe.«

Er reicht mir die Lampe, macht aber weiter. »Ernsthaft. Darf ich das in der Schule verwenden? Mein Englischlehrer wäre entzückt davon.«

Ich stoße ihn mit der Schulter an. »Hey, ich bin auf einer Weihnachtsbaumfarm aufgewachsen. Ich darf dabei sentimental werden, selbst wenn ich mich nicht ausdrücken kann.«

Es ist großartig, wie Caleb und ich einander aufziehen und es sich so selbstverständlich anfühlt. Die schweren Themen sind noch da – dem Stichtag im Kalender können wir nicht entgehen –, aber wir haben gelernt, einander im Moment zu genießen.

Heute Abend ist es kälter als an Thanksgiving, als ich mit Heather hier war. Auf dem Weg nach oben sagen Caleb und ich nicht viel; wir genießen einfach die kühle Luft und die Wärme unserer Berührung. Vor der letzten Wegbiegung verlasse ich den Pfad und gehe mit der Taschenlampe in der Hand voran ins kniehohe Unterholz. Klaglos folgt er mir ein paar Meter weit.

Die Mondsichel wirft tiefe Schatten auf diese Seite des Hügels. An der Stelle, wo sich das Gebüsch lichtet, lasse ich den Strahl der Taschenlampe langsam über die Bäume gleiten; der schmale Lichtkegel erfasst immer einen oder zwei.

Caleb tritt neben mich, legt mir den Arm um die Schulter und zieht mich sanft an sich. Als ich zu ihm aufsehe, schaut er auf die Bäume. Er lässt mich los und betritt meine kleine Farm; er sieht so glücklich aus, als er den Blick zwischen den Bäumen und mir hin- und herschweifen lässt.

»Sie sind schön«, sagt er. Er beugt sich hinab und riecht an einem der Bäume. »Genau wie Weihnachten.«

»Und sie sehen auch nach Weihnachten aus, weil Heather jeden Sommer hier heraufkommt, um sie zu beschneiden«, sage ich.

»Ach, von allein wachsen sie nicht so?«

»Nicht alle«, antworte ich. »Dad hat diesen Spruch, dass wir alle ein bisschen Hilfe brauchen, um in Weihnachtsstimmung zu kommen.«

»Deine Familie mag wohl Metaphern«, sagt Caleb. Er tritt hinter mich, schlingt die Arme um mich und lässt das Kinn auf meiner Schulter ruhen.

Mehrere Minuten lang betrachten wir wortlos die Bäume.

»Die sind toll«, sagt er zu mir. »Als wären sie deine kleine Baumfamilie.«

Ich lehne mich zur Seite, um ihm in die Augen zu schauen. »Und wer ist hier jetzt sentimental?«

»Hast du mal daran gedacht, sie zu schmücken?«, fragt er.

»Einmal haben Heather und ich das gemacht – möglichst umweltfreundlich, natürlich. Wir haben Tannenzapfen, Beeren und Blumen verwendet, außerdem ein paar Sterne aus Vogelfutter und Honig.«

»Ihr habt Geschenke für die Vögelchen mitgebracht?«, fragt er. »Wie süß.«

Wir arbeiten uns zurück durch die Büsche und noch einmal drehe ich mich zu den Bäumen um – wahrscheinlich sehe ich sie das letzte Mal, bevor ich gehe. Ich halte Calebs Hand fest und weiß nicht, wie oft ich das in meinem Leben noch tun werde. Er deutet in die Ferne, in Richtung des Baumverkaufsplatzes meiner Familie. Von hier oben sieht er aus wie ein kleines, matt beleuchtetes Rechteck. Die Laternen und Schneeflocken, die sich zwischen den Bäumen durchziehen, beleuchten ihr tiefes Grün. Da sind das Zirkuszelt und der silberne Wohnwagen. Zwischen den Bäumen laufen Menschen umher, eine Mischung aus Kunden, Arbeitern und vielleicht Mom und Dad. Caleb stellt sich wieder hinter mich und legt die Arme um mich.

*So fühlt sich zu Hause an*, denke ich. *Da unten ... und genau hier.*

Er streicht mir mit der Hand den Arm hinab, der die Taschenlampe hält, und richtet den Lichtstrahl auf meine Bäume. »Ich zähle da nur fünf«, sagt er. »Hast du nicht was von sechs gesagt?«

Mein Herzschlag setzt aus. Ich lasse das Licht über meine Bäume streifen. »Eins, zwei ...« Als ich bei fünf aufhöre, bin ich niedergeschmettert. Ich renne durch die Büsche hindurch zurück und lenke den Strahl hektisch vor mir auf dem Boden hin und her. »Der Erste fehlt! Der große!«

Caleb kommt durch das Gebüsch hinter mir her. Kurz bevor er mich erreicht, stößt er mit dem Fuß gegen etwas Hartes. Ich leuchte auf den Boden zu seinen Füßen und halte mir dann die Hand vor den Mund. Ich falle neben dem Stumpf auf die Knie. Das ist alles, was von meinem ältesten Baum noch übrig geblieben ist. Oben auf der Schnittfläche sind kleine getrocknete Harzperlen.

Caleb kniet sich neben mich. Er nimmt mir die Taschenlampe ab und hält mich an beiden Händen. »Jemand hat sich in ihn verliebt«, sagt er. »Wahrscheinlich steht er jetzt bei ihnen zu Hause, wunderschön geschmückt. Wie ein Geschenk, das ...«

»Das war ein Geschenk, das *ich* hätte machen sollen«, widerspreche ich. »Keines, das man sich einfach nimmt.«

Er zieht mich hoch und ich lege die Wange an seine Schulter. So bleiben wir lange stehen, dann beginnen wir den Abstieg zur Straße. Wir gehen langsam und schweigen. Sanft führt er mich um Schlaglöcher und Geröll herum.

Dann bleibt er stehen und schaut auf eine Stelle etwas abseits der Straße. Ich folge seinem Blick und er macht ein paar Schritte auf die Stelle zu. Die Taschenlampe beleuchtet das dunkle Grün meines Baumes, der achtlos in die Büsche geworfen wurde und dort jetzt vertrocknet.

»Sie haben ihn einfach hiergelassen?«, sage ich.

»Wahrscheinlich hat sich dein Baum gewehrt.«

Ich sinke auf die Knie und bemühe mich nicht mal, meine Tränen zurückzuhalten. »Wer auch immer das war, ich hasse ihn!«

Caleb kommt zu mir und legt mir die Hand auf den Rücken. Er sagt nichts, sagt weder, es werde schon wieder gut, noch verurteilt er mich, weil ich mich wegen eines Baums so aufrege. Er versteht es einfach.

Irgendwann stehe ich wieder auf. Er wischt mir die Tränen aus dem Gesicht und schaut mir in die Augen. Er sagt immer noch nichts, aber ich weiß, er ist bei mir.

»Wahrscheinlich begreifst du nicht, warum ich mich so benehme«, sage ich, aber er schließt die Augen und dann schließe ich meine, und ich weiß, er versteht mich.

Wieder betrachte ich den Baum. Irgendwer hat ihn hier oben entdeckt und fand ihn schön. Er dachte, er könnte ihn noch schöner machen. Und er hat es versucht, mit aller Kraft, aber es war zu schwer.

Also ließ er ihn zurück.

»Ich will hier weg«, sage ich.

Caleb läuft hinter mir und richtet den Lichtstrahl auf meine Füße, während ich vorangehe.

Als Heather anruft, um zu fragen, ob sie vorbeikommen kann, erzähle ich ihr von dem Baum auf dem Cardinals Peak und dass ich jetzt gerade vielleicht keine tolle Gesellschaft abgebe. Weil sie mich gut kennt, kommt sie sofort vorbei. Sie meint, ich sei dieses Jahr ein »Baumliefergeist« gewesen und dass sie traurig sei, dass wir nicht so viel Zeit miteinander verbracht hätten. Ich erinnere sie daran, dass sie immer, wenn ich ein paar Stunden frei hatte, mit Devon unterwegs war.

»So viel zur Operation Freund-Absägen«, sage ich.

Heather hilft mir dabei, die Getränkestation aufzufüllen. »Vermutlich wollte ich ihn eigentlich gar nicht wirklich absägen, sondern nur, dass er ein besserer Freund wird. Es hat alles so toll angefangen, aber dann wurde er ... ich weiß nicht ...«

»Indifferent?«

Sie verdreht die Augen. »Na klar. Wir benutzen wieder eins von deinen Wörtern.«

Ich bringe sie bei allem auf Stand: das Drama mit Andrew und Dad, und wie ich zwei Mal mit meinen Eltern reden musste, damit sie einsahen, warum ich Caleb in der verbleibenden Zeit unbedingt noch sehen muss.

»Schau an, mein kleines Mädchen spricht ein Machtwort«, sagt Heather. Sie nimmt meine Hand und drückt sie. »Ich hoffe immer noch, du kommst nächstes Jahr wieder, Sierra. Aber wenn nicht, bin ich froh, dass es dieses Jahr so gelaufen ist, wie es gelaufen ist.«

»Schon«, sage ich. »Aber musste es denn so verwickelt werden?«

»Na, jetzt bedeutet es dafür umso mehr«, sagt sie. »Sieh dir doch mal mich und Devon an. Er wurde indifferent, stimmt's? Jeder Tag lief gleich ab und es war sterbenslangweilig. Ich war kurz davor, mit ihm Schluss zu machen, und dann ist das mit der Schneekönigin passiert. Das hat Spannungen verursacht, aber dann hat er mir meinen perfekten Tag geschenkt. Wir haben es uns verdient, wo wir jetzt sind. Und du und Caleb habt euch die nächsten Tage auf jeden Fall verdient.«

»Ich glaube, wir haben uns sogar für die nächsten Jahre genug verdient«, sage ich. »Und Caleb hat sich für ein ganzes Leben genug verdient.«

Eine Stunde später verabschiedet sich Heather, um an ihrem Überraschungsgeschenk für Devon weiterzuarbeiten. Der restliche Tag vergeht langsam, nur vereinzelt lassen sich Kunden blicken. Am Abend zähle ich die Kasse und schließe alles Nötige weg.

Mom kommt herüber, als ich gerade den Schalter der Schneeflockenbeleuchtung umlege. »Dad und ich würden dich gern zum Abendessen ausführen«, sagt sie.

Wir fahren zum Breakfast Express, und als wir den voll besetzten Bahnwaggon betreten, schenkt Caleb gerade ein paar Tische weiter einem Mann Kaffee nach. Ohne aufzublicken sagt er: »Bin gleich da.«

»Lass dir Zeit«, meint Dad lächelnd.

Caleb muss erschöpft sein. Er sieht uns ein paar Schritte lang direkt an, bevor er uns erkennt. Darüber muss er lachen und holt dann ein paar Speisekarten.

»Du siehst müde aus«, sage ich.

»Ein Kollege ist krank geworden, deshalb habe ich früher angefangen«, sagt er. »Aber wenigstens bedeutet das mehr Trinkgeld.«

Wir folgen ihm zu einer leeren Sitzecke in der Nähe der Küche. Nachdem wir uns gesetzt haben, legt er uns Servietten und Besteck hin.

»Morgen kann ich wahrscheinlich noch zwei Bäume kaufen«, sagt er. »Man kann doch noch Bäume kaufen, oder? Selbst kurz vor Weihnachten?«

»Wir haben noch auf«, sagt Dad. »Aber es ist längst nicht so viel Trubel wie hier.«

Caleb läuft los, um uns Wasser zu holen. Ich schaue ihm nach und finde, er sieht gehetzt, aber total hinreißend aus. Als ich über den Tisch sehe, ertappe ich Dad dabei, wie er mich betrachtet und den Kopf schüttelt.

»Du wirst lernen müssen, deinen Vater zu ignorieren«, sagt Mom. »So mache ich das auch.«

Dad gibt Mom ein Küsschen auf die Wange. Nach zwanzig Jahren weiß sie, wie sie ihn ausbremst, wenn er unmöglich ist, aber auf eine Art, die er mag.

»Mom, wolltest du je etwas anderes machen als auf der Farm arbeiten?«, frage ich.

Sie schenkt mir einen fragenden Blick. »Dafür bin ich nicht aufs College gegangen, falls du das meinst.«

Caleb kehrt mit drei Gläsern Wasser und drei eingepackten Strohhalmen zurück. »Wisst ihr schon, was ihr bestellen wollt?«

»Entschuldige«, sagt Mom. »Wir haben noch nicht einmal auf die Karte geschaut.«

»Keine Sorge, das trifft sich sogar sehr gut«, sagt Caleb. »Da ist ein *reizendes* Pärchen – das meine ich ironisch –, das anscheinend meine volle Aufmerksamkeit benötigt.«

Er flitzt davon und Mom und Dad nehmen ihre Speisekarten in die Hand.

»Aber gibt es manchmal Tage, an denen du darüber nachdenkst?«, frage ich. »Wie dein Leben gewesen wäre, wenn es sich nicht nur um die Weihnachtszeit drehen würde?«

Mom legt ihre Speisekarte weg und mustert mich. »Bedauerst du es denn, Sierra?«

»Nein«, sage ich, »aber ich kenne ja nichts anderes. Du hattest wenigstens ein paar normale Weihnachten, bevor du geheiratet hast. Du hast den Vergleich.«

»Ich habe das Leben, das ich gewählt habe, nie bereut«, sagt Mom. »Und es war meine Entscheidung, deshalb kann ich stolz darauf sein. Dieses Leben mit deinem Dad habe ich mir ausgesucht.«

»Interessant war es auf jeden Fall, das ist mal sicher«, wirft Dad ein.

Ich gebe vor, die Karte zu lesen. »Es war ein interessantes Jahr.«

»Und es sind nur noch ein paar Tage übrig«, sagt Mom. Als ich den Blick hebe, schaut sie bekümmert zu Dad.

Als Caleb am nächsten Nachmittag auf den Platz fährt, ist Jeremiah auf dem Beifahrersitz. Lachend und plaudernd steigen sie aus, und man könnte meinen, es hätte nie einen Bruch zwischen ihnen gegeben.

Luis läuft zu ihnen hinüber und zieht den Arbeitshandschuh aus, um ihnen die Hände zu schütteln. Sie wechseln ein paar Worte, bevor sich Caleb und Jeremiah auf den Weg zum Zirkuszelt machen.

»Weihnachtsbaummädchen!«, grüßt mich Jeremiah und bietet mir die Faust an. »Der Typ hier sagt, ihr braucht vielleicht zusätzliche Hilfe, um an Weihnachten den Platz abzubauen. Wo muss ich mich eintragen?«

»Hast du nichts mit deiner Familie geplant?«, frage ich.

»Geschenke gibt's bei uns an Heiligabend vor der Messe«, sagt er. »Dann schlafen wir aus und schauen den ganzen Tag Football. Aber ich schulde dir ja irgendwie was, dachte ich mir.«

Ich schaue zwischen den beiden hin und her. »Also ist alles okay bei euch?«

Jeremiah senkt den Blick. »Meine Eltern wissen nicht wirklich, wo ich gerade bin. Cassandra deckt mich.«

»Sie deckt dich unter einer Bedingung«, sagt Caleb. Er schaut mich an. »Der Kerl hier ist an Silvester der designierte Fahrer für die gesammelte Cheerleader-Mannschaft.«

Jeremiah lacht. »Wirklich ein schweres Los, aber ich werde es ertragen.« Er läuft rückwärts los. »Ich such mal deinen Dad und frage ihn nach dem Abbau.«

»Was ist mit dir?«, frage ich Caleb. »Hilfst du uns auch dabei?«

»Wenn ich könnte, würde ich den ganzen Tag hier verbringen«, sagt er, »aber wir haben ein paar Weihnachtstraditionen, und mir wäre nicht wohl dabei, wenn ich abhauen würde. Das verstehst du doch, oder?«

»Natürlich. Und ich bin froh, dass ihr gemeinsam Zeit verbringen könnt«, antworte ich.

Obwohl ich es ernst meine, freue ich mich nicht auf den Weihnachtstag. »Wenn du mal kurz weg kannst – ich werde auch bei Heather sein, Geschenke mit ihr und Devon austauschen.«

Er lächelt, aber in seinen Augen spiegelt sich meine eigene Traurigkeit. »Das bekomme ich hin.«

Während wir auf Jeremiah warten, weiß keiner von uns, was wir noch sagen sollen. Plötzlich fühlt es sich so real an, dass ich gehen muss ... und es ist gar nicht mehr lange hin.

Vor ein paar Wochen schien dieser Tag noch meilenweit entfernt. Wir hatten Zeit abzuwarten, was passieren würde und wie weit wir gehen wollten. Jetzt aber scheint es, als wäre alles viel zu spät passiert.

Caleb packt meine Hand und zieht mich hinter den Wohnwagen, weg von den anderen. Bevor ich fragen kann, was das soll, küssen wir uns. Er küsst mich und ich küsse ihn zurück, als wäre es das letzte Mal. Ich werde den Gedanken nicht los, dass es vielleicht wirklich das letzte Mal ist.

Als er sich von mir löst, sind seine Lippen tiefrot und ein bisschen geschwollen. Meine fühlen sich genauso an. Er hält mein Gesicht in den Händen und wir legen die Stirn aneinander.

»Es tut mir leid, dass ich an Weihnachten nicht helfen kann«, sagt er.

»Wir haben nur noch ein paar Tage«, erkläre ich ihm. »Was machen wir bloß?«

»Begleite mich zum Lichter-Gottesdienst«, sagt er. »Der, von dem dir Abby erzählt hat.«

Ich zögere. Ich war schon ewig nicht mehr in der Kirche. Irgendwie finde ich, er sollte an Heiligabend unter Leuten sein, die glauben, was er glaubt, und fühlen, was er fühlt.

Sein Grübchen ist wieder da. »Ich möchte, dass du mitkommst. Bitte?«

Ich lächle ebenfalls. »Okay.«

Er will zum Platz zurück, aber ich nehme seine Hand und halte ihn auf. Er zieht die Augenbraue hoch. »Was brauchst du jetzt noch?«

»Das Wort des Tages«, sage ich. »Oder willst du mich gar nicht mehr beeindrucken?«

»Ich fasse es nicht, dass du an mir zweifelst«, empört er sich. »Um ehrlich zu sein, langsam stehe ich wirklich auf diese komischen Wörter. Heute zum Beispiel ist es *diaphan*.«

Ich blinzle. »Das kenne ich auch noch nicht.«

Er reißt die Arme hoch. »Ja!«

»Okay, so mag das Wort lauten«, sage ich und ziehe eine Augenbraue hoch, »aber was bedeutet es?«

Er zieht ebenfalls die Augenbraue hoch. »*Diaphan* ist etwas Zartes oder Transparentes. Moment, du weißt schon, was ›transparent‹ heißt, oder?«

Lachend ziehe ich ihn aus dem Versteck.

Luis winkt uns und kommt herübergelaufen. »Die Jungs und ich haben den perfekten Baum für dich gefunden«, sagt er zu Caleb. Es ist toll zu sehen, dass Luis jetzt zur Weihnachtsbaumfamilie gehört. »Wir haben ihn gerade in deinen Truck geladen.«

»Danke, Mann«, sagt Caleb. »Gib mir das Preisschild und ich bezahle ihn.«

Luis schüttelt den Kopf. »Nein, der geht auf uns.«

Caleb schaut mich an, aber ich habe keine Ahnung, was los ist.

»Ein paar der Baseballjungs finden cool, was du da

machst«, erklärt Luis. »Und ich auch. Wir dachten uns, wir schmeißen ein bisschen was von unserem Trinkgeld zusammen und übernehmen das.«

Ich berühre Caleb leicht mit der Schulter. Seine guten Taten werden langsam ansteckend.

Luis wirft mir einen nervösen Blick zu. »Keine Sorge, den Mitarbeiterrabatt haben wir nicht benutzt.«

»Ach, darüber solltet ihr euch keine Gedanken machen«, erwidere ich.

# KAPITEL 21

Am Tag vor Heiligabend holt Heather Abby ab und fährt sie zu uns. Abby hat Caleb ununterbrochen in den Ohren gelegen, ob sie bei mir aushelfen darf. Angeblich wollte sie schon als Kind immer mal bei einem Weihnachtsbaumverkauf mithelfen. Auch wenn das bestimmt übertrieben ist, mache ich ihr gern die Freude.

Wir stellen hinten im Zirkuszelt zwei Sägeböcke auf und legen eine Sperrholzplatte darüber, die so groß ist wie eine Tür. Darauf stapeln wir kleine Tannenzweige und verpacken sie zu dritt in Papiertüten, sodass die Kunden sie mit nach Hause nehmen können. Die Leute lieben es, damit den Esstisch und die Fensterbänke zu dekorieren, bevor ihre Verwandten zu Besuch kommen. Die Tüten gehen fast so schnell weg, wie wir sie füllen können.

»Was ist denn das nun eigentlich für ein geheimnisvolles Weihnachtsgeschenk für Devon?«, frage ich. »Ich tippe auf einen Weihnachtspulli.«

»Tja, das hatte ich auch kurz überlegt«, sagt Heather, »aber mir ist etwas Besseres eingefallen. Warte hier.«

Sie läuft zur Kasse, wo sie ihre Tasche gelassen hat. Abby und ich tauschen einen Blick und zucken mit den Schultern. Als sie zurückkehrt, hält Heather stolz etwas hoch – einen etwa sechzig Zentimeter kurzen, leicht schiefen, rotgrünen... Schal?

»Meine Mom hat mir gezeigt, wie man strickt«, sagt sie.

Ich beiße mir auf die Wangeninnenseite, damit ich nicht loslache. »Weihnachten ist schon in zwei Tagen, Heather.«

Resigniert blickt sie auf den Schal. »Ich hatte keine Ahnung, dass es so lange dauert. Aber sobald wir hier durch sind, schließe ich mich in meinem Zimmer ein und schaue so lange Katzenvideos an, bis ich damit fertig bin.«

»Na, zumindest ist das eine geschickte Strategie, seine Liebe zu verifizieren«, beschließe ich.

Abby hält beim Befüllen ihrer Tüte inne. »Ich hab's vergessen, was bedeutet *verifizieren* noch mal?«

Heather und ich prusten los.

»Also, ich glaube, das bedeutet«, sagt Heather, während sie den Schal in ihrer Tasche verstaut, »wenn Devon mich wirklich liebt, wird er diesen beschissenen Schal tragen, als wäre er das Schönste, das er je bekommen hat.«

»Genau das bedeutet es«, sage ich, »aber eigentlich ist das ein ganz schön unfairer Test.«

»Du würdest ihn tragen, wenn ich ihn dir schenken würde«, sagt Heather, und sie hat recht. »Wenn er mir nicht ebenso ergeben ist, verdient er sein richtiges Geschenk auch nicht.«

»Und was ist das?«, fragt Abby.

»Karten für ein Comedy-Festival«, sagt sie.

»Schon viel besser«, meine ich.

Heather erzählt Abby von dem Traumtag, den Devon als vorgezogenes Weihnachtsgeschenk für sie organisiert hat. Abby meint, sie wolle auch irgendwann einen Freund, der für sie einen Picknickkorb auf den Cardinals Peak hochschleppt.

Heather lächelt, während sie die nächste Tüte füllt. »Es ist ja nicht so, als hätte er da oben keinen Spaß gehabt.«

Ich werfe ein paar Zweige nach ihr. In Gegenwart von Calebs kleiner Schwester muss sie sich ja nicht genauer darüber verbreiten.

Nachdem Abby von ihrer Mom abgeholt wird, wechselt das Gespräch zu meinem Liebesleben. »Ich habe das Gefühl, als hätten wir hier noch so viel vor uns, aber ich muss viel zu früh weg.«

»Und das nächste Jahr hängt immer noch in der Schwebe?«, fragt sie.

»Nicht besonders hoch in der Schwebe«, sage ich. »Um genau zu sein, ist es sehr fraglich geworden. Ich weiß nicht, wie ich nächsten Winter ohne dich auskommen soll.«

»Wie Weihnachten würde es sich nicht anfühlen, das ist mal sicher«, sagt Heather.

»Mein ganzes Leben hab ich mich gefragt, wie es wohl wäre, nach Thanksgiving zu Hause zu bleiben«, sage ich. »Vielleicht weiße Weihnachten und Dinge zu erleben, die Leute normalerweise während der Weihnachtszeit tun. Aber, um ehrlich zu sein, sich das zu fragen, ist nicht das Gleiche, wie es wirklich zu wollen.«

Inzwischen haben Heather und ich aufgehört, Tüten zu bestücken.

»Hast du mit Caleb darüber gesprochen?«

»Es steht die ganze Zeit unausgesprochen im Raum.«

»Was ist mit dem Spring Break?«, fragt Heather. »So lange müsstest du doch gar nicht warten, bis du ihn wiedersiehst.«

»Da ist er bei seinem Dad«, sage ich. Ich denke an die Karten für den Winterball, die ich hinter unserem Foto versteckt habe. Bevor ich sie ihm überreiche, müsste ich mir sicher sein, wo wir stehen. Dazu müsste ich wissen, was wir beide wollen. Dann könnte ich abreisen, aber gleichzeitig auf eine Zukunft mit ihm hoffen.

»Wenn Devon und ich uns da durchwurschteln«, sagt Heather, »dann könnt ihr das auch.«

»Da bin ich mir nicht so sicher«, gebe ich zurück. »Ihr seid wenigstens am selben Ort.«

An Heiligabend beenden wir den Verkauf für diese Saison und meine Eltern und ich essen im Wohnwagen zu Abend.

Das Roastbeef hat den ganzen Tag im Schmortopf gesimmert, daher duftet es überall im Wohnwagen. Heathers Dad hat Maisbrot gebacken und vorbeigebracht. Dad sitzt mir gegenüber an dem winzigen Tisch und fragt mich, was ich darüber denke, dass wir nächstes Jahr vielleicht nicht wiederkommen.

Ich teile mein Maisbrot in der Mitte. »Das liegt sowieso nicht in meiner Hand«, sage ich. »Jedes Jahr, wenn wir an Heiligabend schließen, essen wir hier zu Abend. Die einzige Abweichung diesmal ist diese Frage.«

»Von deiner Warte aus vielleicht«, sagt Mom. »Von dieser Seite des Tisches sieht jedes Jahr anders aus.«

Ich breche ein Stück von meinem Maisbrot ab und kaue es langsam.

»Es gibt so viele Leute, die dein Bestes wollen«, sagt Dad. »In diesem Wohnwagen, in dieser Stadt, zu Hause...«

Mom beugt sich über den Tisch und nimmt meine Hand. »Ich weiß, es fühlt sich an, als würden wir dich alle in verschiedene Richtungen zerren, aber das tun wir nur, weil du uns allen wichtig bist. Ich hoffe, dieses Jahr hat dir wenigstens das gezeigt.«

Weil mein Dad mein Dad ist, muss er noch hinzufügen: »Selbst wenn es damit endet, dass dir das Herz bricht.«

Mom versetzt Dad einen Klaps auf die Schulter. »In der Highschool hat Mr Zynisch – dein Vater – seinen Sommer hier im Baseballcamp verbracht, nachdem wir uns im Winter davor kennengelernt hatten.«

»Ich habe dich in dieser Zeit sehr gut kennengelernt«, sagt Dad.

»Wie gut konntest du mich in ein paar Wochen schon kennenlernen?«, fragt Mom.

»Ziemlich gut«, sage ich. »Glaub mir.«

Dad legt die Hand auf meine und Moms. »Wir sind stolz auf dich, Schatz. Welche Veränderungen mit dem Familienbetrieb auch passieren mögen, wir schaffen das als Familie. Und was immer du auch in Bezug auf Caleb entscheidest, wir ... du weißt schon ... wir ...«

»Wir unterstützen dich«, sagt Mom.

»Genau.« Dad lehnt sich zurück und legt den Arm um Mom. »Wir vertrauen dir.«

Ich komme auf ihre Tischseite und schmiege mich für eine Familienumarmung an sie. Ich spüre, wie Dad den Hals reckt, um Mom anzuschauen.

Nachdem ich auf meinen Platz zurückgekehrt bin, verschwindet Mom in ihr Zimmer, um die Handvoll Geschenke zu holen, die wir mitgebracht haben. Der ungeduldigste von uns ist Dad – in der Beziehung ist er Caleb sehr ähnlich –, deshalb reißt er sein Geschenk als Erster auf.

Er hält die Schachtel auf Armeslänge von sich ab. »Ein *Elf on the Shelf*?« Er rümpft die Nase. »Ist das euer Ernst?«

Mom und ich sterben fast vor Lachen. Dad beschwert sich jedes Jahr über diese Spielzeugpuppe und schwört, dass er niemals dabei mitmachen wird. Da er den Dezember in einem Wohnwagen weit weg von zu Hause verbringt, dachte er wohl, das müsste er auch nie.

»Der Plan war folgender«, sagt Mom. »Sierra und ich würden ihn nächstes Jahr zu Hause verstecken, wenn du nach Kalifornien fährst.«

»Und dann«, ergänze ich und beuge mich für die größtmögliche Wirkung nach vorn, »würdest du den ganzen Monat darüber nachgrübeln und dich fragen, wo er wohl steckt.«

»Das würde mich in den Wahnsinn treiben«, sagt Dad. Er zieht den Elf heraus und lässt ihn kopfüber an einem Fuß baumeln. »Dieses Jahr habt ihr euch selbst übertroffen.«

»Das Gute daran ist, jetzt kannst du ihn jeden Tag zu Hause suchen.«

»Und wieder ein Beispiel dafür«, sagt Dad, »dass nicht immer alles ein Gutes haben muss.«

»Okay, ich bin dran«, sagt Mom.

Jedes Jahr möchte sie mit einer neuen parfümierten Bodylotion überrascht werden. Glücklicherweise mag sie den Geruch nach Tannenbäumen, aber nachdem sie einen Monat lang davon umgeben ist, möchte sie im neuen Jahr nach etwas anderem riechen.

Sie packt die diesjährige Lotion aus und dreht sie einmal, um das Etikett zu lesen. »Gurke-Lakritze? Wie um alles in der Welt hast du das gefunden?«

»Das sind deine zwei Lieblingsdüfte«, erinnere ich sie.

Sie macht den Verschluss auf, riecht an der Tube und drückt dann einen Tropfen auf ihren Handrücken. »Das Zeug ist unglaublich«, meint sie, während sie es verreibt.

Dad überreicht mir eine kleine silberne Geschenkschachtel.

Ich schiebe den Deckel hoch und entferne eine dünne Schicht Watte. Darunter glitzert ein Autoschlüssel. »Ihr habt mir einen Wagen gekauft!«

»Um genau zu sein, ist es Onkel Bens Truck«, sagt Mom, »aber wir lassen den Innenraum neu beziehen und du darfst die Farben dafür aussuchen.«

»Für lange Fahrten ist er nicht unbedingt zu empfehlen«, sagt Dad, »aber er ist super für die Farm und um in der Stadt vom Fleck zu kommen.«

»Macht es dir etwas aus, dass es seiner ist?«, fragt Mom. »Wir konnten uns nicht leisten, was du ...«

»Danke«, sage ich. Ich drehe die Schachtel um, damit der Schlüssel in meine Hand fällt. Für einen Augenblick spüre ich sein Gewicht, dann springe ich wieder auf und umarme die beiden stürmisch. »Das ist unglaublich!«

Einem alten Ritual folgend kuscheln wir uns, nachdem wir das schmutzige Geschirr in der Spüle gestapelt haben, aufs Bett meiner Eltern und schauen auf meinem Laptop die alte Zeichentrickversion von *Wie der Grinch Weihnachten gestohlen hat* an. Wie immer schlafen Mom und Dad bereits tief und fest, als das Herz des Grinch auf die dreifache Größe wächst. Ich bin hellwach und mein Magen ist total verknotet, weil es jetzt Zeit wird, dass ich mich für den Lichtergottesdienst mit Caleb fertig mache.

Heute muss ich keine hundert Outfits durchprobieren. Noch bevor ich aus ihrem Bett steige, entscheide ich mich für meinen einfachen schwarzen Rock und eine weiße Bluse. In dem winzigen Bad glätte ich mir die Haare. Während ich sorgfältig Make-up auftrage, lächelt Mom mich im Spiegel an. Sie hält einen neuen, rosafarbenen Kaschmirpulli in die Höhe.

»Falls es draußen kühl wird«, sagt sie.

Ich wirble herum. »Woher hast du den denn?«

»Die Idee stammt von deinem Vater«, sagt sie. »Er wollte, dass du heute Abend etwas Neues zum Anziehen hast.«

Ich halte den Pulli in die Höhe. »Den hat Dad ausgesucht?«

Mom lacht. »Natürlich nicht. Und dafür kannst du dem Himmel danken, denn wenn er ihn ausgesucht hätte, würde er wahrscheinlich mehr verdecken als ein Schneeanzug. Er hat mich gebeten, dir etwas zu kaufen, während ihr Mädchen die Tannenzweige eingepackt habt.«

Ich schaue in den Spiegel und halte den Pulli vor mich. »Sag ihm, ich finde ihn superschön.«

Sie lächelt unsere Spiegelbilder an. »Falls ich ihn wach bekomme, sobald du weg bist, machen wir Popcorn und schauen uns *Weiße Weihnachten* an.«

Das tun sie jedes Jahr, normalerweise kuschle ich mich dabei zwischen sie. »Ich habe euch immer dafür bewundert, dass du und Dad nie zu viel von Weihnachten bekommen habt«, sage ich.

»Schatz, wenn das je passieren würde«, sagt sie, »würden wir die Farm verkaufen und etwas anderes machen. Was wir tun, ist etwas Besonderes. Und es ist schön zu wissen, dass Caleb das zu schätzen weiß.«

Leise klopft es an der Tür. Mein Herz hämmert, während Mom mir hilft, den Pulli über den Kopf zu ziehen, ohne meine Frisur zu zerstören. Bevor ich sie noch einmal umarmen kann, geht sie in ihr Zimmer und schließt die Tür.

# KAPITEL 22

Ich öffne die Tür und erwarte, vom Anblick meines gut aussehenden Heiligabend-Dates überwältigt zu werden. Stattdessen trägt Caleb einen zu engen Pulli mit dem riesigen Gesicht des Rentiers Rudolph darauf, darunter ein lila Hemd und dazu eine beige Khakihose. Ich schlage die Hand vor den Mund und schüttle den Kopf.

Er breitet die Arme aus. »Und?«

»Sag mir bloß nicht, du hast dir den von Heathers Mom ausgeliehen«, sage ich.

»Doch, habe ich!«, sagt er. »Das war einer der wenigen, die noch Ärmel hatten.«

»Okay, ich finde deine Einstellung zu Weihnachten zwar vorbildlich, aber ich kann mich unmöglich auf den Gottesdienst konzentrieren, während du das Ding da trägst.«

Mit ausgestreckten Armen blickt er an seinem Pulli hinab.

»Offensichtlich hast du keine Ahnung, warum Heathers Mom den besitzt«, sage ich.

Er seufzt und zieht sich den Pulli widerstrebend über die Brust nach oben, doch dann bleibt er an den Ohren hängen und ich muss Caleb mit Gewalt daraus befreien. Jetzt ist er wie mein gut aussehendes Date gekleidet.

Es ist ein frischer Winterabend. An vielen Häusern unterwegs brennt auch so spät noch die Weihnachtsbeleuchtung. Manche sehen aus, als wären ihre Dächer mit leuchtenden Eiszapfen umringt. Bei manchen grasen weiß beleuchtete Rentiere auf dem Rasen. Am besten finde ich die Häuser, die in vielen Farben schimmern.

»Du siehst schön aus«, sagt Caleb. Er hebt meine Hand, während wir gehen, und berührt jeden Finger mit den Lippen.

»Danke«, sage ich. »Du auch.«

»Siehst du? Du wirst besser im Annehmen von Komplimenten«, sagt er.

Ich schaue lächelnd zu ihm hinüber. Weißblaue Lichter vom nächsten Haus spiegeln sich auf seinen Wangen.

»Erzähl mal, wie das heute Abend abläuft«, sage ich. »Bestimmt wird es richtig voll, oder?«

»An Heiligabend gibt es zwei Gottesdienste«, sagt er. »Der frühere ist für Familien, mit einem Krippenspiel und einem Haufen Vierjähriger, die als Engel verkleidet sind. Es ist chaotisch und laut und ziemlich toll. Die Mitternachtsmesse, in die wir jetzt gehen, ist feierlicher. So ähnlich wie die große Rede von Linus in *Fröhliche Weihnachten, Charlie Brown*.«

»Ich liebe Linus«, sage ich.

»Das trifft sich gut«, erwidert Caleb, »denn sonst würde der heutige Abend hier enden.«

Wir gehen den Rest des Wegs die langsam ansteigenden Straßen hinauf, Hand in Hand und ohne zu reden. Als wir die Kirche erreichen, ist der Parkplatz voll. Viele Autos stehen am Straßenrand und noch mehr Menschen strömen zu Fuß aus den angrenzenden Straßen.

An den Glastüren der Kirche hält Caleb mich auf, bevor wir eintreten. Er schaut mir in die Augen. »Ich wünschte, du müsstest nicht gehen«, sagt er.

Ich drücke seine Hand, weiß aber nicht, was ich sagen soll.

Er öffnet eine Tür und lässt mich zuerst eintreten. Die einzige Lichtquelle stammt von den Kerzen, die auf langen Holzstäben an den Seiten jeder Kirchenbank flackern. Dicke Holzbalken ziehen sich an beiden Wänden nach oben, vorbei an hohen Fenstern aus roten, gelben und blauen Buntglasfenstern. Die Balken berühren sich in der Mitte der spitz zulaufenden Decke, was den Raum wie ein großes, umgedrehtes Schiff wirken lässt. Vorn ist der Rand der Bühne mit roten Weihnachtssternen gesäumt. Auf unterschiedlich hohen Podesten steht schon der Chor in weißen Roben bereit. Darüber, vor der Orgel, hängt ein riesiger Adventskranz.

In den meisten Kirchenbänken drängen sich die Besucher bereits Schulter an Schulter. Wir setzen uns auf eine Bank weiter hinten, und eine ältere Frau kommt aus dem Mittelgang auf uns zu. Sie reicht uns jeweils eine unangezündete weiße Kerze und einen weißen Pappkreis, ungefähr vom Durchmesser meiner Hand. In der Mitte des Kreises befindet sich ein kleines Loch. Ich sehe zu, wie Caleb seine Kerze durch das Loch schiebt, sodass weniger als die Hälfte unten hervorschaut.

»Die sind für später«, sagt er. »Der Karton fängt die Wachstropfen ab.«

Ich stecke meine Kerze in die Pappe und lege sie dann in den Schoß. »Kommen deine Mom und deine Schwester auch?«

Er nickt in Richtung Chor. Abby und ihre Mom stehen beide auf dem mittleren Podest und schauen lächelnd herüber. Seine Mom sieht so glücklich neben Abby aus. Caleb und ich winken ihnen gleichzeitig zu. Abby will zurückwinken, aber ihre Mom zieht ihr die Hand herunter, denn jetzt steht der Dirigent vor ihnen.

»Abby war schon immer ein Naturtalent beim Singen«, flüstert Caleb. »Sie hat nur zwei Mal mit ihnen geprobt, aber Mom sagt, sie hält problemlos mit.«

Das Eröffnungslied ist: »Hört die Engelchöre singen«.

Nachdem sie noch ein paar Weihnachtslieder gesungen haben, hält der Pastor eine ernste und nachdenkliche Predigt über die Geschichte von Weihnachten und was diese

Nacht für ihn bedeutet. Die Schönheit seiner Worte und die Dankbarkeit, mit der er sie vorbringt, berühren mich. Ich halte Calebs Arm fest und er schaut mich mit viel Wärme an.

Der Chor fängt an, »Drei Könige« zu singen. Caleb beugt sich zu mir herüber und flüstert: »Komm mit mir nach draußen.« Er nimmt mir die Kerze vom Schoß und ich folge ihm. Die Glastüren schließen sich hinter uns und wir stehen wieder in der kühlen Luft.

»Was tun wir hier?«, frage ich.

Er beugt sich vor und küsst mich sanft. Ich berühre seine kalten Wangen mit den Fingern und seine Lippen scheinen dadurch noch wärmer. Ob sich wohl jeder Kuss mit Caleb so neu und magisch anfühlen wird?

Er dreht den Kopf zur Seite und lauscht. »Es fängt an.«

Wir gehen seitlich um die Kirche herum. Die Wände und der Kirchturm ragen über uns auf. Die schmalen Fenster über uns sind dunkel, aber ich weiß, sie bestehen aus Buntglas.

»Was fängt an?«, frage ich.

»Da drin ist es jetzt dunkel, weil die Ordner herumgegangen sind und die Kerzen gelöscht haben«, sagt er. »Aber horch!«

Er schließt die Augen. Ich schließe meine auch. Zuerst ist es sehr leise, aber ich höre es. Nicht nur der Chor singt, sondern auch die ganze Gemeinde.

»*Stille Nacht ... heilige Nacht.*«

»Jetzt stehen vorn in der Kirche zwei Leute mit brennenden Kerzen. Nur zwei. Alle anderen haben die gleichen Kerzen wie wir.« Er reicht mir meine Kerze. Ich halte sie unten fest und der Kartonkreis ruht auf meinen geschlossenen Fingern. »Die zwei mit den brennenden Kerzen betreten den Mittelgang; einer geht zu der Kirchenbank links, der andere nach rechts.«

*»Holder Knabe im lockigen Haar.«*

Caleb zieht ein kleines Streichholzbriefchen aus der vorderen Hosentasche, bricht ein Streichholz heraus, biegt den Deckel zurück und reißt es an. Er zündet den Docht seiner Kerze an und schüttelt das Streichholz dann aus. »Die Leute in den ersten zwei Bänken direkt am Mittelgang zünden ihre Kerzen an den Flammen an. Dann geben sie die Flamme an die Person neben sich weiter.«

*»Aus des Himmels goldenen Höh'n.«*

Caleb nähert seine Kerze meiner und ich neige meine zur Seite, halte den Docht in seine Flamme, bis er zu brennen beginnt.

»Das geht so weiter, Kerze um Kerze, und bewegt sich durch die Reihen nach hinten. Das Licht breitet sich von einem zum nächsten aus... ganz langsam... und das schafft diese Vorfreude. Du wartest darauf, dass das Licht auch dich erreicht.«

Ich schaue auf die kleine Flamme meiner brennenden Kerze.

*»Durch der Engel Halleluja.«*

»Von einem zum anderen wird das Licht weitergegeben und der ganze Raum wird vom Kerzenschein erfüllt.«

»*Christ, der Retter ist da.*«

Seine Stimme ist weich. »Schau nach oben.«

Ich blicke hoch zu den Buntglasfenstern. Jetzt dringt ein warmer Schein nach draußen. Das Glas schimmert rot, gelb und blau. Das Lied geht weiter und ich halte den Atem an.

»*Stille Nacht ... heilige Nacht.*«

Sie singen den Text noch einmal ganz durch. Und schließlich herrscht in der Kirche und hier draußen vollkommene Stille.

Caleb beugt sich vor. Sanft bläst er seine Kerze aus. Dann ich meine.

»Ich bin froh, dass wir hier draußen sind«, sage ich.

Er zieht mich an sich und küsst mich zart, hält seine Lippen mehrere Sekunden auf meinen.

Ohne ihn loszulassen, lehne ich mich zurück und frage: »Aber warum wolltest du nicht, dass ich es drinnen erlebe?«

»In den letzten Jahren habe ich mich nie so ruhig gefühlt wie in dem Moment, wenn an Heiligabend meine Kerze angezündet wurde. Nur einen Augenblick lang war alles okay.« Er zieht mich an sich, legt das Kinn auf meine Schulter und flüstert mir ins Ohr: »Dieses Jahr wollte ich diesen Moment nur mit dir verbringen.«

»Danke«, flüstere ich zurück. »Das war wunderschön.«

# KAPITEL 23

Die Kirchentüren öffnen sich und der Weihnachtsgottesdienst ist vorbei. Es ist nach Mitternacht, und die Leute, die jetzt gehen, müssen müde sein, aber auf allen Gesichtern leuchtet friedliches Glück – und Freude. Die meisten gehen schweigend zu ihren Autos, aber es gibt auch mehrere liebevolle »Frohe Weihnachten!«.

Es ist Weihnachten.

Mein letzter Tag.

Jeremiah hält die Tür für ein paar Leute auf, dann kommt er zu uns herüber. »Ich habe gesehen, wie ihr euch rausgeschlichen habt«, sagt er. »Ihr habt das Beste verpasst.«

Ich schaue Caleb an. »Haben wir das Beste verpasst?«

»Ich glaube nicht«, erwidert er.

Ich lächle Jeremiah an. »Nein, haben wir nicht.«

Jeremiah schüttelt Caleb die Hand und zieht ihn dann in eine Umarmung. »Frohe Weihnachten, mein Freund.«

Caleb sagt nichts; er umarmt ihn nur mit geschlossenen Augen.

Jeremiah tätschelt ihm den Rücken und dann umarmt er mich. »Frohe Weihnachten, Sierra.«

»Frohe Weihnachten, Jeremiah.«

»Wir sehen uns morgen«, sagt er, dann geht er zurück in die Kirche.

»Wir sollten uns langsam auf den Rückweg machen«, sagt Caleb.

Dieser Abend hat mir unbeschreiblich viel bedeutet. In diesem Moment möchte ich Caleb sagen, dass ich ihn liebe. Genau jetzt würde es passen, denn hier wird mir zum ersten Mal bewusst, dass es stimmt.

Ich kann es aber nicht sagen. Es wäre nicht fair, wenn er diese Worte hören würde, wenn ich so kurz danach abreise. Es auszusprechen, würde die Worte außerdem in mein Herz brennen. Die ganze Rückfahrt über würde ich daran denken.

»Am liebsten würde ich jetzt die Zeit anhalten«, sage ich stattdessen. Mehr kann ich uns beiden nicht geben.

»Ich auch.« Er nimmt meine Hand. »Was kommt als Nächstes für uns? Wissen wir das?«

Ich wünschte, er könnte mir diese Frage beantworten. Dass wir in Kontakt bleiben, klingt zu banal. Ich weiß, dass wir das werden, aber was dann?

Ich schüttle den Kopf. »Ich weiß es nicht.«

Als wir auf dem Verkaufsplatz ankommen, küsst Caleb

mich und tritt dann einen Schritt zurück. Irgendwie passt es, dass er sich langsam entzieht. Es gibt kein Weihnachtswunder, das mich hierbehalten oder uns mehr garantieren könnte als das, was wir jetzt haben.

»Gute Nacht, Sierra.«

Die Worte kann ich nicht erwidern. »Wir sehen uns morgen«, sage ich stattdessen.

Als er zu seinem Truck läuft, hält er den Kopf gesenkt, und ich sehe, wie er das Foto von uns an seinem Schlüsselbund betrachtet. Nachdem er die Tür geöffnet hat, dreht er sich noch einmal zu mir um.

»Gute Nacht«, sagt er.

»Wir sehen uns morgen.«

Ich wache mit einer Mischung aus widersprüchlichen Gefühlen auf. Zum Frühstück esse ich ein bisschen Haferbrei mit braunem Zucker, bevor ich mich auf den Weg zu Heather mache. Als ich dort ankomme, sitzt sie bereits auf ihrer Vortreppe und wartet auf mich.

Ohne aufzustehen, sagt sie: »Du verlässt mich wieder.«

»Ich weiß.«

»Und diesmal wissen wir nicht, wann du wiederkommst«, sagt sie. Endlich steht sie auf und umarmt mich lange.

Calebs Truck fährt vor, mit Devon auf dem Beifahrersitz. Die beiden steigen aus, jeder hat ein paar kleine, verpackte Geschenke in den Händen. Die Traurigkeit, mit der

Caleb am Vorabend weggefahren ist, scheint verflogen zu sein.

»Frohe Weihnachten!«, sagt er.

»Frohe Weihnachten«, antworten Heather und ich.

Beide Jungs geben uns Küsschen auf die Wangen, dann führt uns Heather in ihre Küche, wo Kuchen und heiße Schokolade auf uns warten. Caleb lehnt den Kuchen ab, weil er mit seiner Mutter und Abby schon Omelette und French Toast gegessen hat.

»Das ist Tradition«, sagt er, aber immerhin taucht er eine Pfefferminzstange in seine heiße Schokolade.

»Bist du heute auf dem Trampolin gesprungen?«, frage ich.

»Als Allererstes haben Abby und ich einen Rückwärtssalto-Wettbewerb veranstaltet.« Er hält sich den Magen. »Was nach dem Frühstück nicht unbedingt schlau war, aber es hat Spaß gemacht.«

Heather und Devon lehnen sich auf ihren Stühlen zurück und hören uns zu. Es könnte eines unserer letzten Gespräche werden, und sie scheinen keine Eile zu haben, uns zu unterbrechen.

»Hast du deiner Mom gebeichtet, dass du es schon gefunden hattest?«, frage ich.

Er nippt an seiner heißen Schokolade und lächelt. »Sie hat gedroht, mir nächstes Jahr nur Gutscheine zu schenken.«

»Tja, dieses Jahr hat sie das perfekte Geschenk gefunden«, sage ich. Ich beuge mich hinüber und gebe ihm einen Kuss.

»Und in diesem Sinne«, schaltet Heather sich ein, »wird es Zeit für *unsere* Geschenke.«

Ich kann fast nicht dabei zuschauen, als Devon anfängt, sein schlaff aussehendes Geschenk zu öffnen. Er zieht den ungleichmäßigen und immer noch zu kurzen, rotgrünen Schal heraus. Mit schief gelegtem Kopf dreht er ihn hin und her. Dann lächelt er, wahrscheinlich ist es das breiteste, echteste Lächeln, das ich je bei ihm gesehen habe. »Baby, hast du den gestrickt?«

Heather lächelt zurück und zuckt die Achseln.

»Er ist toll!« Er legt sich den Schal um den Hals, und er berührt kaum sein Schlüsselbein. »Mir hat noch nie jemand einen Schal gestrickt. Daran hast du bestimmt total lange gearbeitet, ich fasse es nicht.«

Heather strahlt mich an. Ich nicke ihr zu und sie rutscht auf Devons Schoß und umarmt ihn. »Ich war so eine schlechte Freundin«, sagt sie. »Es tut mir leid. Ab sofort gelobe ich Besserung.«

Devon weicht verwirrt zurück und berührt den Schal. »Ich hab doch gesagt, er gefällt mir.«

Heather setzt sich wieder auf ihren Platz und reicht ihm dann einen Umschlag mit den Karten für die Comedy-Show darin. Darüber scheint er sich auch zu freuen, aber nicht so sehr wie über den Schal, den er weiterhin stolz trägt.

Heather schiebt mir über den Tisch einen Umschlag zu.

»Das ist nicht für sofort«, sagt sie, »aber ich hoffe, du freust dich darauf.«

Ich öffne einen doppelt gefalteten Ausdruck. Es dauert kurz, bis ich entziffert habe, dass es eine Buchungsbestätigung für eine Zugfahrkarte von hier nach Oregon ist. An Spring Break! »Du kommst mich besuchen?«

Heather vollführt ein kleines Tänzchen auf ihrem Stuhl.

Ich gehe um den Tisch herum zu Heather und umarme sie ganz fest. Am liebsten würde ich Calebs Reaktion darauf sehen, dass sie mich besuchen kommt, aber ich würde bestimmt jeden Ausdruck auf seinem Gesicht überinterpretieren. Also gebe ich Heather ein Küsschen auf die Wange und umarme sie noch einmal.

Devon legt ein kleines, röhrenförmiges Geschenk vor Caleb und dann eines vor Heather. »Ich weiß, wir hatten schon unseren perfekten Tag, aber ich habe dir und Caleb das Gleiche besorgt.«

Caleb wiegt es in der Hand.

Devon schaut mich an. »Eigentlich hat es mit dir zu tun, Sierra.«

Caleb und Heather packen ihre Geschenke gleichzeitig aus. Kerzen mit *Ein ganz besonderes Weihnachten*-Duft.

Caleb atmet tief ein, dann schaut er mich an. »Ja. Das wird mich verrückt machen.«

Ich schnappe mir eine Zuckerstange, stecke sie in meine Tasse und rühre um. Dieser Moment überwältigt mich. Der Morgen geht zu schnell vorbei, aber jetzt bin ich damit dran, meine Geschenke zu übergeben. Ich schiebe eine der kleinen, verpackten Schachteln über den Tisch zu Heather.

»Die besten Geschenke sind die kleinen Päckchen«, sagt sie. Sei reißt das Papier auf und öffnet dann eine schwarze Samtbox mit Klappdeckel. Sie hält ein silbernes Armband hoch, das ich in der Stadt gekauft und in das ich Längen- und Breitengrad habe eingravieren lassen: *45.5°N, 123.1°W.*

»Das sind die Koordinaten unserer Farm«, sage ich. »Jetzt findest du jederzeit den Weg zu mir.«

Sie schaut mich an und flüstert: »Jederzeit.«

Ich überreiche Caleb sein Geschenk. Akribisch öffnet er die Verpackung, einen Streifen Tesa nach dem anderen. Heathers Schuh berührt meinen unter dem Tisch, aber ich kann den Blick nicht von Caleb wenden.

»Bevor du hineinschaust«, sage ich zu ihm, »erwarte bitte nicht, dass ich dafür Geld ausgegeben habe.«

Er lächelt sein Grübchenlächeln und zieht die glitzernde, rote Schachtel heraus.

»Aber es hat viel Aufwand gekostet«, fahre ich fort, »und viele Tränen und viele Erinnerungen, die ich niemals loslassen werde.«

Er blickt auf die Schachtel hinab, ohne den Deckel abzunehmen. Als sein Grübchen schwindet, begreift er, glaube ich, was darin ist. Falls ja, versteht er, wie viel es mir bedeutet, dass ich es ihm schenke. Vorsichtig hebt er den Deckel ab. Der gemalte Weihnachtsbaum zeigt nach oben.

Ich schaue zu Heather hinüber. Sie presst die verschränkten Hände vor die Lippen.

Devon schaut mich an. »Ich kapier's nicht.«

Heather haut ihm auf die Schulter. »Später.«

Caleb sieht fassungslos aus, sein Blick ruht auf dem Geschenk. »Ich dachte, das wäre in Oregon.«

»War es auch«, sage ich. »Aber jetzt gehört es hierher.« Das Geschenk, das mitgeschickt wurde, Eintrittskarten für einen Ball, von dem ich nicht einmal weiß, ob ich selbst daran teilnehmen werde, steckt immer noch hinter unserem Foto mit Santa im Wohnwagen.

Er nimmt die Baumscheibe aus der Schachtel, hält sie an dem Rindenring mit den Fingerspitzen. »Die ist unersetzlich«, sagt er.

»Ja, das ist sie«, sage ich, »und sie gehört dir.«

Er reicht mir eine unverpackte, glitzernd-grüne Schachtel, die mit einem roten Geschenkband verschnürt ist. Ich streife das Band ab und hebe den Deckel hoch. Auf einer dünnen Schicht Watte liegt noch eine Baumscheibe, ungefähr so groß wie die, die ich ihm geschenkt habe. In der Mitte ist ein Weihnachtsbaum mit einem aufgesteckten Engel drauf aufgemalt. Verwirrt sehe ich ihn an.

»Ich bin zu deinem Baum auf dem Cardinals Peak zurückgegangen«, sagt er. »Der, den jemand gefällt hatte. Ein Teil von ihm muss mit dir nach Hause zurückkehren.«

Jetzt halten Heather und ich uns beide die Hände vor den Mund. Devon trommelt mit den Fingern auf den Tisch.

»Vor ein paar Wochen hab ich dir noch etwas gekauft«, sagt Caleb. Er zieht eine fast durchsichtige Tasche aus Goldstoff heraus. »Man beachte bitte, dass diese Tasche diaphan ist.«

Ich lache. »Sie ist sehr diaphan.« Durch den feinen Stoff schimmert eine goldene Halskette. Ich löse die Kordeln, mit denen die Tasche zugebunden ist und schütte eine Kette heraus. Daran hängt ein kleiner Anhänger in Form einer fliegenden Ente.

Seine Stimme ist leise. »Noch etwas, worauf wir im Winter warten, dass es nach Süden kommt.«

Ich schaue ihm in die Augen, und es fühlt sich an, als wären Heather und Devon nicht mehr im Zimmer.

Heather schaltet sofort. »Schatz, komm hilf mir doch mal, Weihnachtsmusik auszusuchen.«

Ohne den Blickkontakt zu unterbrechen, gleite ich in Calebs Arme und küsse ihn. Dann lege ich den Kopf an seine Schulter und wünsche mir, ich müsste mich nie wieder von der Stelle rühren.

»Danke für das Geschenk«, sagt er.

»Danke für meins.«

Im Nebenraum setzt eine langsame, weihnachtliche Instrumentalmusik ein. Caleb und ich bewegen uns nicht, bis das dritte Lied beginnt.

»Darf ich dich nach Hause fahren?«, fragt er.

Ich setze mich auf und nehme die Haare hoch. »Möchtest du mir zuerst die Kette anlegen?«

Caleb platziert den Anhänger unter mein Schlüsselbein und schließt dann die Kette im Nacken. Ich versuche, mir jede Berührung seiner Fingerspitzen auf meiner Haut zu merken. Wir nehmen unsere Mäntel und verabschieden uns von Heather und Devon, die sich auf der Couch aneinander kuscheln.

Die kurze Rückfahrt fühlt sich bereits einsam an, obwohl Caleb direkt neben mir sitzt. Es fühlt sich an, als wären wir schon dabei, in unsere eigenen Welten zurückzukehren. Ich berühre mehrmals die Kette an meinem Hals und merke, wie er mir jedes Mal dabei einen Blick zuwirft.

Ich steige aus dem Truck. Als meine Füße die Erde berühren, fühle ich mich dort wie festgeklebt. »Ich will nicht, dass das alles war«, sage ich.

»Muss es das denn?«, fragt er.

»Wir haben das Abendessen mit deiner Mom und Abby, und wir werden die ganze Nacht arbeiten, um den Platz abzubauen«, antworte ich. »Mom und ich fahren morgen früh.«

»Tu mir einen Gefallen«, sagt er.

Ich warte.

»Glaube an uns.«

Ich beiße mir auf die Lippe und nicke. Dann trete ich zurück, schließe meine Tür und winke kurz. Er fährt davon und ich bete.

*Bitte. Lass das nicht das letzte Mal sein, dass ich Caleb sehe.*

# KAPITEL 24

Eine Handvoll Baseballspieler neben Luis und Jeremiah sind mit dem Abbau des Zirkuszelts beschäftigt. Die anderen montieren die Schneeflockenbeleuchtung ab und wickeln die Kabel auf. Ich kümmere mich um die Leute, die vorbeikommen, um unsere übrig gebliebenen Bäume für ein paar Dollar pro Stück mitzunehmen. Wenn man sie trocknen lässt, geben sie gutes Brennholz ab. Stadtpark-Angestellte fahren ihre Laster vor, und wir beladen sie mit Bäumen, die in den Seen der Umgebung als Riffe versenkt werden sollen.

Ich ertappe meine Finger im Laufe des Vor- und Nachmittags mehrmals dabei, wie sie die Kette berühren. Am Abend lassen meine Eltern und ich uns chinesisches Takeaway liefern und verdrücken es im Wohnwagen, dann kommen ein paar Arbeiter zurück, nachdem sie mit ihren Familien zu Abend gegessen haben. Wie jedes Jahr schichten wir auf dem fast leeren Platz ein Lagerfeuer auf. Wir verteilen uns auf den Holzbänken und Klappstühlen um das Feuer und rösten Marshmallows. Luis reicht eine Schachtel Graham-Cracker herum und verteilt Schokolade für S'mores. Heather und Devon sind auch vorbeigekommen und zanken sich bereits darüber, was sie an Neujahr machen sollen. Er möchte Football gucken, aber sie will das neue Jahr mit einer Wanderung beginnen.

Jeremiah setzt sich neben mich. »Du siehst zu traurig aus für Weihnachten, Sierra.«

»Mir hat noch nie gefallen, wie nach dem Weihnachtsmorgen plötzlich alles vorbei ist«, sage ich. »Dieses Jahr ist es besonders hart.«

»Alles wegen Caleb?«, fragt er.

»Wegen Caleb. Wegen dieser Stadt. Wegen allem.« Ich lasse den Blick über die Leute schweifen, die um das Feuer hocken. »Diesmal hab ich mich heftiger als sonst in meine Zeit hier verliebt.«

»Wie gut kannst du mit Ratschlägen umgehen?«, fragt er.

Ich sehe ihn an. »Kommt auf den Ratschlag an.«

»Aus der Sicht von jemandem gesprochen, der sehr viel Zeit mit Caleb verloren hat und der um mehr wird kämpfen müssen – tu alles, um ihn festzuhalten. Du bist echt gut für ihn«, sagt er, »und er scheint gut für dich zu sein.«

Ich nicke mit einem Kloß im Hals. »Ja, er ist gut für mich«, sage ich. »Das weiß ich. Aber wie können wir, logisch betrachtet ...«

»Vergiss die Logik«, sagt er. »Die Logik weiß nicht, was du willst.«

»Ich weiß. Und es ist nicht nur ein Wollen«, sage ich. Ich blicke ins Feuer. »Es ist mehr.«

»Dann hast du Glück«, sagt er, »denn jemand, der uns beiden sehr wichtig ist, möchte unbedingt dasselbe.«

Er tippt mir auf die Schulter. Als ich ihn anschaue, deutet er mit dem Finger auf die dunkle Silhouette des Cardinals Peak. Unter dem Hügelkamm flimmern Hunderte von bunten Lichtern auf.

Ich lege die Hand aufs Herz. »Sind das meine Bäume?«

»Die sind gerade angegangen«, sagt er.

Das Handy summt in meiner Tasche. Ich schaue Jeremiah an und er zuckt die Achseln. Also ziehe ich es heraus und sehe eine Nachricht von Caleb. **Deine Baumfamilie und ich vermissen dich schon jetzt.**

Ich springe auf. »Er ist da oben! Ich muss zu ihm.«

Mom und Dad sitzen auf der anderen Seite des Lagerfeuers, ein langer Schal wärmt sie beide.

»Ich muss ...« Ich gestikuliere zum Cardinals Peak.

Sie lächeln mich beide an und Mom sagt: »Wir müssen morgen früh raus. Bleib nicht zu lange.«

»Triff die richtigen Entscheidungen«, sagt Dad, und Mom und ich lachen.

Ich werfe einen Blick auf Heather und Devon. Er hat den Arm um sie gelegt und sie schmiegt sich an ihn. Bevor ich gehe, umarme ich meine zwei Freunde gemeinsam.

Heather vergewissert sich, dass meine Eltern nicht zuhören, dann flüstert sie mir ins Ohr: »Haltet einander warm.«

Ich schaue Jeremiah an. »Würdest du mich fahren?«

»Sehr gern«, antwortet er.

»Okay«, sage ich, »aber vorher muss ich noch etwas holen.«

Der Weg vom Verkaufsplatz zum Tor am Fuß des Cardinals Peak fühlt sich länger an als je zuvor.

Als Jeremiah auf dem Seitenstreifen hält, sagt er: »Jetzt bist du auf dich gestellt, Baummädchen. Ich spiele nicht das fünfte Rad am Wagen.«

Wir schauen beide zum Hügel hinauf, zu den fernen Lichtern an meinen Bäumen. Er streckt sich herüber, um das Handschuhfach zu öffnen, und reicht mir eine kleine Taschenlampe.

Ich beuge mich zu ihm, um ihn zu umarmen. »Danke.«

Die Taschenlampe geht sofort an. Ich springe aus dem Wagen, schließe die Tür, und dann fährt er davon. Als die Rücklichter verblassen, sind nur noch ich, dieses winzige Licht und ein vor mir aufragender Hügel da. Abgesehen von dem kleinen bunten Lichtermeer an meinen Bäumen ist alles dunkel und da oben wartet ein ganz besonderer Mensch auf mich.

Als ich die letzte Kurve fast erreicht habe, kommt es mir

vor, als wäre ich den Hügel hinaufgeflogen. Ein paar Meter vor mir parkt Calebs Truck. Das Beifahrerfenster ist offen und ein langes Stromkabel hängt an der Tür herunter. Es schlängelt sich ins Gebüsch bis zu Caleb, der mit dem Rücken zu mir steht und auf die Stadt hinunterblickt. Die Weihnachtsbeleuchtung an meinen Bäumen ist hell genug, dass ich die Taschenlampe ausschalten kann und trotzdem stolperfrei zu ihm gelange. Er sieht auf sein Handy, wahrscheinlich wartet er auf eine Antwort.

»Du bist unglaublich«, sage ich.

Mit einem strahlenden Lächeln dreht er sich um.

»Ich dachte, du wärst bei deiner Familie«, sage ich und betrete das Unterholz.

»War ich auch. Aber anscheinend sah ich abgelenkt aus«, sagt er. »Abby meinte, ich solle mit dem Trübsalblasen aufhören und zu dir gehen. Und ich dachte mir, es wäre besser, dich dazu zu bringen, zu mir zu kommen.«

»Du hast mich auf alle Fälle angelockt.«

Er macht einen Schritt auf mich zu, das Licht tanzt auf seinem Gesicht. Wir greifen uns an den Händen und ziehen uns zueinander. Wir küssen uns, und dieser eine Kuss schmilzt alles weg, dessen ich mir unsicher war. Ich will das.

Ich will uns.

Ich flüstere ihm ins Ohr: »Ich habe auch etwas für dich.« Aus meiner hinteren Hosentasche ziehe ich einen gefalteten Umschlag.

Als er ihn nimmt, schalte ich die Taschenlampe ein und leuchte auf seine Hände. Seine Finger zittern, vor Kälte oder vor Aufregung. Es macht mich froh, dass ich vielleicht nicht die Einzige auf diesem Hügel bin, die nervös ist. Er zieht die Eintrittskarten für den Winterball heraus, auf denen ein Paar zusammen in einer Schneekugel tanzt. Er schaut mich an, und ich weiß, wir lächeln auf die gleiche Weise.

»Caleb, möchtest du mein Begleiter für den Winterball sein?«, frage ich. »Ich will mit niemand anderem hingehen.«

»Mit dir würde ich überall hingehen«, sagt er.

Wir halten einander in einer engen, warmen Umarmung fest.

»Begleitest du mich wirklich?«, frage ich.

Er zieht den Kopf zurück und lächelt mich an. »Wofür soll ich denn sonst mein Trinkgeld aufsparen?«

Ich schaue ihm in die Augen und es kommt als Feststellung heraus: »Du weißt, dass ich dich liebe.«

Er beugt sich vor und flüstert mir ins Ohr: »Du weißt auch, dass ich dich liebe.«

Er küsst mich auf den Hals und dann warte ich, während er zu seinem Truck geht. Er beugt sich durch das offene Fenster, dreht den Schlüssel und die Anlage geht an. »It's the Most Wonderful Time of the Year«, schallt in die kalte Nachtluft hinaus. Ich verkneife mir das Lachen und Caleb lächelt.

»Nur zu«, sagt er, »du findest mich sentimental.«

»Schon vergessen?«, frage ich. »Meine Familie lebt von dem Zeug.«

Unter uns in der Ferne sehe ich das flackernde Lagerfeuer, an dem sich Mom, Dad und einige meiner besten Freunde auf der Welt aufwärmen. Vielleicht schauen sie jetzt gerade hier herauf. Falls ja, hoffe ich, sie lächeln, denn ich lächle zurück.

»Tanzt du mit mir?«, fragt Caleb.

Ich strecke die Hand aus. »Bestimmt kann es nicht schaden, wenn wir schon mal üben.«

Er nimmt meine Hand, dreht mich einmal herum und dann bewegen wir uns gemeinsam. Die Weihnachtsbeleuchtung funkelt auf meinen Bäumen, die im sanften Wind mit uns tanzen.

ENDE

## Vielen Dank an diese netten Menschen:

**Ben Schrank,** Verleger &
**Laura Rennert,** literarische Agentin
*dafür, dass ihr ab dem ersten Buch für mich da wart und, wenn nötig, die Therapeuten für einen unsicheren Autor gespielt habt.*

**Jessica Almon,** Lektorin
*Wenn ich gezweifelt habe, hast du geglaubt; als ich fertig war, hast du völlig zu Recht mehr verlangt. »Das erinnert mich an einen Taylor-Swift-Song!«*

**Mom, Dad & Nate**
**(und meine Cousins und Cousinen, Tanten, Onkel, Großeltern, Nachbarn, Freunde ...)**
*für den Feiertagszauber in meiner Kindheit.*

**Luke Gies, Amy Kearley, Tom Morris, Aaron Porter, Matt Warren, Mary Weber, DonnaJo Woollen**
*die Engel, die mir den Weg wiesen.*

**Hopper Bros.** – Woodburn, Oregon
**Heritage Plantations** – Forest Grove, Oregon
**Halloway's Christmas Trees** – Nipomo, Kalifornien
**Thorntons' Treeland** – Vancouver, Washington
*für die Führungen durch eure Weihnachtsbaumplantagen und Antworten auf berufliche, persönliche und dumme (aber berechtigte!) Fragen.*

## Jay Asher
# Tote Mädchen lügen nicht

288 Seiten
ISBN 978-3-570-30843-1

Als Clay Jensen aus der Schule nach Hause kommt, findet er ein Päckchen mit 13 Kassetten vor. Er legt die erste in einen alten Kassettenrekorder, drückt auf „Play" – und hört die Stimme von Hannah Baker. Hannah, seine ehemalige Mitschülerin. Hannah, für die er heimlich schwärmte. Hannah, die sich vor zwei Wochen umgebracht hat. Mit ihrer Stimme im Ohr wandert Clay durch die Nacht, und was er hört, lässt ihm den Atem stocken. Dreizehn Gründe sind es, die zu ihrem Selbstmord geführt haben, dreizehn Personen, die daran ihren Anteil haben. Clay ist einer davon …

www.cbt-buecher.de

Jay Asher / Carolyn Mackler
# Wir beide, irgendwann

400 Seiten, ISBN 978-3-570-30938-4

1996 bekommt die sechzehnjährige Emma ihren ersten Computer. Mit ihrem besten Freund Josh loggt sie sich ein und gelangt zufällig auf ihre Facebook-Seite - 15 Jahre später! Mit 31 wird Emma arbeitslos und unglücklich verheiratet sein. Josh, nicht gerade ein Frauenheld (er hat gerade von Emma einen Korb bekommen), wird das hübscheste Mädchen der Schule heiraten und seinen Traumjob ergattern. Emma beginnt bewusst, Änderungen in der Gegenwart herbeizuführen. Doch der Versuch, in ihr Schicksal einzugreifen und ihr Facebook-Profil zu verändern, setzt eine fatale Kettenreaktion in Gang ...

www.cbt-buecher.de

## Ava Dellaira
# Love Letters to the Dead

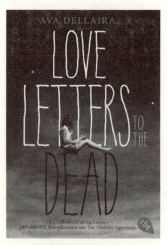

ca. 416 Seiten, ISBN 978-3-570-31129-5

Es beginnt mit einem Brief. Laurel soll für ihren Englischunterricht an eine verstorbene Persönlichkeit schreiben. Sie wählt Kurt Cobain, den Lieblingssänger ihrer Schwester May, die ebenfalls viel zu früh starb. Aus dem ersten Brief wird eine lange Unterhaltung mit toten Berühmtheiten wie Janis Joplin, Amy Winehouse und Heath Ledger. Denn die Toten verstehen Laurel besser als die Lebenden. Laurel erzählt ihnen von der neuen Schule, ihren neuen Freunden und Sky, ihrer großen Liebe. Doch erst, als sie die Wahrheit über sich und ihre Schwester May offenbart, findet sie den Weg zurück ins Leben und kann einen letzten Brief an May schreiben ...

www.cbt-buecher.de